NIELS

DU MÊME AUTEUR

Aux Éditions Viviane Hamy
Évangile pour un gueux
La Madone de Notre-Dame

Aux Éditions de l'Amandier
Selon Dante
L'Héritage
Kaiser suivi de *Notre Père*
Les Îles Kerguelen suivi de *Bastringue*

Aux Éditions La Fontaine
L'Abbaye
Krankenstein

ALEXIS RAGOUGNEAU

NIELS

VIVIANE HAMY

Éditions Viviane Hamy, août 2017
D'après une conception graphique de Pierre Dusser

ISBN 978-2-87858-984-9

La nuit, où en est-elle ?
À lutter avec l'aube, mêlée confuse.

Shakespeare, *Macbeth*

À l'ami danois.

ACTE I

1

La silhouette gigotait à croupetons, pareille à un gosse faisant rouler un jouet.

La lumière du phare, qui marquait l'entrée tribord du bassin nord, dessina un éclair sur l'eau calme et vint lécher le quai. Rasmussen se releva et, rendu à sa taille d'homme, put contempler le béton sous ses pieds; un graffiti s'y dessinait en lettres blanches : *DO IT WELL AND DO IT NOW*. Satisfait, le Danois planta son pinceau dans son pot de peinture, puis il s'adossa au châssis de la grue; là, sous l'immense Meccano endormi, ses yeux sillonnèrent la nuit. En face de lui, amarré, se dressait le Nürnberg.

Il cala sa respiration sur la rotation de la lumière tout en resserrant les sangles sur ses épaules : son sac à dos pesait plus de vingt kilos. Entre le treuil et l'eau s'allongeait le quai à découvert. Il faudrait le traverser durant les quelques précieuses secondes d'obscurité que lui offrirait le phare. Rasmussen prit une dernière goulée d'air.

Son élan faillit le précipiter droit dans le bassin; il se redressa in extremis, dérapa sur la margelle, avant de s'aplatir derrière une bitte d'amarrage. Du gravier clapota dans les remous, vingt mètres plus bas. Sur le croiseur, rien ni personne n'avait bougé. Il connaissait le nombre exact des sentinelles en faction, les horaires des tours de garde et même les surnoms que se donnaient les hommes d'équipage entre les ponts. Il avait noté tous ces détails dans un carnet ligné, de son écriture aux lettres rondes d'écolier, pendant qu'il effectuait ses repérages depuis le haut de la grue, celle-là même qu'il voulait faire sauter pour qu'elle s'effondre sur le navire de guerre.

Une échelle scellée dans le béton descendait jusqu'à l'eau. Ses doigts palpèrent les barreaux rongés par le sel tandis qu'il se coulait entre la coque et le débarcadère. Une galerie horizontale se présenta à mi-hauteur du dock et il s'y enfourna tête la première. Une fois couché dans le boyau, il put enfin sortir sa lampe de poche.

Le contact du métal avec sa paume brûlante le renvoya à ces moments d'après répétition, lorsqu'il coupait les projecteurs, ceux qui avaient sculpté la scène, sublimé les acteurs et fait briller les particules de poussière flottant dans l'air. Une fois le théâtre plongé dans l'obscurité, il fallait prendre la mesure de la nuit noire puis, guidé par le halo de sa torche, remonter les rangées de fauteuils pour gagner la sortie en même temps que le jour. Mais c'était là une autre histoire, lointaine, révolue. Pour l'heure, la petite lumière traçait son chemin incertain sous une immense araignée d'acier fichée à même le quai du bassin nord, dans le port franc de Copenhague.

Il atteignit enfin le cœur des fondations et ouvrit son sac de toile. Un effluve d'amande amère envahit ses narines, aussi précieux à son souvenir que celui des cakes aux pommes de sa mère, aussi indispensable que la douce tignasse de sa petite sœur. C'était l'odeur de l'explosif 808, le plastic fourni par les agents du Special Operations Executive britannique, dont Rasmussen avait fait un usage immodéré au cours des deux dernières années.

Il en prit cinq pains, de deux kilos chacun, qu'il colla à la voûte, puis une paire de détonateurs crayon dont il écrasa les extrémités avec le cul de sa lampe. Dans les cylindres de cuivre, l'acide libéré grignotait déjà le fil du percuteur. Le Danois disposait d'une dizaine de minutes pour achever sa mission et se mettre à l'abri. L'explosion creuserait un cratère dans le débarcadère et ferait basculer la grue sur le *Nürnberg*. Le fracas déchirerait la nuit. Avec un peu de chance, il y aurait un incendie. Dans tous les cas, le navire serait hors d'usage pour au moins une semaine. Il n'en fallait pas davantage.

L'Allemagne nazie agonisait. La guerre n'en avait plus que pour quelques jours. Américains, Britanniques et Russes achevaient leur coup de cisaille sur l'Europe, repoussant sans cesse l'armée du Reich vers le nord. Et, tout au fond de ce cul de sac, il y avait le Danemark, officiellement toujours sous la férule de la Wehrmacht.

En réalité, c'était un indescriptible sauve-qui-peut. Les troupes d'occupation semblaient s'évaporer, se dissoudre dans la Baltique. Le moindre rafiot avait été réquisitionné pour servir à une impossible débandade vers la Norvège. Dans les rues de Copenhague, des fusillades éclataient à intervalles réguliers. Elles se réglaient pour la plupart entre Danois – résistants contre miliciens, partisans contre collaborateurs aux abois –, faute de véritable opposition du côté allemand. L'occupant n'en était plus un. Les ultimes vert-de-gris se terraient dans leurs casernes, dans les bâtiments officiels transformés en bunkers, parfois sur leurs navires.

Les deux croiseurs de la Kriegsmarine, le Nürnberg et le Prinz Eugen, ne quittaient plus le port. La Royal Air Force avait la maîtrise des airs. Sortir en mer, c'était subir le harcèlement des chasseurs anglais. La puissance de feu des navires ennemis constituait cependant une menace pour la résistance danoise dans sa reconquête de la capitale. C'était précisément pourquoi il fallait leur balancer à chacun cent tonnes de ferraille sur la gueule.

Rasmussen se retourna tant bien que mal à l'intérieur du boyau de béton. Le temps pressait. Bientôt les détonateurs feraient sauter les explosifs. Son sac à dos contenait encore cinq pains de plastic qu'il réservait au Prinz Eugen. À l'autre bout, le blindage noir du Nürnberg semblait avoir obturé le tunnel. Il frissonna et se mit à ramper vers la sortie.

Tout là-haut, dans l'étau que formait la coque avec le quai, les étoiles avaient transpercé les nuages et la nuit. Il empoigna les barreaux et se hissa vers la margelle. Il n'avait pas gravi dix échelons qu'une ombre dégringolait dans sa direction. Rasmussen demeura suspendu entre ciel et mer. Dans son sac, outre les explosifs, sa lampe de poche et sa boussole, il y avait le Luger Parabellum, celui de la Maison sur la montagne. Pour la première fois depuis neuf mois, il lui faudrait peut-être s'en servir ; il mesura aussitôt l'absurdité de cette pensée. Ce n'était plus une arme à feu qu'il portait dans son dos, plutôt une relique ou, pour tout dire, un *memento mori*.

La silhouette trop pressée rata un barreau. Rasmussen crut qu'elle allait l'entraîner dans sa chute et il banda instinctivement les muscles. Mais elle se rattrapa d'une main, comme par miracle. Le Danois voyait son postérieur grossir à mesure qu'elle se rapprochait. Il siffla entre ses dents. Une tête apparut au-dessus de ce cul un peu gras qui bouchait la vue sur le ciel étoilé. Le pantalon arborait une déchirure barrant la fesse jusqu'en haut de la cuisse ; un morceau de doublure pendait mollement à l'extérieur.

– Munk ?

– Niels ? C'est toi ?

– Bon Dieu, Munk, qui veux-tu que ce soit ?

– Tu as déjà mis les explosifs en place ?

– Qu'est-ce que tu fais là ?

– Je ne savais pas par lequel tu commencerais. Avec toi, on ne sait jamais.

– Comment tu m'as trouvé ?

– Le graffiti sur le sol, Niels. La revendication. La peinture était encore fraîche.

– Tu exiges qu'on la peigne avant chaque explosion.

– C'est comme ça que je t'ai retrouvé sur le quai.

– Quelques minutes de plus et tu partais en poussière.

– Tu as déjà mis les explosifs en place ?

– Je viens d'activer les détonateurs.

– Bordel, Niels. Tu es en avance.

– J'avais envie de tout faire sauter. Je suis venu pour ça.

– Redescends. L'opération est annulée. Il faut désamorcer.

– Qu'est-ce que tu dis ?

– Tout est annulé.

– Ça veut dire quoi, ça ?
– Redescends. Je t'attends sous la grue pour t'expliquer.
Ils s'exprimaient dans un souffle, avares de mots, coincés entre le quai et les huit mille tonnes du *Nürnberg*. Une voix se fit entendre sur le navire de guerre et les deux hommes se collèrent au mur. Un mégot incandescent passa à moins d'un mètre de l'échelle et grésilla au-dessous d'eux. Ils attendirent, minéraux comme la pierre. Lorsque Rasmussen releva la tête, Munk s'était perdu dans la nuit.
Il regagna la galerie sous le quai.
Munk n'intervenait jamais sur les théâtres d'opération. Il se contentait de fixer les objectifs en lien avec les Anglais, coordonner autant que possible les actions avec les partisans communistes, s'assurer des complicités sur place, fournir aux saboteurs les informations nécessaires aussi bien que les explosifs. Pas une fois, en presque deux années de résistance, Rasmussen ne l'avait vu à moins d'un kilomètre d'une bombe sur le point de sauter. Un logisticien. Un stratège. Un politique, en somme.
Pour sa part, dès son entrée dans le groupe Holger Danske [1], Rasmussen avait manifesté des dons exceptionnels pour la bricole et l'électricité, une capacité à camoufler les systèmes explosifs à l'intérieur de contenants à l'apparence inoffensive et parfois même empreints de poésie : poste de radio, maison pour oiseaux, boîte à couture, carton à chapeau… Munk l'avait envoyé en Suède pour se former aux méthodes de sabotage du SOE. À son retour, il avait fait sauter

1. Le chevalier Holger le Danois est un personnage légendaire, censé se réveiller quand le Danemark est en danger.

le grand hall d'exposition de Frederiksberg reconverti en caserne, trouvant le moyen de dissimuler sa bombe dans une caisse de bières dont il avait assuré la livraison en personne. Les verrières dévastées du Forum se dressaient depuis, en plein centre-ville, vaste squelette de fer aux allures de dentelle ajourée. Cette réussite apocalyptique l'avait imposé comme un artificier de génie remodelant les faubourgs industriels et le réseau ferré de Copenhague à coups d'explosif 808. Les deux compères avaient monté un nombre incalculable d'opérations. Leur complémentarité n'avait fait que se renforcer après le débarquement allié en Normandie. Les sabotages s'étaient multipliés – jusqu'à vingt explosions en une nuit –, empêchant la Wehrmacht de transférer ses troupes de Norvège vers les zones de combat françaises. Cependant, les rôles étaient toujours restés très clairs, immuables : de ce corps résistant, Munk était la tête et Rasmussen le bras armé.

Avec mille précautions, il retira les détonateurs des pains de plastic et les considéra, désormais inutiles, à la lueur de sa lampe. Munk venait de siffler la fin de la récréation. Il ne lui restait qu'à les jeter dans l'eau du port comme de vulgaires mégots.

Ils se retrouvèrent à l'abri de la grue qui n'irait plus se fracasser sur le croiseur ennemi. Dans leur dos, le Nürnberg dormait.

– Pourquoi l'opération est-elle annulée ?

– Cette fois c'est la fin, Niels. La BBC l'a annoncé : Friedeburg a demandé l'armistice sur le front ouest.

– La BBC a diffusé un message codé juste avant mon départ. Une livraison d'armes est prévue pour demain soir. Alors qu'est-ce que c'est que cette histoire ?

– Montgomery a accepté la reddition des forces allemandes du Nord. C'est officiel.

– La guerre est terminée ?

– Pas tout à fait. Reste la capitulation totale. Demain les Anglais transféreront Friedeburg en France, au QG d'Eisenhower. C'est là que se signera l'armistice, je le tiens de source sûre.

– Alors ce n'est pas tout à fait terminé.

– Si, Niels. Pour nous, c'est terminé. Depuis ce soir, le Danemark est en paix. Et nous avons gagné.

– Tu aurais dû me laisser faire. Une sorte de bouquet final, voilà ce qui aurait eu lieu ici. Deux croiseurs en charpie et dans le ciel des rosaces de lumière.

– À quoi bon ? Ces bateaux sont à nous, désormais. Demain matin j'envoie un groupe en prendre possession au nom de la Résistance. Nous allons griller la politesse aux British. Nous serons en position de force pour négocier leur remise aux Alliés.

– Tu vas donner nos croiseurs aux Anglais ?

– Ils les prendront de toute façon. Les troupes de Montgomery ont passé la frontière. Mieux vaut qu'ils les reçoivent des Danois plutôt que des Fritz. Il faut leur faire comprendre que nous avons repris la main ici.

– N'empêche. Tu aurais dû me laisser finir le boulot.

– Viens, Niels. On rentre à la maison.

Ils quittèrent le bassin nord, longèrent les barbelés délimitant la zone portuaire. Plus tôt dans la soirée, Rasmussen y avait pratiqué une ouverture où il s'était infiltré sans concéder la moindre égratignure. Munk l'avait empruntée à son tour, y semant un morceau de pantalon. Rasmussen la dépassa sans même y prêter attention. À cent mètres se trouvait l'entrée du port, protégée des menaces extérieures par une barrière, deux guérites tricolores, une mitrailleuse lourde et quatre soldats casqués portant fusil en bandoulière.

Munk interpella son compagnon d'un murmure agacé.

– Qu'est-ce que tu fais ? La sortie c'est par ici.

Rasmussen s'était immobilisé en pleine lumière.

– Tu ne m'as pas dit que nous étions en paix ? Alors pourquoi risquer de déchirer une nouvelle fois ta culotte ?

Munk pâlit. Il eut un dernier regard pour les barbelés cisaillés puis, à la manière des automates que les forains exhibaient avant-guerre à Tivoli, il se mit en mouvement, lui derrière et Rasmussen devant. Ils marchaient à découvert, bravant le hasard et les sentinelles. L'annonce de leur reddition leur avait-elle été seulement communiquée ?

Rasmussen passa au milieu d'eux, mains dans les poches, sifflotant un air enjoué. Il leur lança un *Hallo, wie geht's ?* tandis que l'autre suivait, le front huileux. Face à ces deux types bizarres surgis de nulle part, les quatre Allemands se consultèrent du regard sans esquisser le moindre geste. Déjà Rasmussen traversait la voie de chemin de fer. Ses sifflements avaient cessé.

Deux bicyclettes les attendaient au coin d'Århusgade. Ils les enfourchèrent sans un mot et pénétrèrent plus avant dans la ville, abandonnant la mer et le vent dans leur dos. Munk se porta à hauteur de son compagnon. L'air frais sur son visage lui avait redonné des couleurs.

– Tu as bien failli nous faire tuer. Tu sais ça ?

Rasmussen imposait un rythme soutenu.

– Niels ? Tu m'entends, au moins ?

Il appuyait de plus en plus fort sur les pédales ; ses épaules oscillaient en phase avec le mouvement des roues.

– Qu'est-ce que tu cherchais à démontrer ? Ta bravoure ? Ton inconscience ? Tes pulsions suicidaires ? Je me demande bien ce que Sarah aurait pensé de ça…

Munk accusait une longueur de retard. Il haussa la voix pour se faire entendre tandis qu'ils franchissaient Strandboulevarden désert.

– Niels ! Tu as risqué ma vie pour rien.

Rasmussen broya les cocottes de freins sans crier gare. Son pneu arrière crissa sur le gravier et son suiveur faillit le percuter. Ils s'immobilisèrent devant l'échoppe d'un coiffeur ; pendue à la devanture brillait une colossale paire de ciseaux.

– C'est ce que tu as fait pendant deux ans, Munk. Risquer la vie des autres. Parfois pour quelque chose, parfois pour rien.

– C'était la règle du jeu, tu le sais bien.

– La prochaine fois, c'est toi qui retourneras dans le tunnel pour y désamorcer la charge.

Munk considéra la trace laissée par leur freinage sur le gravier.

– Il n'y aura pas de prochaine fois, Niels. Que tu le veuilles ou non, la guerre est bien finie.

Au moment précis où il achevait sa phrase, des coups de feu retentirent dans la nuit. Tout là-bas, vers l'Opéra, un groupe de collabos de la Hilfspolizei résistait aux assauts des partisans depuis la fin du jour. Les échanges de tirs cessaient parfois, laissant croire que le quartier avait été nettoyé pour de bon. Une poignée d'habitants osait remettre le nez dehors, rasant les murs, évitant la lumière des réverbères. Soudain une rafale crépitait sur un toit. On courait se mettre à l'abri sous les portes cochères. Les Hipo, ayant troqué leurs uniformes noirs contre des vêtements civils, étaient difficiles à distinguer des partisans. Certains, acculés au bord d'une gouttière, sautaient dans le vide plutôt que de se laisser prendre. Trois ou quatre secondes à fendre l'air au lieu d'une exécution sommaire.

Les deux cyclistes longeaient les lacs du centre-ville. Une paroi de verre semblait les séparer. À la hauteur du jardin botanique, une porte s'ouvrit au bas d'un immeuble de brique, déversant sur le pavé une famille au complet. Les rues s'animaient comme en plein jour. On se pressait dans la même direction. Les vélos se mêlaient aux piétons. Les sonnettes résonnaient sur les guidons. Il était une heure du matin, le 5 mai 1945. Copenhague s'éveillait à l'annonce de sa libération.

Devant le palais d'Amalienborg, on se rassemblait sous les fenêtres du roi. Cette fois le Danemark était en paix. Sur les façades ocre et rouges les rideaux s'entrouvraient. Aux balcons, aux carreaux, on plaçait des bougies. Consigne de la BBC. On suivait dans l'euphorie les ordres d'un poste de radio, d'une voix venue d'ailleurs. La nuit danoise se parait par milliers d'étoiles supplémentaires.

Arrivés au niveau de la gare centrale, ils obliquèrent sur Istedgade et Rasmussen ralentit enfin sa course folle. Il se laissait gagner par une paix qui n'avait rien à voir avec l'annonce de la victoire, qui ne dépendait en rien de la signature d'un papier, d'une poignée de main entre militaires.

Il retrouvait le quartier de son enfance, celui des

abattoirs et des bouchers, ceinturé par un entrelacs de voies ferrées. Celui des courses-poursuites au fond des terrains vagues, des parties de cache-cache dans les ruelles populaires. Celui des trésors faits de bouteilles de bière, de paquets de cigarettes et de soutiens-gorge en dentelle fauchés sur le fil à linge de la voisine et dissimulés dans les caves obscures ou les chiottes de fond de cour. Le quartier idéal pour, une fois entré dans l'âge adulte, imprimer des journaux clandestins, cacher des armes et des explosifs, aménager des planques où se terrer après avoir fait dérailler un train. Pendant cinq ans, Vesterbro s'était retranché de l'occupant. Lorsqu'une patrouille s'y risquait, les fenêtres s'ouvraient et une averse de pots de chambre s'abattait sur les soldats ennemis.

Munk et Rasmussen freinèrent devant le magasin de radios qui servait de boîte aux lettres au réseau. Durant des mois on s'était retrouvé derrière sa façade bleue pour écouter la BBC dans le plus grand secret. Cette fois, on avait sorti sur le trottoir un haut-parleur qui braillait les dernières informations en provenance du front.

Ils abandonnèrent leurs vélos et s'engouffrèrent dans un immeuble de briques rouges. Dans la cage d'escalier on portait des toasts à la santé des combattants victorieux.

Ils atteignirent le grenier parfumés à la bière et au schnaps ; une jeune femme était attablée au milieu d'une cuisine de fortune équipée d'un réchaud à alcool, d'une casserole sans manche et d'une poêle. Ses boucles rousses recouvraient une robe printanière. Elle portait une vieille veste militaire et à ses pieds des godillots cloutés. Elle leva les yeux vers les deux arrivants, et les verres de ses lunettes émirent un bref éclair. La crosse d'un fusil Enfield à moitié démonté reposait sur ses cuisses, en partie cachée par son ventre qu'elle avait gros comme un ballon.

Elle se mit péniblement sur ses jambes et Rasmussen la serra dans ses bras. Sarah lui arrivait à peine aux épaules. Il sentait le ventre rond presser son sexe. Il eut la vague sensation que l'enfant remuait.

– Ils disent que c'est fini.

– Munk m'a dit, oui.

– Tout à l'heure, je suis descendue au magasin pour écouter la radio.

– Tu n'aurais pas dû. Ce n'était pas prudent.

– Ils l'ont dit, Niels, en anglais et en danois. Il était neuf heures du soir et tu venais de partir.

– Je n'ai pas pu les faire sauter. Je n'ai pas pu détruire les deux croiseurs.

– Maintenant, quelle importance ?

Il se dégagea et vida sur la table son sac chargé d'explosifs.

– Et toi ? Tu nettoyais ton fusil ? Pour quoi faire ?

– Je ne sais pas. Par habitude. Parce que j'étais inquiète en attendant ton retour.

Il considéra les pains de plastic et les détonateurs désormais inutiles, échoués entre les pièces Enfield luisantes d'huile et les ustensiles de cuisine. Depuis le trottoir, le haut-parleur de la boutique diffusait un air de jazz.

– Tu as raison. Après tout, quelle importance ?

Munk s'était posté au vasistas et scrutait la rue quatre étages plus bas. Il avait allumé une cigarette qu'il laissait se consumer entre ses doigts. La planque offrait une perspective ininterrompue sur Istedgade, depuis la gare centrale jusqu'à l'arrêt du tram 3 sur Enghave Plads. Ils s'y étaient terrés pendant des mois, la bouche pleine de projets de sabotage et d'attentat. Entre Sarah et Rasmussen il y avait eu aussi des mots d'amour. Et tandis qu'en bas la ville célébrait la victoire, là-haut ils ne trouvaient plus rien à se dire.

Sarah fouilla sa veste et lui tendit une enveloppe.

– C'est arrivé pour toi, ce soir.

– Ici ?

– À la boutique, en bas.

– Qui l'a déposée ?

– Ta sœur. Elle l'a reçue hier.

– Chez ma mère ?

– Chez ta mère.

Munk tira sur sa cigarette et le mégot rougit en crépitant.

– Ta sœur connaissait l'adresse de notre boîte aux lettres ?

Rasmussen tournait et retournait l'enveloppe entre ses doigts.

– Elle vient de France.

– Tu as donné l'adresse de la planque à ta sœur ?

– Le cachet est daté du 27 avril. Paris, 1er arrondissement.

– Niels ? Tu as commis cette imprudence ?

Rasmussen fixa son supérieur de toute sa hauteur.

– Maintenant, quelle importance, Munk ? Quelle importance ?

En bas, la radio diffusait un nouveau bulletin ; Munk entrouvrit le vasistas.

Sarah tendit à Rasmussen un couteau dentelé.

– Tu ne l'ouvres pas ?

Il déchira l'enveloppe d'un mouvement du pouce. Elle contenait une feuille de journal pliée serré. Il s'approcha de l'unique ampoule pendue à une poutre.

– C'est *Le Parisien libéré.*

– Qui t'envoie ça ?

– Aucune idée.

– Il n'y a pas de lettre avec ?

Rasmussen traduisit entre ses dents.

– *Capitulation allemande en Forêt-Noire. Brême, Stettin et Brno sont tombées. Débâcle totale en Italie. Mussolini aux mains des patriotes.*

– Tout ça, c'est périmé, Niels.

– Je sais, Munk. Le journal date de plus d'une semaine.

– Ça n'a plus aucun intérêt. Tu ferais mieux d'écouter la radio.

– *Appréhendé hier à la frontière suisse, Pétain est ramené à Paris ce matin à l'aube.*

Il retourna la feuille volante et poursuivit. Sarah patientait sans un mot, la crosse de fusil dans une main, son ventre dans l'autre.

– *Ravitaillement : les tickets 1, 2, 3, 4 de la feuille de mars représentant un total de 100 grammes de fromage sont périmés… Nos prisonniers reviennent : gare de l'Est, samedi à 14 h 13, 858 prisonniers des stalags VA, VB et VE, 9 internés du camp de Buchenwald ainsi que 6 déportés… Composition de l'équipe de France de rugby qui affrontera l'Angleterre : Alvarez jouera demi d'ouverture… Dans les camps on fabriquait des abat-jour avec de la peau humaine… Théâtre de Paris : deux heures de rire avec la joyeuse comédie* Mon bébé. *Le nouveau spectacle du Grand-Guignol est un triomphe :* Le Laboratoire de l'épouvante *et trois autres pièces à mourir de peur…*

Il faillit replier la page puis se ravisa. Un encadré venait d'attirer son attention. Son visage tout entier disparut derrière la feuille de papier.

– *Épuration : c'est définitivement le 7 mai que le dramaturge Jean-François Canonnier, actuellement détenu à Fresnes, passera devant la cour de justice de la Seine. Il sera défendu par maître Bianchi.*

Les titres en gros caractères s'abaissèrent. Le halo fade de l'ampoule creusait ses traits. Il resta un moment immobile, *Le Parisien libéré* déployé sur ses cuisses. Dehors, le haut-parleur s'était tu comme si la ville entière semblait attendre le décryptage de ce journal français déjà vieux d'une semaine.

Munk fumait en silence, scrutant Sarah. Elle remua la première.

– *Épuration* ? Tu crois qu'il a quelque chose à se reprocher ? Qu'est-ce qu'il a bien pu faire ?

Munk tira une dernière fois sur sa cigarette et la jeta à l'extérieur. Il referma le vasistas et le silence se fit plus pesant.

– C'est qui, ce Canonnier ?

– Un ami de Niels, du temps où il vivait en France. Ils ont monté une ou deux pièces ensemble. Moi je ne l'ai jamais vu. C'était avant qu'on se connaisse.

Rasmussen replia le journal.

– Trois.

– Tu dis ?

– Jean-François et moi avons monté trois pièces au théâtre de l'Olivier. *Les Îles Kerguelen*, *Krankenstein* et *Bastringue*. 1936, 1937 et 1938. Trois saisons d'affilée. Puis je suis rentré au Danemark et nous nous sommes perdus de vue.

Munk s'était emparé du journal et faisait mine de s'intéresser au programme des spectacles.

– C'était à Paris, tout ça ?

– À Paris, oui.

– Niels y a vécu quatre ans, Munk. C'est là qu'il a fait ses premières mises en scène.

– C'est vrai, j'oubliais que ta mère est française... Dis donc, Niels, c'est qu'ils en ont, des théâtres, à Paris. Les réclames pour leurs fichues pièces prennent plus de place que les articles consacrés au front. Sans compter le music-hall. Ils n'ont que ça à faire, tes Français, aller au spectacle ?

Rasmussen lui reprit la feuille des mains et relut l'encadré avec soin.

– C'est toi qui l'as dit, Munk : la guerre est terminée. Et Paris n'est plus occupé depuis presque neuf mois. Regarde, c'est écrit en gros tout en haut : *Le Parisien libéré*. Tu vois ?

Les hurlements d'un Klaxon montèrent depuis la rue et Munk se précipita à la fenêtre.

– Je file. On se revoit plus tard.

Il était déjà sur le pas de la porte lorsque Sarah l'arrêta.

– Tu as rendez-vous ?

Au bas de l'immeuble, une voiture cabossée à motifs camouflage s'était garée sur le trottoir. Deux très jeunes maquisards attendaient dans la malle arrière, fusils pointés en l'air. Déjà les badauds entouraient le véhicule et offraient un coup à boire à ses occupants.

Sarah n'avait pas lâché Munk du regard.

– Alors ? Où tu t'en vas comme ça ?

– Je ne peux pas te donner cette information.

– Je te demande pardon ?

– Tu as très bien entendu. Ça ne te concerne pas.

– Attends un peu que je remonte mon fusil.

– Qu'est-ce que tu dis ?

– Niels et moi nous t'accompagnons.

Elle fit claquer la culasse de son Enfield et cala

la crosse contre sa hanche. Son nombril gonflé par la grossesse affleurait sous la robe à fleurs comme une tête d'obus pointée sur Munk.

– C'est hors de question, Sarah. De toute façon tu n'es pas en état.

– Alors dis-nous où tu vas.

Munk hésita.

– À Kastrup.

– Qu'est-ce que tu vas faire à l'aéroport ?

– Y voir des gens du SOE britannique. Ils veulent inspecter l'état des pistes. Ce n'est qu'une rencontre préparatoire. D'ici une ou deux heures ils seront repartis rendre compte à leur état-major.

– Préparatoire à quoi ?

– À l'arrivée de troupes.

Sarah chercha Rasmussen du regard. Celui-ci, un peu absent, lissait entre deux doigts les plis du *Parisien libéré*. Elle finit par déposer son arme. Le poids de son ventre lui tenaillait le dos. C'était une question de jours avant que l'enfant ne sorte à la lumière.

– Nombreuses, les troupes anglaises ?

– Assez, oui.

– Qui sera là demain ? Qui les commandera ?

– Je ne sais pas, Sarah.

– Montgomery, c'est ça ? Tu vas lui astiquer les bottes en personne ?

– Ne dis pas de bêtises. Ce sera un sous-fifre, probablement.

– Son nom ?

– Dewing, ou quelque chose comme ça.

– C'est un général, Munk, tu le sais aussi bien que moi.

– Peut-être bien. La question n'est pas là.

– Et où est-elle, alors ?

– Il faut que notre réseau soit représenté à l'aéroport. Les partisans communistes y sont sûrement déjà. Tu comprends ça, Sarah ?

– Je comprends surtout que tu veux te mettre en avant.

– Décidément, tu n'y es pas. Tu ne connais pas la rumeur ? On dit que des troupes russes auraient été parachutées au sud de Copenhague. Je n'ai aucune envie de me réveiller demain matin sous la botte de Rokossovski. Cinq ans d'occupation m'ont largement suffi. L'après-guerre a commencé depuis maintenant quatre heures. Il n'est plus temps de faire sauter des usines ou dérailler des trains. C'est une course contre la montre, et nous sommes d'ores et déjà en retard.

– En retard pour quoi ?

– Pour prendre le pouvoir.

À ces mots, Rasmussen parut sortir de sa torpeur.

– Je vais avec toi, Munk. Que ça te plaise ou non.

Sarah s'affaissa sur sa chaise. Le fusil s'abattit sur le plancher dans un claquement sec. Elle retira ses lunettes et le monde devint flou. Seul cet homme, à quelques centimètres d'elle, qui semblait tout à coup vouloir faire l'inventaire de son sac, empestait l'explosif et l'avait mise enceinte en septembre dernier, seul cet homme-là lui apparaissait avec netteté. Elle eut envie de poser son front contre n'importe quelle partie de son corps, sentir sa chaleur, et cependant elle s'en abstint. Bien qu'elle ne pût le distinguer, elle n'en sentait pas moins le regard de Munk, à l'autre bout de la pièce, la transpercer de part en part.

Rasmussen boucla son sac et le fit passer sur son dos.

– C'est mieux si tu ne bouges pas d'ici, Sarah.

Ils restaient là tous les trois, parfaitement immobiles, se connaissant par cœur, ayant traversé ensemble les pires épreuves, sans qu'aucun d'eux ne consente à faire le premier pas.

Rasmussen glissa ses doigts à travers les boucles rousses et lança à travers la pièce :

– Va devant. Je te rejoins dans un instant.

Munk fouilla sa poche, prit tout son temps pour allumer une autre cigarette tandis qu'en bas le Klaxon les rappelait à l'ordre.

– Tu as deux minutes. Ensuite je pars seul pour l'aéroport.

Ses pas résonnèrent dans la cage d'escalier et se fondirent dans la rumeur extérieure. La fumée de sa cigarette flottait dans la pièce. Sarah cala sa tête sur la hanche de son homme.

– Surveille-le, Niels. D'une certaine façon il a raison. À partir de maintenant, les choses ne se règlent plus à coups d'explosifs mais avec des discours et des poignées de main.

– C'est son domaine davantage que le mien.

Il lui caressait tout doucement les cheveux. C'était ce qu'il avait aimé chez elle en premier, lorsqu'il l'avait aperçue dans le cinéma : cette tignasse de feu que l'obscurité n'arrivait pas à éteindre ; durant une heure, les images s'agitant sur l'écran ne l'en avaient pas distrait une seule fois.

– Je suis si maladroit avec les mots, Sarah.

– Apprends à son contact comme il a appris la bravoure à tes côtés. Tu verras. Ce n'est pas si difficile. Munk te servira de professeur malgré lui. Ne le laisse pas récolter toute la gloire. Tu as droit à ta part. Tu as risqué ta vie bien davantage que lui. Pense à nous, pense à l'enfant. Pense aux lendemains de guerre. Le pays va changer. Demain tout Copenhague sera dans la rue pour fêter la Libération. Pendant deux ans tu t'es battu comme un lion, toute la ville connaît ton nom ; il faut te servir de ton aura de résistant.

– C'est exactement ce que je compte faire.

Il la dévisagea, s'attarda sur les taches de rousseur parsemant l'arête de son nez. Elle avait fermé les yeux et se laissait masser la nuque avec délice.

– Je suis inquiet pour Jean-François. Là-bas, en France, ils fusillent les collabos à tour de bras, tu sais.

Elle rechaussa ses lunettes.

– Fais confiance à leur justice et concentre-toi sur tes affaires. S'il a trahi son pays, il prendra douze balles dans la peau et ce sera bien fait pour lui.

La main cessa ses caresses, émergea de la chevelure rousse, disparut dans une poche.

– Il faut que j'y aille. Munk serait capable de filer sans moi.

Elle frotta le ventre immense calé entre ses cuisses.

– Tu ne lui dis pas au revoir ?

Rasmussen posa la main sur ce globe qui renfermait le monde en miniature. Il s'enivra une dernière fois du parfum de Sarah. L'escalier l'engloutit sans émettre le moindre craquement. Durant la guerre, il avait pris l'habitude de marcher sans bruit.

Elle dut s'appuyer à la table pour se relever et s'approcha du vasistas. Rasmussen avait rejoint Munk sur le trottoir. Tous deux fendaient la foule en liesse. Le haut-parleur accroché à la façade, poussé au maximum, diffusait un programme en anglais. Au milieu des crachotements on ne comprenait qu'un mot sur deux. Munk serrait des mains. Les gens l'applaudissaient. Rasmussen suivait, son éternel sac en toile sur le dos. Il avait l'air d'un écolier trop vite grandi. Elle eut envie de descendre à toute vitesse, de dévaler les marches quatre à quatre pour le serrer dans ses bras avant qu'il ne disparaisse dans cette auto estampillée des initiales de la Résistance. L'enfant l'en empêchait. Elle voulut lui faire signe, mais il garda les yeux baissés.

Les deux héros du quartier s'assirent sur la banquette arrière. Des hommes surexcités flattaient les flancs de tôle comme l'on fait d'une canasse au départ d'un tiercé. La voiture s'affranchit de la foule et prit la direction de la gare. De la malle arrière émergeaient deux fusils et deux paires de mollets tressautant au rythme des cahots ; ce furent ces jambes-là que Sarah aperçut en dernier lorsque l'auto s'évanouit dans la nuit. Aux fenêtres des immeubles, partout aux alentours, on continuait d'allumer des bougies par milliers.

2

Munk avait joué sur les mots. Holger Danske avait pris le contrôle de l'aéroport plusieurs jours auparavant ; les résistants se bousculaient au portillon pour accueillir les premiers officiers alliés. Quant aux pistes, elles n'avaient fait l'objet d'aucun bombardement. Il suffisait d'un regard pour constater qu'elles étaient en parfait état, prêtes à accueillir dès les premières lueurs la horde de Britanniques censée superviser l'évacuation des troupes d'occupation.

La voiture avait stoppé en marge du tarmac. Un uniforme anglais entre deux âges, légèrement bedonnant, déambulait sur la dalle de béton, suivi d'une brochette de combattants danois portant brassard et mitraillette en bandoulière. Munk ouvrit la portière et le plafonnier illumina ses traits.

– Je te l'accorde, l'inspection de la piste ne nécessitait pas ma présence. D'ailleurs, je n'y connais strictement rien aux avions. Je suis venu saluer le major Turnbull. Pendant deux ans nous nous sommes mis d'accord par radio sur les cibles que tu serais chargé de détruire. C'est lui, là-bas, tu vois. Et toi ?

– Quoi, moi ?

– Qu'est-ce que tu fais là, dis-moi, Niels ? À part faire plaisir à Sarah.

Il quitta la voiture sans attendre la réponse ; escorté des deux adolescents qui avaient voyagé dans la malle, il avança dans le halo des phares, sa main tendue vers celle de l'officier anglais. La portière se referma et l'ampoule au plafond s'éteignit. L'autre resta seul dans le noir.

Le visage du major s'éclaira lorsque Rasmussen fendit à son tour le groupe de combattants. Il n'y eut aucune poignée de main ; les deux hommes s'observèrent en souriant et ce silence valait tout un discours. Munk ne put cacher sa contrariété lorsque l'Anglais tendit son paquet de Lucky Strike au nouveau venu.

– Vous vous connaissez ?

– Niels et moi nous sommes rencontrés en Suède, il y a un an et demi environ. Je l'ai formé au maniement des explosifs. Le plus brillant élève que j'aie eu de toute la guerre. Un véritable artiste de la catastrophe. N'est-ce pas vous qui l'aviez envoyé auprès du SOE ?

Munk tira aussi ses cigarettes pour se donner une contenance.

– Alors, major ? Cet aéroport ? Rassuré sur l'état des pistes ?

– Pour dire la vérité, je n'étais guère inquiet à ce sujet. Le général Montgomery m'a dépêché ici pour faire un point sur la situation à Copenhague. Je dois lui faire un état complet des forces en présence.

– Comme vous avez pu le constater, major, les choses sont sous contrôle. La Résistance a la main sur la ville, à l'exception de quelques poches isolées que nous sommes en train de réduire. Je peux vous l'assurer, les Fritz sont doux comme des caniches.

Turnbull tira une dernière bouffée et jeta son mégot sur l'herbe.

– Je ne parlais pas des Allemands. Vous dites que la Résistance contrôle Copenhague. Mais laquelle ? La vraie question est là.

– Ce sont les partisans communistes qui vous inquiètent ? Leur ancrage dans la population est très minoritaire. Une fois désarmés, ils ne constitueront pas un problème. Nous sommes vos véritables interlocuteurs, soyez en sûr, major. Moi en particulier.

Turnbull eut un coup d'œil vers Rasmussen.

– Me voici entièrement rassuré. Et cependant la situation demeure assez instable. Comme je vous l'ai communiqué, une rumeur persistante fait état de parachutages soviétiques dans le Seeland. Sans compter que le nombre de vos « caniches », comme vous les appelez, se monte à deux cent mille dans le pays. Autant de raisons qui doivent nous pousser à la prudence, vous en conviendrez. À neuf heures trente, tout à l'heure, quatre Spitfire atterriront pour un premier repérage. À seize heures trente, suivront douze Dakota remplis de troupes commandées par le général Dewing en personne ; je compte sur vous pour lui faire bon accueil. Dans la soirée arriveront une trentaine de Curtiss chargés de troupes commando. Le rythme devrait rester à peu près le même dans les jours prochains.

– Mais, major, n'avez-vous pas un peu – comment dirais-je ? – surévalué la menace ? Je vous assure encore une fois que la Résistance…

– Simple précaution, mon cher Munk, simple précaution. Dans la conduite de la guerre, comme en médecine, mieux vaut prévenir que guérir… Au fait, où en êtes-vous avec les deux croiseurs qui sont à quai dans votre port ?

Munk lança à son tour un regard à Rasmussen, qui fumait en silence et fixait une craquelure dans la dalle de béton.

– Dès l'aube, j'enverrai deux équipes en prendre possession, major. C'est ce qui était prévu depuis l'annulation de l'opération.

– Les deux capitaines refuseront de vous livrer leur navire, vous pouvez en être sûr. Laissez-nous faire, Munk. Ce sont des histoires qui se règlent entre militaires. Un salut, un claquement de talons et nous pourrons rebaptiser leur *Prinz Eugen* en *Princess Elizabeth*.

Il rajusta sa casquette et serra la main à chacun des combattants.

– Poursuivez votre excellent travail, messieurs. Nous sommes à vos côtés pour vous aider à restaurer un Danemark libre, démocratique, et bien entendu probritannique.

Enfin il salua Rasmussen d'un mouvement du menton.

– Nos discussions sur Shakespeare me manquent, Niels. Lorsque ce vaste bazar sera rangé, il faudra les reprendre là où nous les avons abandonnées.

Rasmussen avait délaissé la fissure dans la piste. Déjà l'officier s'éloignait en direction d'un petit avion de reconnaissance aux couleurs de la RAF.

– Et pourquoi pas tout de suite, major ?

– Je vous demande pardon ?

– Pour où vous envolez-vous ?

– Pour Lüneburg, au sud de Hambourg. C'est là qu'est Montgomery. Je dois lui faire mon rapport d'ici deux heures. Je suis déjà en retard.

– Et ensuite ?

– Difficile à savoir. Pourquoi cette question ?

– On dit que l'armistice se signera en France.

– Eisenhower est à Reims. C'est tout ce que je peux vous dire.

– On dit que l'amiral von Friedeburg doit être transféré dans les toutes prochaines heures du QG de Montgomery à celui d'Eisenhower.

– Qui vous a raconté cela ?

– Munk, bien sûr.

Turnbull eut une mimique amusée.

– Eh bien, Munk ! Quelle pipelette vous faites ! Nos conversations radio n'étaient-elles pas confidentielles ? Enfin, cela n'a pas grande importance. Ce sont des secrets de polichinelle. L'armistice devrait en effet se signer à Reims.

Munk n'eut pas le temps de se justifier. Rasmussen s'avançait vers l'appareil du major.

– Si vous allez en France, vous pouvez me déposer ?

Le sourire de l'Anglais céda la place à l'ahurissement le plus complet.

– Bon Dieu, Niels ! Vous prenez mon coucou pour un fichu taxi-cab, ou quoi ?

– Il faut à tout prix que j'aille en France.

– Mais qu'est-ce que vous avez de si urgent à faire là-bas ? Les Frenchies sont plus que jamais occupés à s'entre-étriper, vous savez. Les gaullistes contre les communistes, les communistes contre les vichystes, les vichystes contre les gaullistes… Des combats de coqs à n'en plus finir. C'est à celui qui dressera sa crête le plus haut dans la basse-cour.

– Justement, major. C'est pour aider un ami. Un ami qui a des ennuis.

Turnbull eut un instant d'hésitation. À quelques

mètres de là, Munk les fixait sans rien dire. L'officier baissa d'un ton.

– C'est ici que les choses se jouent pour vous, Niels. Les prochains jours risquent d'être décisifs pour votre pays. Et pour ceux qui ont risqué leur vie pour lui. Les places sont chères. Est-ce bien le moment de partir ?

Rasmussen balaya les pistes du regard. Les premières lueurs du jour commençaient à rougir l'horizon. Le pilote de Turnbull, perché dans le cockpit, avait relancé son moteur. Le Danois saisit le major par le bras.

– Emmenez-moi. Au moins vous ferez un heureux. Regardez Munk. Il n'attend qu'une chose : que je lui débarrasse le plancher.

– Et cet ami en France, qui est-ce ?

– Quelqu'un avec qui j'ai fait du théâtre, il y a longtemps, à Paris.

Turnbull se figea.

– Du théâtre ? Mais alors votre affaire est hautement prioritaire ! Je vous préviens, mon cher, mon coucou n'est guère confortable. Et votre siège vous coûtera une bouteille de brandy.

L'avion attendait en bout de piste, face à la mer. Turnbull se coiffa d'un casque de cuir bouilli et les plis de son front tombèrent en accordéon sur ses épais sourcils. Il grimpa à l'échelle fixée au flanc de l'appareil. Rasmussen s'agrippa à son tour. Les turbulences provoquées par l'hélice lui faisaient l'effet d'une tempête d'hiver. Ses pieds peinaient à quitter le sol, il n'était plus qu'un épi de blé ballotté par le vent, croché à ses racines, à son pays, écartelé entre la terre aimée et l'inconnu. Une main vint se poser sur son épaule. C'était Munk. Ses paroles s'envolèrent dans le souffle des pales.

– Qu'est-ce que je dis à Sarah ?

– Que je serai là pour l'accouchement. Dis-lui bien ça.

Les barreaux vibraient à tout-va. Il crut que son ventre allait se fendre lorsqu'il s'arracha à la dalle de béton. Il prit place sur un pliant tendu de toile crasseuse et s'harnacha derrière l'officier anglais. Ses genoux lui remontaient au menton. Il tremblait, de froid ou de peur, il n'aurait su le dire.

Turnbull, hilare, eut un geste en direction de la piste : « Demain ce sera Piccadilly Circus ici ! » Il rabattit la cage de verre au-dessus de leurs têtes et l'air cessa de s'agiter. La tempête se poursuivait dans le crâne de Rasmussen. Munk se tenait au-dehors, un pied sur le tarmac et l'autre dans l'herbe humide. Leurs regards se croisèrent ; Rasmussen sut qu'il ne transmettrait pas le message à Sarah.

L'avion, un Westland maniable et léger dont les Britanniques s'étaient servis pour livrer des explosifs à travers toute l'Europe occupée, roula en direction de l'aube. Après un rebond, il s'éleva dans les airs et entama une longue courbe sur l'aile. Il se stabilisa au-dessus de la mer, rasant l'eau noire, semblant vouloir tourner le dos à la lumière. Ils s'enfonçaient dans les ténèbres après avoir frôlé le jour. Rasmussen faillit hurler à l'oreille de Turnbull ; il fallait atterrir de toute urgence, qu'il puisse enfin se fixer quelque part, s'arrêter de courir, de détruire, de saboter, de faire exploser les choses en mille morceaux. Il revit les boucles rousses de Sarah dans le grenier d'Istedgade, le ventre rond qui portait son enfant. Il le sentit bouger sous ses doigts gourds. Comme s'il avait entendu ce cri silencieux dans le vacarme du cockpit, le major pivota sur son siège et sa bouille plissée apparut sous le casque de cuir. Dans sa main, il tenait une flasque argentée. Le Danois but une gorgée. L'alcool envahissant ses entrailles lui fit l'effet d'une coulée de lave. Il n'avait rien mangé dans les dernières vingt-quatre heures. L'excitation, le danger, la perspective des explosions dans le port. C'était comme de s'offrir un moment d'oubli, une poignée de secondes où la vie semblait plus dense, le temps d'un feu d'artifice. Mais cette fois-ci il n'avait pas atteint la jouissance. La faute à Munk. La faute aux Allemands et aux Anglais. La faute à l'armistice et à la paix.

Il ferma les yeux et sentit le vertige l'assaillir. Le manque de sommeil s'alliait à la faim, accentuait chaque secousse du Westland, changeait le moindre trou d'air en montagne russe. Il regarda à travers la verrière. L'avion volait au ras de la mer. Une vague lueur ranimait les flots, leur donnait un semblant de relief. Tout là-bas sur la droite, les falaises blanches du Seeland émergeaient de la nuit.

Rasmussen rendit son brandy à l'officier anglais. Celui-ci trinqua avant d'en engloutir une généreuse rasade.

– Au Danemark ! (Il réitéra son geste sans cesser de fixer Rasmussen.) À la France ! À la patrie de Molière ! Et à l'amitié !

Les tranchées sur son front ressortaient plus encore dans le halo blafard des instruments de bord ; ses yeux brillaient d'une intense curiosité.

– Alors dites-moi, cet ami à Paris… Qu'est-ce qu'il a fait au juste ?

– À vrai dire, je l'ignore, major. Son procès aura lieu lundi.

– Vous connaissez les chefs d'accusation ?

– Non. Mais dans le journal il figure à la rubrique « épuration ».

– Vous savez au moins par quelle juridiction il doit être jugé ?

– La cour de justice de la Seine. C'est ce qui est écrit dans l'entrefilet.

L'Anglais fit une grimace et son visage se plissa davantage.

– Les cours de justice sont des tribunaux d'exception destinés à juger les faits graves de collaboration. De Gaulle les a créées il y a moins d'un an ; il leur a donné pour consigne de punir vite et fort. Si votre camarade passe devant l'une d'elles, c'est qu'on l'accuse d'intelligence avec l'ennemi. Il était comédien ?

– Non, il écrit. J'ai mis en scène trois de ses pièces.

– J'espère qu'il trouvera les bons mots pour se défendre. Ses répliques ont intérêt à faire mouche, parce que je peux vous garantir que ce ne sont pas des tendres, aux assises de Paris. C'est le grand ménage, en ce moment, chez nos amis français. Ils cherchent à enfouir les errances de la collaboration sous une avalanche de condamnations.

– Je ne vois pas Jean-François s'acoquiner avec les Allemands. Il doit y avoir une erreur. Et c'est ce que j'entends découvrir.

– Il ne sera pas facile d'y voir clair. En France comme ailleurs, certains, qui ont beaucoup à se faire pardonner, s'ingénient à brouiller les frontières. D'anciens collabos s'inventent un glorieux passé de résistant, parfois ils vont jusqu'à insinuer qu'ils étaient des agents infiltrés du SOE. Ceux-là, en général, sont incapables de citer le moindre nom, le moindre contact à Londres, hormis d'improbables capitaines Smith ou des sergents Taylor… D'autres, qui n'ont rien fait de toute la guerre, sortent du bois sur le tard et compensent leur passivité de quatre années en se faisant féroces épurateurs. C'est une fichue foire d'empoigne à laquelle vous allez vous mêler, Niels. Je vous souhaite bien du plaisir… Votre ami, vous le connaissiez bien ?

– Pourquoi parler au passé, major ?

– Les gens changent, vous savez. En somme, l'Occupation n'a fait qu'aligner les hommes sur une frontière. Certains se sont comportés en héros. D'autres se sont aventurés – comment dirais-je ? – du côté obscur.

– Son seul intérêt allait à l'écriture. Je n'imagine pas un tribunal tuer un homme pour des mots.

Turnbull avait à nouveau tiré sa flasque. Il s'adjugea une rasade avant de se pencher vers Rasmussen ; son haleine imprégnée d'eau-de-vie vint tiédir le visage du Danois.

– Vous savez, Niels, il y a tout juste trois mois, ils ont fusillé l'un de leurs plumitifs. Brasillach. C'était un imbécile et une petite ordure, mais cela dit, lui aussi n'avait fait qu'aligner des phrases sur une feuille de papier. En France, où l'on aime tant les idées, les écrivains ont un statut à part. Les mots peuvent tuer. Et ils peuvent aussi faire condamner à mort leurs auteurs.

Il se retourna sur son siège, offrant à Rasmussen la vision de sa nuque surmontée de l'absurde casque en cuir bouilli. La Baltique défilait sous leurs fesses. Très loin, tout au fond, un fil arachnéen se détachait sur l'horizon. C'était l'Allemagne, dont une partie était toujours en guerre, vers laquelle ils fonçaient à plus de deux cents kilomètres à l'heure.

Rasmussen fouilla son sac échoué entre ses pieds. À tâtons, il passa en revue ses maigres possessions, édifiant résumé de ce que sa vie avait été au cours des deux dernières années : sa lampe de poche, la boussole militaire, un couteau suisse, un peu de linge de rechange, son carnet ligné, un stylo plume Parker – cadeau de Sarah pour ses trente ans –, enfin le Luger chargé. Et toujours cette odeur d'amande qui imprégnait toutes ses affaires et le suivait en permanence telle un chien de chasse.

Il saisit la boussole dans sa paume et l'exposa à la lueur du jour naissant. Il ne prit pas la peine d'en ouvrir le boîtier et se contenta d'en caresser le laiton lisse. Il connaissait sa destination. Il avait toute confiance dans le pilote anglais. Il voyait bien au-delà de l'Allemagne. Il pensait à Paris. La boussole se réchauffait lentement au contact de sa chair. Elle le ramenait dix ans en arrière, vers un temps où il n'était pas encore question de partir faire la guerre, où le théâtre lui tenait lieu d'univers, où il était possible de faire entrer le monde entre quatre murs tendus de velours rouge.

Il avait débarqué à Paris muni de sa foi et de sa jeunesse, avec pour seule expérience quelques rôles de valet ou de hallebardier dans un obscur caf'conc' de Vesterbro. Un soir, il y avait même joué au débotté le rôle d'une comtesse. Dans sa poche il avait deux adresses. La première, celle d'une cousine de sa mère, boulevard du Montparnasse, chez laquelle il logerait. La seconde, recopiée avec soin bien qu'il la connût par cœur – 7, rue Boudreau, dans le 9e arrondissement –, était celle de l'Athénée. Le théâtre de Louis Jouvet.

Jouvet. L'idole. Le modèle. Le fondateur du Cartel avec Baty, Dullin et Pitoëff, qui avait pour ambition de tourner le dos au théâtre commercial, aux portes qui claquent, aux amants dans les placards. Jouvet qui promouvait un répertoire littéraire, multipliait les créations, montait autant d'auteurs nouveaux que de classiques. Jouvet qui combattait le cabotinage et voulait un comédien au service du texte. Jouvet qui privilégiait le tréteau nu pour mieux mettre en avant acteurs et auteurs, enterrant les grotesques falbalas du boulevard. Ce Jouvet-là qu'un Rasmussen encore adolescent, ébloui, bouleversé, émerveillé, emmené pour la première fois de sa vie au Théâtre royal par sa mère, avait découvert lors d'une tournée à Copenhague. Ce Jouvet-là, d'ailleurs marié à une Danoise, qu'il rêvait de rencontrer et d'imiter.

C'était précisément à l'Athénée, un soir d'automne 1935, qu'il avait fait la connaissance de Jean-François Canonnier. À force de sacrifices, il s'était offert une place à la première de *La guerre de Troie n'aura pas lieu*, du tandem Giraudoux-Jouvet. Il avait pris place au poulailler, tout en haut, où il fallait se pencher, se contorsionner dans tous les sens pour apercevoir un bout de scène, un morceau de décor. Il s'était perdu dans la contemplation des moulures dorées, des colonnes baroques, du plafond si proche qu'il aurait presque pu le toucher, où était peint un ciel de pacotille saupoudré de nuages, illuminé par un lustre de cristal en guise de soleil. Il s'était rappelé que le poulailler s'appelait aussi *paradis*.

Un jeune homme était venu s'asseoir à côté de lui, propre et poli, qui avait vérifié deux fois le numéro inscrit sur son billet. Ils étaient restés silencieux, coude contre coude, épaule contre épaule, un peu tassés dans cet espace confiné qui ne laissait pas plus de place à leurs guibolles qu'à l'énergie de leur jeunesse. Puis le noir s'était fait et le rideau s'était levé.

Ils avaient échangé quelques mots à l'entracte. Mais la véritable conversation, qui devait perdurer près de quatre années, s'était engagée dans l'escalier bondé, à la fin de la représentation, en attendant d'atteindre la sortie, la ville pressée, les autobus, les rues mouillées. Les deux garçons s'étaient ouverts, marche après marche, dépassant une forme de timidité qu'ils avaient en commun. Il le savait maintenant, une part de lui-même n'était jamais redescendue de ce poulailler.

Ils avaient dévoré une choucroute arrosée de bière dans une brasserie de la place Clichy près de laquelle habitait Jean-François. Ils avaient discuté toute la nuit. De Jouvet, de Giraudoux, du spectacle auquel ils venaient d'assister, de la pièce en un acte qui avait fait l'ouverture : *Supplément au voyage de Cook*. Canonnier la jugeait trop timide. Il comparait le théâtre à une automobile. « C'est comme être au volant d'une Bugatti Grand Sport. Si tu ne dépasses jamais le trente à l'heure, alors à quoi ça sert ? » Ils étaient habités par la même envie, insufflée par leurs lectures shakespeariennes, celle de convoquer vents et tempêtes sur scène, passions et violence, bruit et fureur, naufrages et éléments déchaînés.

Ils étaient ressortis de la brasserie au petit matin, vers les quatre heures, vidés par le serveur à coups de pied aux fesses, ivres d'alcool et d'amitié, inscrivant leur adresse sur les tickets de la veille, se les échangeant comme la promesse d'un départ imminent vers l'aventure et l'inconnu.

Cinq jours plus tard ils se revoyaient. À Montparnasse, où créchait Rasmussen, la cousine maternelle, bavarde comme une pie, menaçait de s'immiscer entre les épisodes de leur rêverie. Ils avaient préféré se retrouver chez Canonnier, rue des Moines, en plein quartier des Batignolles. Au rez-de-chaussée, il y avait une boucherie. Jean-François logeait sous les toits, dans une chambre de bonne. Il y avait déballé des pages manuscrites par dizaines. Les yeux brillants, il avait fixé Rasmussen : « Ce n'est que le premier acte. Tiens. Lis vite, lis maintenant. Ça s'appelle *Les Îles Kerguelen.* »

Le texte racontait l'histoire d'un marin du XVIIIe croyant avoir découvert le légendaire continent austral. En vérité, il n'avait fait que fouler un modeste caillou au beau milieu d'un océan glacial. Il se laissait déposséder de sa découverte par les courtisans et les mondains, convaincre que son minuscule archipel était une nouvelle Amérique. Le roi mourant le renvoyait là-bas à la tête d'une expédition qui virait au désastre. C'était l'histoire d'un rêve brisé. D'une ambition folle fracassée sur les récifs de la réalité. C'était aussi l'occasion rêvée pour Rasmussen de mettre en pratique sa conception de la mise en scène.

Moins d'une année plus tard, ils créaient la pièce dans un petit théâtre de la rue Richer, à deux pas des Folies-Bergère de Joséphine Baker, à trois cents mètres à peine du Conservatoire où enseignait leur maître Jouvet. Le théâtre de l'Olivier avait pour directeur Raymond Birault, comédien de soixante-seize ans qui avait écumé les scènes de France et de Navarre et donné la réplique à Sarah Bernhardt. Un vieux de la vieille, miro comme une taupe, habité par le souci constant de transmettre son immense savoir et de donner sa chance à la jeunesse et à l'audace. Sur le tard, il avait ouvert son propre théâtre. Il y enseignait l'art dramatique en matinée et programmait de jeunes auteurs le soir. Parfois il lui arrivait même de les éditer. Entre Birault et les deux amis, le courant était immédiatement passé lorsqu'ils lui avaient soumis *Les Îles Kerguelen*. À Canonnier, il avait offert son nom sur une affiche et sur la couverture d'un livre. À Rasmussen, il avait donné les clés de son théâtre pour qu'il y présente sa première mise en scène.

La création avait eu lieu en septembre 1936, dans une salle en ordre dispersé, mais les critiques dans la presse du lendemain s'étaient avérées excellentes. Jouvet, invité, ne s'était pas déplacé, mais en dehors de cette fausse note tous les espoirs étaient permis.

Le soir de la dernière, au terme de cette aventure maritime et théâtrale, tandis que les acteurs rangeaient leurs costumes et que l'éclairagiste démontait ses lumières, Jean-François avait serré un Rasmussen épuisé mais heureux dans ses bras. Il avait sorti de sa poche une vieille boussole militaire et tourné l'objet cabossé entre ses doigts avant de le tendre à son ami danois : « Tiens. Pour toi. Elle appartenait à mon père. Il est mort au Chemin des Dames, tu sais. C'est pour que tu restes comme tu es, Niels, pour que tu ne perdes jamais le nord. Jamais. Tu me le promets ? » Rasmussen avait promis sans trop savoir à quoi il s'engageait.

La boussole, c'était celle qu'il tenait au creux de sa main dans le petit matin, dont il avait chauffé le métal en remontant le fil de ses souvenirs, cette boussole-là sur laquelle il comptait pour l'aider à conserver le cap et honorer sa promesse.

Turnbull eut un coup d'œil ironique vers l'objet et désigna le nez de l'appareil.

– Ne vous inquiétez pas, mon vieux. Le pilote connaît le chemin. Dans un instant nous passerons Lübeck, ou plutôt ce qu'il en reste…

Ils survolaient une frontière incertaine entre le continent et la mer ; un fleuve fendait la campagne et creusait ici et là de petits lacs avant d'atteindre l'embouchure. L'estuaire formait un champ de bataille naturel entre l'eau et la terre.

Lübeck parut, au confluent de deux rivières. Sur cet îlot cerné par les flots, l'homme avait apposé sa marque, construit des ponts et des églises, des maisons, des usines. Les Britanniques avaient bombardé la ville dès 1942. En même temps que les quartiers industriels, ils avaient changé ses merveilles architecturales en poussière et envoyé quelques milliers de civils en enfer. Les deux flèches de l'église Sainte-Marie se dressaient, depuis, ridicules et dérisoires, au milieu d'une nef calcinée et d'une cité en ruines. Le succès de ce bombardement, qualifié de stratégique, avait ouvert la porte à d'autres opérations, plus meurtrières encore, au-dessus de Cologne, Hambourg et Dresde. Turnbull parlait d'une voix fataliste. Rasmussen songea qu'il n'avait fait sauter que de ridicules pétards dans les faubourgs de Copenhague. Il n'avait pas tout vu de la guerre, celle qui semait la dévastation à l'échelle planétaire et précipitait des populations entières dans la fosse aux morts. Et à mesure qu'ils s'approchaient de Hambourg, il découvrait l'Europe à marée basse, balayée par une lame de fond qui avait tout rasé sur son passage, pulvérisant en un instant ce que l'homme avait mis des siècles à bâtir.

Ils obliquèrent vers le sud et traversèrent l'Elbe. Le paysage changeait, les usines démembrées cédaient la place à une lande marronnasse en apparence intacte et inviolée. Bientôt pourtant, ils survolèrent des colonnes blindées et des transports de troupes.

Après quelques secondes de rase-mottes, le Westland tressauta sur la lande et se gara au milieu d'une petite escadrille. Turnbull retira son casque et, ses traits redevenus ceux d'un officier de Sa Gracieuse Majesté, intima à Rasmussen l'ordre d'attendre au pied de l'échelle. Il s'éloigna vers une tente cernée de Jeep et de camions crottés. Déjà, une grappe de haut gradés marchait à sa rencontre. Le groupe s'engouffra sous la toile kaki devant laquelle un mât rouillé supportait l'Union Jack.

Une légère bruine s'était mise à tomber ; Rasmussen s'abrita sous l'aile du Westland. Tout près, un jeune mécano, engoncé dans une combinaison maculée de graisse, s'affairait autour d'un vieux biplan Dragon Rapide frappé de la cocarde de la Royal Navy. Rasmussen l'observa un moment, ratatiné, vaincu par le froid et l'épuisement, jusqu'au moment où le soldat laissa tomber ses outils et s'approcha de lui dans une espèce d'urgence, comme si la vision d'un homme tassé sous un avion n'appelait qu'une seule réaction, qu'un seul comportement ; il posa alors cette question qui fit office de présentation et de déclaration d'appartenance à toute une civilisation :

– Du thé ?

Le Danois, ahuri au milieu de cette lande désolée, finit par acquiescer.

– Et des gâteaux secs ?

Une minute plus tard, il trempait un biscuit militaire dans un quart fumant tandis que le garçon l'informait que la tente kaki, un peu bancale, qui lui rappelait sa jeunesse et ses étés danois chez les boy-scouts, était celle du généralissime Montgomery. Dans ce décor de glaise humide et de bouleaux rachitiques, quelques heures plus tôt, devant les caméras de propagande alliées, Monty avait signé la reddition des armées allemandes du Nord.

La bruine avait viré à la pluie franche. Le mécano, nonchalant, examinait le Westland tout juste rentré de Copenhague sans que l'averse parût le déranger. Il se raidit brusquement en voyant trois officiers anglais émerger de sous la tente ; Turnbull en tête, ils encadraient deux manteaux de cuir que Rasmussen identifia dans la seconde : des Fritz. Les militaires rejoignirent les appareils sans échanger un mot et le mécanicien se mit au garde-à-vous. Ils s'immobilisèrent au pied du Dragon Rapide et Rasmussen s'attarda sur les galons ornant les manteaux de cuir. Le premier était un colonel de la Wehrmacht apparemment calme et droit dans ses bottes ; le cliquettement de la croix de guerre suspendue à son cou trahissait cependant son extrême nervosité. Le second, cintré dans un uniforme de la Kriegsmarine, contemplait la lande en balançant un petit cartable au bout de son bras. Il retira sa casquette d'amiral pour scruter le ciel, pensif, laissant la pluie marteler sa calvitie. L'un des Anglais l'invita à embarquer. Il se tassa un peu sous la pluie qui redoublait d'intensité, puis s'engouffra sans un mot dans la carlingue.

Rasmussen vida son quart de thé et, presque à

regret, quitta son abri sous l'aile de l'appareil. Turnbull lui faisait signe d'approcher.

– Un instant, je me suis demandé si vous n'étiez pas parti pour Paris à pied… J'ai plaidé votre cause auprès de Montgomery. Je vous ai obtenu une place pour Reims. C'est ce que je peux faire de mieux pour le moment. Vous voyagerez en compagnie du lieutenant-colonel Hardy et du major Lawrence. Je ne doute pas un instant qu'ils vous seront d'une agréable compagnie.

– Les deux Fritz, c'est qui ?

– Le colonel Poleck et l'amiral von Friedeburg. Ils font partie de la délégation chargée de négocier la capitulation au QG d'Eisenhower. Vous allez prendre part à un vol historique, Niels. Votre présence est évidemment tout à fait informelle. Si par malheur votre appareil venait à s'écraser, on ne retrouverait officiellement que cinq corps à bord, pilote compris…

– Et vous, major ? Vous n'êtes pas du voyage ?

– Monty me renvoie au Danemark. Je reprends mon vieux coucou dès que le plein est fait. Je veux parler de ma flasque de brandy, bien sûr… Vous êtes sûr de ne pas vouloir m'accompagner ? C'est notre dernière chance de reprendre notre conversation sur la tragédie shakespearienne avant longtemps.

– Je croyais que vous vous intéressiez plutôt aux comédies, major.

L'officier prit une seconde pour fouiller sa mémoire.

– Cette guerre m'a fait changer mon fusil d'épaule. Et puis, vous savez bien que tragique et comique ne cessent de s'entremêler, au point qu'il est parfois difficile de faire la différence. Souvenez-vous des dernières pièces du vieux Will, celles qu'il a écrites à l'approche de la mort. *La Tempête*, *Le Conte d'hiver*…

On ne sait jamais s'il faut y rire ou y pleurer. Durant ces cinq dernières années, c'est bien la seule littérature à laquelle je me sois accroché, vous savez.

– Je suis sûr qu'une autre occasion se présentera, major. D'ici quelques jours, je serai de retour à Copenhague et nous pourrons reprendre la discussion où nous l'avons laissée. Merci de votre aide.

– Je ne suis pas certain de vous avoir rendu service, mon garçon. Mais après tout, vous êtes majeur. N'oubliez pas que vous me devez une bouteille. Ramenez-moi donc un bon cognac de France et nous serons quittes.

Et pour la première fois ils se serrèrent la main.

Rasmussen s'adjugea le dernier siège à l'arrière. Les moteurs du Dragon Rapide étaient lancés. Le vacarme rendait tout échange impossible à l'intérieur de l'habitacle. Lawrence et Hardy s'étaient installés à proximité du pilote. Les deux dignitaires nazis occupaient les fauteuils du milieu. Le Danois pouvait sentir l'odeur des manteaux de cuir encore humides. Le colonel Poleck se retourna pour lui lancer un regard noir. L'amiral, lui, semblait absent ; ses lèvres remuaient en un curieux chantonnement. Dehors, Turnbull agitait les doigts en signe d'au revoir. Il avait recoiffé son casque ridicule et plissait les yeux dans le tourbillon des hélices. Ses grimaces, sans cesse réinventées, lui conféraient un air de vieux clown triste.

3

Ils survolaient l'Allemagne et l'amiral von Friedeburg dormait. Ses lèvres avaient cessé de chantonner après le décollage, puis il avait piqué du nez, laissant sa casquette lui servir de coussin contre la carlingue. À ses côtés, Poleck regardait défiler son pays dévasté à travers les hublots. Les officiers anglais, les dignitaires allemands, le résistant danois : ils s'étaient affrontés pendant près de cinq années, par la faute d'une poignée de fous qui avaient joué à allumer des mèches un peu partout, qui avaient su capter et exploiter ce que l'être humain a de plus bas : la haine de l'autre, l'esprit de revanche et de soumission. Une fois leur peuple aveuglé, les fous avaient formé une armée, invincible en apparence, forte de millions de fous, immense asile vociférant, qui s'était mis en branle, à la manière des fous, au pas de l'oie, attaquant dans tous les sens, détruisant tout sur son passage, hurlant encore, hurlant toujours, et l'Europe entière avait sombré dans la folie. Ils planaient au-dessus de ce gigantesque charnier : Hanovre en ruine, Cologne en ruine, Aix-la-Chapelle en ruine, et l'un des responsables de ce massacre, l'un des plus fous parmi les fous, dormait comme un enfant, serrant son petit cartable de cuir, arborant ses médailles et ses rubans de victoire comme l'aurait fait un écolier lors d'un concours de tir.

Rasmussen, lui aussi, s'était laissé gagner par cette folie. D'une certaine façon, il n'était pas de trop dans cet avion ; il avait peut-être choisi le camp des vainqueurs, défendu un certain nombre de valeurs : la liberté, le respect d'autrui et la démocratie. Mais lui aussi avait détruit, atomisé, réduit en poussière. Pourtant, à la différence des militaires avec lesquels il voyageait, Teutons ou Anglais, il ne s'était pas engagé dans la bataille par idéologie ou esprit de justice. Il l'avait fait par amour. Une femme avait fait de lui un résistant. Celle-là même qui portait son enfant, et dont il s'éloignait à toute vitesse pour secourir un homme accusé de haute trahison.

Il avait rencontré Sarah à l'automne 1943, dans un cinéma du centre de Copenhague où il travaillait comme projectionniste. Cet emploi pis-aller, il l'avait trouvé en rentrant de Paris quatre ans plus tôt, laissant en plan tous ses projets théâtraux. Après l'invasion de la Pologne par Hitler et l'ultimatum de la France à l'Allemagne, il avait sauté dans un train – l'un des derniers à franchir les frontières –, et transité par la Belgique et la Hollande avant de s'embarquer pour le Danemark. Arrivé à bon port, il avait serré la main de son père, pris dans ses bras sa sœur et sa mère. L'espace de quelques mois, il s'était senti à l'abri de la neutralité danoise, bien loin des bruits de bottes et des atermoiements des politiciens européens. Mais Hitler avait dévoré le Danemark en guise d'apéritif, un mois tout juste avant la France. Le gouvernement avait appelé au calme et instauré une forme de coopération avec l'occupant. Le roi Christian avait continué ses sorties quotidiennes à cheval dans les rues de Copenhague, sauvegardant les apparences, donnant l'illusion d'un reste d'indépendance. La population s'était accoutumée à cet entre-deux, ni tout à fait libre ni foncièrement enchaînée. Rasmussen, lui aussi, s'était enfoncé dans une forme d'assoupissement, laissant couler le temps dans cette salle obscure où passaient soir après soir d'insipides bluettes et des films d'alpinisme, oubliant peu à peu Paris, Jouvet, le théâtre de l'Olivier et son ami Jean-François Canonnier.

Jusqu'à ce soir d'octobre où ses sens et sa conscience avaient été tirés de leur torpeur par une crinière rousse. Il l'avait vue s'asseoir au dernier rang, accompagnée de sa famille, juste au-dessous de la cabine de projection, tandis que sur l'écran les actualités censurées glorifiaient la blondeur aryenne et taisaient l'avancée alliée en Italie. Elle lui avait lancé un regard à travers la vitre, et Rasmussen avait passé toute l'heure suivante, penché au-dessus de ses bobines, à guetter les reflets cuivrés de sa chevelure dans la lueur du projecteur. Puis, vers le milieu du film, au moment où l'héroïne teutonne parvenait au sommet d'une montagne enneigée, toute la famille s'était levée – le père, la mère, la rouquine et son petit frère ainsi que la grand-mère – et s'était discrètement éclipsée par la porte du fond.

Le lendemain soir, la fille rousse était revenue. Même séance, même film, à cette différence près que sa famille avait changé. Le petit frère et la grand-mère s'étaient mués en deux grandes sœurs ; quant aux parents, ils avaient pris vingt ans et quinze kilos chacun en l'espace d'une nuit. Comme la veille, le groupe s'était assis au dernier rang, laissant à Rasmussen une heure pour caresser des yeux la chevelure moirée, avant de se lever à l'instant précis où, sur l'écran, comme une espèce de signal, l'héroïne atteignait le sommet de sa montagne. La séance du surlendemain s'était calquée sur les deux précédentes : la rouquine accompagnée d'une troisième famille, puis le départ à mi-séance, en toute discrétion, par la sortie du fond.

Le quatrième soir, Rasmussen avait pris soin de lancer la première bobine avant de quitter sa cabine. Il s'était glissé dans la salle obscure, jusqu'au milieu du dernier rang, s'était assis tout à côté de la rouquine, la sentant soudain se tendre en sa présence. Il lui avait glissé quelques mots à l'oreille, deux ou trois phrases du genre : « Vous avez l'air de beaucoup l'aimer, ce film. Vous n'avez jamais eu envie de voir la fin ? Je pourrais vous la raconter autour d'un verre. » Bref, quelque chose de terriblement lourd et maladroit. À tel point que la fille, d'abord effrayée par cette apparition entre ombre et lumière, s'était mise à glousser. Il s'était tassé sur son siège, faisant mine de s'intéresser à ce film insipide qu'il avait déjà vu vingt fois. Sur l'écran, l'héroïne entamait l'ascension de sa montagne.

– Vous êtes le projectionniste, n'est-ce pas ? (Il avait acquiescé.) Vous êtes là tous les soirs, n'est-ce pas ? (Elle lui parlait dans un murmure. Le filet de voix filtrait par magie à travers la musique wagnérienne crachée par les haut-parleurs. C'était comme de lire sur ses lèvres, qu'elle avait rouges et charnues.) Si vous aviez voulu me dénoncer, vous l'auriez fait dès le premier soir, n'est-ce pas ? (Il avait acquiescé sans bien savoir ce qu'elle avait voulu dire.) Vous savez, monsieur le projectionniste, la fin de l'histoire, elle ne m'intéresse pas. Ce qui m'intéresse, c'est ce qui se passe dans la vraie vie, dehors.

L'alpiniste avait alors franchi une corniche de carton-pâte. Un gros plan avait capté son sourire radieux, puis elle avait planté un drapeau à croix gammée dans la neige factice. La rouquine avait fait signe à sa famille d'un soir et tout le monde s'était levé sur fond de violons grandiloquents, les cinq silhouettes et leurs valises s'éclipsant dans le noir.

Sans trop savoir ce qu'il faisait, Rasmussen les avait imités, longeant la rangée de sièges, prenant bien soin de ne pas couper le faisceau du projecteur, empruntant lui aussi la sortie du fond, débouchant dans une cour intérieure. Il les avait trouvés sur le point d'enfourcher des vélos. La rouquine avait coincé sa jupe pour pouvoir pédaler facilement et Rasmussen avait guigné la ligne de ses cuisses. L'un des deux gosses s'était mis à pleurer, confiant entre deux sanglots que sa bicyclette était beaucoup trop grande pour lui – ce qui était parfaitement vrai –, qu'il refusait de partir, et que de toute manière il ne savait pas en faire. La mère, paniquée, avait serré le poignet de l'enfant :

– Mais si, tu t'es entraîné avec papa toute la semaine dernière. Essaie au moins un peu. Papa et maman doivent porter les bagages. C'est important, Aaron, tu sais.

Il avait alors relevé la bicyclette abandonnée sur le pavé, s'était installé sur la selle. Puis il avait saisi le petit en larmes et l'avait assis en travers du cadre, calé contre sa poitrine.

– Ça te dirait de m'aider à tenir le guidon ? Quand

j'avais ton âge, j'adorais le faire avec mon papa. Surtout, j'aimais sentir le vent sur mon visage. (L'enfant, plus surpris que rassuré, s'était aussitôt arrêté de pleurnicher et Rasmussen s'était tourné vers la rouquine :) Alors ? C'est par où, la vraie vie ?

Et, tandis qu'ils passaient de ruelle obscure en chemin désert, pédalant en silence tous phares éteints, il s'était dit que la bobine en cours, là-bas dans sa cabine, devait être sur le point de se terminer. Il n'y aurait personne pour charger la suivante. Dans la salle, ce serait le grand noir. Ce soir-là, le film n'aurait pas de fin.

Ils avaient ainsi roulé une vingtaine de minutes jusqu'aux faubourgs sud de Copenhague, l'odeur des algues et de la mer à chaque coup de pédale un peu plus enivrante. L'enfant désormais sage s'agrippait aux pans de sa veste. Rasmussen était en proie à une sorte de vertige, songeant à saint Christophe portant le Christ au-dessus des remous de la vie. Ils avaient débouché sur la plage de Brøndby plongée dans la nuit. Un chalutier les attendait au bout d'une jetée ; ils avaient caché les vélos sous des filets de pêche entassés sur le sable.

Le pêcheur avait demandé son paiement d'avance et la rouquine avait sorti une liasse de son sac. Puis elle avait guidé la famille jusqu'à la cale à poisson, refermant aussitôt le rouf. Ils avaient pris la mer tous feux éteints. Le vent balayait sa chevelure rousse. Elle avait allumé une cigarette, inspiré la fumée à pleins poumons, enfin elle avait lancé vers la proue où patientait Rasmussen :

– Moi, c'est Sarah. Toi, c'est comment ?

Depuis la destitution du gouvernement à la fin de l'été 1943, l'occupant avait pris le contrôle du pays et les mesures antijuives s'étaient multipliées. Copenhague bruissait de rumeurs. On parlait de rafles d'envergure programmées pour les premiers jours d'octobre, de déportations comme en avaient subi les juifs de Hollande et de France. Dans le plus grand secret, sans que le pouls de la capitale en fût le moins du monde changé, toute une partie de la population s'était mobilisée pour faire passer ses juifs en Suède. L'opération, menée dans la plus parfaite improvisation, fruit de l'initiative de simples citoyens, durait depuis des jours. Chaque nuit, entre les côtes danoises et suédoises, des chalutiers censés pêcher le hareng jouaient au chat et à la souris contre les navires de guerre nazis, avec dans leurs cales des familles entières.

Sarah avait rejoint l'une des filières d'évasion deux semaines plus tôt; c'était sa huitième traversée du détroit. Elle avait eu l'idée du cinéma comme lieu de rendez-vous. Le soir il y était facile de se fondre dans la masse. Tandis que sur l'écran on prônait la pureté raciale, les fuyards s'éclipsaient dans le noir, s'évanouissaient comme des spectres dans la ville. L'idée était géniale.

Ils avaient passé la nuit sur le pont, emmitouflés dans une couverture et deux cirés poisseux, à parler de tout et de rien, d'engagement et de résistance, des manèges de Tivoli qu'ils fréquentaient dans leur enfance. Le petit matin les avait surpris. Une heure plus tard ils touchaient les côtes suédoises. La famille juive était hors de danger.

Le pêcheur avait voulu rentrer dans la foulée. Et tandis qu'elle s'apprêtait à remonter à bord, Rasmussen lui avait demandé :

– Tu vas faire ça encore longtemps ?

– Faire quoi ?

– Tu sais très bien ce que je veux dire. Tes allers-retours entre la vie et la mort.

– Le temps qu'il faudra. Pourquoi ? Tu te fais du souci pour moi ?

– Tu es juive, toi aussi, n'est-ce pas ? C'est insensé, les risques que tu prends. Où est ta famille, à toi ?

– Ici, à l'abri, en Suède.

– S'ils te prennent, tu sais ce qu'ils te feront ?

– Je n'ai pas peur. Là-bas, à Copenhague, je suis chez moi. Ce sont eux les envahisseurs.

Elle lui avait tendu la main depuis le quai. Il avait hésité un instant puis l'avait hissée sur le bateau. Au passage il avait senti son parfum, le grain de sa peau sur son poignet.

Ils avaient fait l'amour sur le chemin du retour, en plein milieu de la Baltique, cachés dans la cale, en retenant leurs cris, tandis que sous leurs fesses le chalutier vibrait à tout-va et que sur le pont le pêcheur braillait une chanson.

Était-ce Lawrence ou Hardy qui s'adressait à lui ? Il ne savait plus qui était qui. Les uniformes, les barrettes sur les poitrines, les galons sur les casquettes, tout finissait par se mélanger dans le chaudron de fatigue où Rasmussen macérait. L'officier anglais s'était tourné vers le fond de l'appareil.

– Vous parlez allemand ?

Le Danois acquiesça puis précisa aussitôt :

– Un peu. Pas bien. Pourquoi ?

– Traduisez-leur, aux deux Fritz. Les nuages sont trop bas et la radio ne fonctionne pas. Nous allons atterrir à Bruxelles. Nous rejoindrons Reims en auto.

– Ça ne va pas nous mettre en retard ?

– Ne vous occupez pas de ça et traduisez.

Rasmussen s'exécuta ; le colonel Poleck afficha une mine déconfite. Après une hésitation passée à fixer Friedeburg, il tapota l'épaule de l'amiral, comme l'aurait fait un gosse redoutant la colère de son père, et Rasmussen comprit que cet officier supérieur, qui avait dû envoyer ses soldats à la mort par milliers, n'osait pas réveiller le commandant de sa marine de guerre. Enfin l'amiral ouvrit les yeux. Il dévisagea ses voisins de cabine, surpris de se trouver en leur compagnie. Et ses traits se transformèrent. Le dignitaire un peu perdu, porté à la rêverie, qui n'avait cessé de fixer le ciel et de chanter des berceuses, entra dans une colère noire. Ses vociférations remplirent la carlingue de jurons allemands mêlés de mauvais anglais. Il se tourna vers Rasmussen, et lui intima l'ordre de traduire : « Le Führer est mort. Il s'est tiré une balle dans son bunker. Je dois justifier à sa place d'une guerre qui a duré cinq ans et fait des millions de morts. On m'a confié la charge de signer la capitulation inconditionnelle du IIIe Reich et par là même son acte de décès. J'entends accomplir ma mission sans délai. »

Le silence s'installa. Les Anglais soupesaient l'argument. Alors, pris d'une soudaine inspiration, Rasmussen fit semblant de n'en avoir pas terminé avec la traduction et ajouta : « Les pilotes britanniques ne sont-ils pas capables de trouver leur chemin dans un peu de brouillard ? »

La phrase fit son petit effet. Quinze minutes plus tard, ils se posaient en périphérie de Reims. Deux voitures les attendaient en bordure de piste. La première engloutit les émissaires allemands. Rasmussen monta à bord de la seconde avec les Anglais, qui ne dirent rien de tout le trajet. Il avait peu ou prou fait alliance avec l'ennemi pour rejoindre la France et gagner quelques heures précieuses. Friedeburg allait tenter de négocier le transfert de millions d'hommes vers le front ouest afin qu'ils tombent aux mains des Américains plutôt qu'entre celles des Russes. Le Danois, lui, courait après une amitié perdue, comme pour redonner un sens à cinq années d'absurdité et de violence.

Ils stoppèrent devant un bâtiment de brique orné d'une plaque émaillée : *Rue Jolicœur*. Au fronton, inscrite en lettres de métal oxydé par le temps, la formule : *Liberté*, *Égalité*, *Fraternité*.

– C'est là que nos routes se séparent. Je crois que vous poursuivez vers Paris.

Le lieutenant-colonel anglais lui tendit la main. Rasmussen ne se risqua pas à l'appeler par son nom et se contenta d'acquiescer.

– Turnbull a fait un mystère de votre présence dans l'avion. Votre mission a quelque chose de tout à fait prioritaire; ce sont ses mots. Qu'est-ce qu'un membre de la résistance danoise peut bien avoir à faire à Paris ?

Rasmussen sourit à l'évocation du major amoureux de Shakespeare. Un peu plus loin, les deux dignitaires allemands s'extrayaient de leur véhicule. Friedeburg considéra la devise républicaine soudée à la brique et coiffa sa casquette d'amiral. Une flopée d'uniformes américains les entourait déjà, lui et Poleck. Il se redressa ostensiblement mais ne fit pas le salut militaire, se tourna vers la seconde voiture et, après avoir cherché le Danois du regard, lui adressa un discret signe de la tête.

Rasmussen rendit sa poignée de main à l'officier anglais.

– Alors, c'est ici, le quartier général d'Eisenhower ?
– C'est ici, oui.
– C'est ici qu'ils vont signer la fin de la guerre ?
– Probablement.
– Ce bâtiment, qu'est-ce que c'est ?
– Une école, je crois bien. Pour les enfants.
– Alors cette fois c'est bien fini, n'est-ce pas ?
– Ça m'en a tout l'air... Vous n'avez pas répondu à ma question, tout à l'heure.
– Quelle question ?
– Vous allez à Paris ? Pour quoi faire ?
– Vous ne sauriez pas où se trouve la gare, par hasard ?

Lawrence (ou bien était-ce Hardy ?) esquissa une grimace et partit en direction du bâtiment, toujours accompagné de son exact contraire. Avant d'être englouti par le mur de briques rouges, il lança :

– Je l'ignore, mon cher. Mais je gage que ces rails, derrière vous, mènent quelque part. D'un côté ils vont à Paris. De l'autre ils partent vers l'Allemagne. Surtout ne vous trompez pas de sens !

***

Rasmussen n'eut qu'à longer la rue Jolicœur pour atteindre la gare. Le bâtiment portait la trace des combats de l'année précédente. Il passa sous les voies et déboucha sous une halle de béton et de verre. Des particules de poussière voletaient dans l'air. Son allure était celle d'un vagabond épuisé et hagard. Des voyageurs faisaient le pied de grue sur les quais. La gare de Reims tout entière flottait dans un bain d'indolence. Pas un train ne passait. Pas un train ne paraissait sur le point de passer. On était samedi matin. Il n'était pas encore onze heures. Pour la première fois de son périple, Rasmussen était seul ; il n'avait pas foulé le sol français depuis presque six ans. Il avait soif et faim. Une envie subite de café crème et de croissant. Il n'avait pas un sou vaillant en poche. Au fond de son sac, ses quelques biens – la boussole, la lampe, le couteau suisse, surtout le Luger – ne lui servaient à rien dans ce pays qui n'était plus en guerre.

Il avisa un homme en uniforme de la SNCF. Il coupa sa trajectoire et l'employé eut un geste de défiance.

– C'est pour quoi ?

– Un renseignement.

– Adressez-vous au guichet.

– Quel guichet ?

– La salle des pas perdus.

L'agent descendit sur la voie, franchit la première rangée de rails ; puis il revint sur ses pas. Rasmussen n'avait pas bougé.

– À cette heure-ci le guichet est fermé. Dites vite, je suis pressé.

– Le prochain train pour Paris ?

– Y en a pas.

– De toute la journée ?

– On verra. Je fais ce que je peux, mon garçon. Si vous saviez le bazar que c'est.

Rasmussen jeta un œil vers les voies désertes.

– Comment ça, on verra ?

– Priorité aux trains de prisonniers et de STO.

– STO ?

– Service du travail obligatoire. Non mais vous étiez où pendant l'Occupation ?

– Et un train de STO, il va en passer un bientôt ?

– En direction de Paris ?
– Oui.
– Possible. Pourquoi ?
Rasmussen hésita.
– Moi aussi, vous comprenez, je rentre chez moi.
– Vous arrivez d'où comme ça ?
– D'Allemagne.
– D'Allemagne ? Si vous n'étiez pas STO, vous y faisiez quoi ? Prisonnier de guerre ?
– Pas exactement.
– Comment ça, pas exactement ? Et il est où, votre uniforme ?
Rasmussen détourna le regard. Au loin, là où les rails se joignaient pour ne former qu'un point, une colonne de fumée s'annonçait dans le ciel. Sous le panache de vapeur blanche, la silhouette floue d'une locomotive faisait son apparition. Déjà on entendait le bruit de la chaudière et des pistons.
Au cours des derniers mois, il avait vu s'approcher un nombre incalculable de convois. Il avait toujours pris soin de rester caché derrière le remblai. Le scénario était immuable. Le train abordait une courbe où les rails extérieurs avaient été sciés, les éclisses dévissées et les tire-fond retirés ; au passage de la motrice, la charge de plastic explosait et le convoi tout entier filait dans la nature. C'était le fracas du déraillement que Rasmussen préférait, orage de tôles froissées éventrant la terre, décapitant les bosquets, jet de vapeur furieux lézardant le paysage. Il lui était plus facile de faire sauter un train que d'y trouver une place.
Le fonctionnaire se frappa brusquement le front du plat de la main.
– Bon Dieu ! Vous avez été déporté, c'est ça ? Ces

salauds de Boches vous ont collé dans un camp de concentration, c'est ça ? La presse en est pleine, ces jours-ci. Ils vous en ont fait baver, pas vrai ? Mais comment vous êtes arrivé jusqu'à Reims ?

Rasmussen finit par lâcher une courte rafale de mots.

– Par mes propres moyens.

– Pardonnez ma question mais... Vous ne m'avez pas l'air très juif. Je veux dire... Comme ceux qu'ils nous montraient dans les expositions... Vous n'auriez pas été emmené là-bas – comment dirais-je ? – pour faits de résistance ?... Bon Dieu de bois ! C'est ça, pas vrai ? Fallait le dire plus tôt, monsieur, que vous aviez été maquisard. Je vais vous arranger le coup. Bon Dieu de Bon Dieu de bois ! Un prisonnier politique ! Paris, vous avez dit ?

– Vous pourriez me trouver une place ?

– C'est comme si c'était fait. Entre gens avertis, vous comprenez...

– Je n'ai pas d'argent pour acheter mon billet.

– Et alors ? La France vous doit bien ça. Et puis, ici, c'est moi le chef. C'est moi qui décide qui paie et qui ne paie pas. J'ai tout de suite vu qui vous étiez. Parce que, vous comprenez, moi aussi, j'ai été un peu résistant.

– Ah vraiment ?

– Parfaitement. Je n'en dis pas plus, évidemment...

– Évidemment.

– Comme beaucoup de cheminots, ceci étant... Alors vous comprenez... Entre héros...

– Bien entendu.

La locomotive siffla.

– Celui-ci va à Paris, il est plein de STO. Il ne

s'arrête que pour faire de l'eau. Ne vous faites pas de bile, je vais parler au mécano.

Les fenêtres des six wagons s'abaissèrent à mesure que le train ralentissait, des bras, des têtes émergèrent. Dans une ultime expiration de vapeur, la motrice s'immobilisa au niveau d'une pompe à eau. Le chauffeur escalada alors le flanc de sa machine tandis que le chef de gare lui causait en agitant les bras. Au bout d'une minute, il revint vers le Danois.

– C'est réglé. Vous n'avez plus qu'à embarquer. Simplement le train est plein à ras bord. Le mécano ne vous garantit pas une place assise.

– Ça n'a pas d'importance.

– Vous plaisantez ? Faudra faire valoir vos états de service. C'est rempli de tire-au-flanc, là-dedans. Ils sont allés faire tourner les usines boches, alors que nous, ici, nous nous battions et versions notre sang. La France vous doit bien ça, une place assise entre Reims et Paris.

Il ouvrit la portière à Rasmussen qui monta à bord comme s'il avait eu un billet de première. Un nouveau coup de sifflet et le convoi s'ébranlait de nouveau. Le fonctionnaire reprit ses trottinements sur le quai en s'agrippant à la poignée.

– Une dernière question, monsieur, vous pardonnerez ma curiosité. Vous faisiez quoi, dans la Résistance ?

Le wagon prenait de la vitesse.

– Je faisais sauter les trains. Et vous ?

L'employé resta là, sonné, silhouette rapetissant au bout du quai, jusqu'à n'être plus qu'un point sous l'immense verrière.

Rasmussen referma la portière.

À l'intérieur, cela sentait la sueur rance, le tabac froid, la mangeaille. Les bancs en bois formaient autant d'îlots où s'agglutinaient les hommes, une mêlée dépenaillée d'où s'échappait un rire ou une volute de fumée. À chaque cahot, à chaque aiguillage, les corps tressautaient à l'unisson, se laissaient mollement ballotter pour revenir à la position initiale.

Rasmussen avança ; les têtes se tournèrent, les conversations s'éteignirent. Ils le dévisagèrent, l'œil morne, tel un élément du paysage. Dehors, Reims défilait à petite vitesse. Les maisons s'espaçaient. Bientôt ils quitteraient la ville. Rasmussen s'adossa à la paroi.

Tout au fond du wagon, une voix émergea, gouailleuse, l'invitant à s'asseoir quand bien même on était au complet. Les corps se tassèrent un peu plus, et Rasmussen put poser une fesse. Sur les deux bancs, face à face, tenaient maintenant sept gars : six Français et un Danois. Au-dessus des têtes, les porte-bagages croulaient sous les ballots et les paquets. Celui qui l'avait accueilli, un noiraud sec et noueux, déballa une miche d'un torchon et lui en offrit une tranche.

– Tiens, camarade, sers-toi. Ici on partage tout : le pain, la vinasse et l'ennui. (Rasmussen remercia.) Alors, d'où tu viens, comme ça ? Comment ça se fait que t'es monté à Reims ?

– Je vais à Paris.

– Comme nous tous ici. Et d'où tu viens, comme ça ?

– D'Allemagne.

– Comme nous tous ici. T'étais prisonnier ou STO ?

Rasmussen prit le temps de mâcher son morceau.

– STO.

– Où ça ?

Il prit le temps de déglutir.
– Lübeck.
– C'est où, ça ?
– Dans le nord.
– T'as dû te les geler, là-haut. Et tu faisais quoi, là-bas ?
– Je peux vous prendre une gorgée de vin ?
– Sers-toi, l'ami. Ici tout ce qui est à moi est à toi. Alors ? Tu faisais quoi, chez les Fridolins ?
– Moteurs d'avion.
– Fabrication ?
– Entretien.
– T'es mécanicien ?
– J'ai fait ça un moment. Et toi, tu faisais quoi en Allemagne ?
– Ils arrivent tous de Thuringe. Ils faisaient les petites mains dans une usine de peinture. Ça fait trois jours qu'ils sont partis. On peut dire qu'on en a vu, du pays. Pas vrai, les gars ?
Le wagon tout entier acquiesça et Rasmussen se rendit compte qu'il en était le centre d'attention.
– Toi aussi, tu étais en Thuringe ?
– Je m'appelle Gilbert. Et toi ?
– Niels.
– C'est français, ça ?
Rasmussen but une gorgée de vin et lui rendit sa bouteille.
– Alsacien.
– Je me disais bien que t'avais un petit accent. Pourquoi tu pousses jusqu'à Paris ? L'Alsace c'est dans l'autre sens, camarade.
– J'ai une poule à Paris. Voilà pourquoi.
Le wagon entier pouffa. Il venait de se les mettre dans la poche ; Gilbert insista pour offrir sa tournée

et trinquer à l'amour, aux robes à fleurs et aux Parisiennes. Puis il se désintéressa de Rasmussen pour lancer des plaisanteries potaches qui le rendirent à son statut de boute-en-train de service, s'en prenant régulièrement à un maigrichon tassé dans un coin du wagon.

– C'est pas Julot qui pourrait en dire autant, pas vrai, mon Julot ? Les petits culs parisiens, c'est pas pour toi, hein mon Julot ? Julot, il retourne en Bretagne. Là-bas, c'est pas les poules qui manquent. Cot-cot-codec ! J'ai une idée ! On va faire une cagnotte pour Julot ! On va tous y mettre un sou. Comme ça il pourra tremper sa trique dans une putain syphilitique en attendant la correspondance à Montparnasse.

On n'en finissait plus de s'esclaffer. Julot faisait mine de les ignorer, le regard braqué vers l'extérieur. Les gares défilaient et le paysage repassait de la campagne à la ville, des champs aux usines. Gilbert donnait un récital. L'alcool lui donnait des ailes. Ils passèrent Château-Thierry.

– Vous savez pourquoi, en 40, on a laissé le pouvoir à un militaire de quatre-vingts ans ?... Parce que tous ceux de quatre-vingt-dix étaient déjà morts !

Ils passèrent Meaux.

– Et vous savez ce que Pétain a dit après avoir serré la pogne à Hitler ?... « Mais où est donc passé son casque à pointe ? »

Ils passèrent la gare de triage de Chelles.

– Quelle est la différence entre un résistant et un collabo ?... L'un faisait sauter des trains, l'autre sautait des traînées.

Ils passèrent Bobigny et le convoi ralentit. Dehors, le décor était gris. Les rires s'éteignirent, les mines se firent graves, Gilbert avait comme changé de masque.

Tous ils avaient dû quitter la France pour servir le Reich. On était venu les chercher à la sortie de leur usine, à la sortie du cinéma, parfois jusque dans leur lit. Arrivés à destination, ils avaient été parqués dans des baraquements allemands et placés comme des boulons sur une chaîne de montage. Ils rentraient, maintenant, après deux ans d'absence, sans nouvelles de leur famille, de leur femme, de leurs gosses, de leur boulot. Qu'allaient-ils retrouver à Paris ? Quel accueil allait-on leur faire, à eux qui avaient travaillé pour l'ennemi ?

Le convoi passa une série d'aiguillages. Une immense flèche blanche sur un mur noir indiquait la gare de l'Est. Un quai de béton se déroula et le train s'immobilisa. Un silence de mort régnait. Personne n'osait se lever.

Rasmussen saisit son sac à dos et s'engagea dans le couloir, bientôt suivi par Julot. Les autres les observaient, un peu hagards. Une fois à l'air libre, ils embrassèrent la verrière du regard, debout là sans savoir quoi faire. Derrière eux, le wagon se vidait au compte-gouttes. Les libérés du STO descendaient, chargés de baluchons – immenses au-dessus de leur carcasse – et s'écrasaient sur le quai telle une giboulée. Gilbert émergea le dernier et croisa le regard de Julot, qui l'injuria entre ses dents avant de se tourner vers Rasmussen.

– Il est monté dans le train à la frontière luxembourgeoise. Va savoir pourquoi, il s'en est pris à moi aussitôt.

– Je croyais que vous arriviez tous de Thuringe.

– Nous, oui. Pas lui. Hier encore, personne ne le connaissait. On peut dire qu'il a le don pour se faire des copains, cet enfoiré. Moi, je m'en serais bien passé.

– Qu'est-ce que tu vas faire, maintenant, Julot ?

– C'est vrai, ce qu'il a dit. Je viens de Bretagne. Alors faut que j'aille à Montparnasse. C'est loin, vous pensez ?

– Pas très, si tu prends le métro.

– Je préfère y aller à pied. Sous terre, j'ai peur. Et vous ? Elle habite où, votre amoureuse ?

Rasmussen n'eut pas le temps d'inventer une adresse. Des gendarmes, assistés d'infirmières, enjoignaient aux nouveaux arrivants de libérer le quai. Habitués aux déplacements en troupeau, ils formèrent un cortège, à cette différence près que les uniformes qui les encadraient n'étaient plus allemands mais français.

Rasmussen et Julot se laissèrent prendre par le flot. Arrivés au bout du quai, ils virent l'horizon se dégager et comprirent qu'ils n'étaient qu'un ruisseau se jetant dans l'immense fleuve grondant des rapatriés. Des colonnes, il en arrivait de partout, en uniforme, en civil, prisonniers de guerre et ouvriers ; elles saturaient le hall, prêt à exploser sous les rires, les larmes, les éclats de voix, les chants incohérents, les fanfares. Et, encerclant ce maelström, une ceinture inquiète et silencieuse d'yeux écarquillés scrutait chaque visage, chaque crâne tondu ; des femmes, jeunes, vieilles, élégantes, miséreuses, qui serraient avec angoisse un mouchoir, un sac à main ou la menotte d'un gosse, débarquées là pour retrouver un mari, embrasser un frère, accueillir un fils.

Des infirmières leur précisèrent qu'ils seraient tous transférés à la gare d'Orsay pour une visite médicale et quelques formalités administratives. Mais, auparavant, ils devaient assister à la cérémonie d'accueil. On les fit mettre en rang, ballottés par les courants contraires, aimantés par les regards des femmes parmi lesquelles ils espéraient trouver une sœur, une épouse, une mère. Enfin, tout ce beau monde fut mis au garde-à-vous ; rien ne vint. Julot demanda à un gendarme ce qu'ils attendaient. La réponse fusa, cinglante : les STO devaient attendre, la fanfare ne jouerait pas avant l'arrivée prochaine d'un groupe de prisonniers. Ainsi en avait-on décidé au protocole. Derrière ces mots, insidieuse, se profilait l'idée qu'ils n'avaient été que des déplacés de troisième classe, qu'ils n'étaient pas tout à fait dignes d'entendre *La Marseillaise*. Et Rasmussen se rappela Reims, où le chef de gare les avait traités de tire-au-flanc sans cacher son dédain. En effet, une colonne d'hommes portant calot et capote marronnasses vint se placer devant les ouvriers, les reléguant à l'arrière-plan, établissant ainsi une hiérarchie dans l'héroïsme et la lâcheté, dans le degré de reconnaissance de la Nation.

Sur deux rangs, ils patientaient, les soldats devant, les travailleurs derrière, noyés dans un brouhaha vrombissant au-dessus de leur tête. Enfin parurent huit fantômes vêtus d'un uniforme rayé, que l'on venait d'extraire d'un wagon tout proche, rangé le long d'un quai tout proche. Ils flottaient plus qu'ils ne marchaient. Certains tenaient à peine debout, soutenus qu'ils étaient par une ou deux infirmières. Le dernier – mort ou vivant ? – était couché sur une charrette à bras poussée par un infirmier aux allures de bagagiste. Comme les sept autres déportés, il fut placé au premier rang, devant les soldats, alignés devant les STO. La fanfare entonna *La Marseillaise*. Ils restèrent là, face aux cuivres et à la grosse caisse, vacillants et tremblants dans leurs haillons trop grands, sans que l'on sache s'ils tiendraient jusqu'au refrain ; autour d'eux, les vagues de rapatriés déferlaient sans discontinuer. La musique s'interrompit sur un « abreuve nos sillons » tonitruant et l'on remua dans les rangs. Puis la musique reprit, comme une mauvaise plaisanterie, et tout se figea de nouveau pour le second couplet. Le mort-vivant sur la charrette avait ouvert les yeux, par patriotisme ou dégoût, on ne pouvait savoir. Enfin les cuivres et la grosse caisse s'abaissèrent et la rumeur de hall de gare reprit le dessus. Les rangées de travailleurs et de militaires se disloquèrent tandis que les déportés demeuraient immobiles, le regard vide, attendant Dieu sait quoi, un souffle de vent pour les pousser ailleurs, le geste d'une infirmière en direction d'une ambulance.

Sur ordre des gendarmes, les STO se mirent en branle. Dehors les attendaient les autobus pour la gare d'Orsay. Rasmussen suivit le mouvement, Julot sur ses pas. La foule des femmes s'ouvrit, formant deux haies, ne laissant aux hommes qu'un étroit passage où se faufiler en file indienne. Ainsi elles pourraient détailler les rapatriés un à un, dans l'espoir fou de reconnaître celui qu'elles étaient venues chercher.

Le groupe de STO s'écoulait à travers le goulot, têtes basses. Un prénom filtrait parfois de cette masse de chignons et de fichus – « Maurice ? »… « Lucien ? »… « Jeannot ? »… –, sans qu'aucun ne tourne la tête, ne daigne répondre : « Simone ! »… « Lucie ! »… « Yvonne chérie ! » Le convoi s'égrena ainsi jusqu'au dernier, qui se trouva être Gilbert, tête basse lui aussi.

Un hurlement retentit au cœur de la foule. Une femme se frayait un chemin jusqu'au premier rang. Les STO se retournèrent : « Tiens, celui-là a de la chance, il vient de retrouver sa femme. Ce soir il mangera chaud et dormira entre des bras aimants. » Mais cette pensée, qui avait effleuré jusqu'à Rasmussen, se dissipa lorsque la femme éructa :

– Je le reconnais ! Il était dans la Milice ! L'année dernière il est venu arrêter mon fils. Le 6 mars que c'était. Soi-disant parce qu'il était communiste. Où que t'as planqué ton uniforme, enfant de salaud ? Et où qu'il est passé, mon fils ? Tu l'as emmené chez tes copains de la Gestapo ?

Il y eut un instant où la gare entière parut faire silence, puis la foule se referma sur Gilbert, sans que les gendarmes puissent intervenir, sans que les travailleurs du STO, qui avaient ri à ses boutades, ne bougent d'un centimètre. Ils le regardèrent se faire écarteler par les furies. Elles lui arrachèrent ses vêtements tandis que les coups pleuvaient sur son crâne. Il se retrouva nu comme un ver et la tête en sang, sans que l'on sache qui lui avait infligé la blessure. Dans ses yeux, au-delà de la panique, se lisait la peur absolue, celle qui change un individu à jamais, celle qui lui fait raser les murs jusqu'au jour de sa mort.

Un homme se tailla un chemin. Il était jeune. Il était beau. Il portait une chemise blanche et dépassait toutes les femmes d'une tête. Elles le laissèrent passer sans protester. Arrivé jusqu'à Gilbert, il lui dit quelques mots qui se perdirent au milieu des cris suraigus – « Crève-le ! Au pilori ! » –, puis il le saisit par la nuque et traça une croix gammée sur son front, puis une autre sur sa poitrine, puis une autre encore, plus large que les deux premières, sur toute la surface de son dos. Gilbert s'effondra sur le sol. Le cercle des femmes se referma, tandis que le justicier à la chemise blanche remballait son bout de charbon dans un mouchoir à carreaux.

Rassemblés sur le seuil de la gare, entre ombre et lumière, tous ils laissèrent faire sans rien dire, avec une fascination dans le regard qui en disait davantage que les mots : « Il l'a bien mérité, le salaud. »

Parmi eux, un seul pleurait à gros bouillons, la poitrine hoquetant sous les sanglots : Julot.

« Circulez, y'a rien à voir ! » hurla un gendarme ; et les STO se dirigèrent vers l'alignement de six autocars. Ils s'y entassèrent tous, à l'exception de Rasmussen qui demeura discrètement à l'écart. Il fit un signe à Julot, qui le lui rendit après avoir essuyé la morve qui coulait de son nez. Les portes se refermèrent et le petit Breton fut englouti à l'intérieur. Les véhicules démarrèrent en direction de la gare d'Orsay. Un convoi en remplaçait un autre. Des autobus à la place des trains. Ils n'en finissaient pas d'être trimballés comme du bétail. Là-bas, ils passeraient le reste de la journée à manger et à boire, à se faire ausculter, à remplir des formulaires, à justifier de leur identité. Et, tandis que la nuit tomberait sur Paris, ils rentreraient peut-être enfin chez eux.

ACTE II

1

Il marchait au hasard, la gare de l'Est dans son dos, se fiant à son intuition, la laissant guider ses pas plus que sa propre logique. Pourtant, il avait une destination ; l'article du *Parisien libéré* la lui avait indiquée : la banlieue sud, Fresnes, sa prison, son parloir. Il aurait dû s'y rendre aussitôt descendu du train.

Au lieu de cela, il contourna l'église Saint-Laurent et obliqua vers la rue de Paradis. Il flânait. Retrouvait Paris pour ainsi dire inchangé. S'amusait à traverser devant les voitures pour le plaisir d'entendre les conducteurs jurer et les avertisseurs rugir. Il guignait les vitrines des porcelainiers et des faïenciers, détaillait les motifs floraux ou animaliers sur les assiettes. Il faillit s'arrêter dans un bistrot mais se rappela qu'il n'avait pas un franc en poche.

Il reprenait ses marques. Retrouvait le plaisir de l'errance urbaine, à la recherche d'idées de décor, de mise en scène. Avant la guerre, il écumait Paris, nez en l'air et tête tournée vers l'intérieur, pensant à une lecture, une image, une réplique, à la façon de mieux l'offrir au spectateur, sans la clamer, en donnant l'impression de la susurrer. Il se souvenait des périodes où ils s'enfermaient pour répéter. Acteurs, auteur, éclairagiste, maquilleuse et costumière, tendus vers l'objectif de la première, devenaient, le temps d'une création, sa famille et son seul univers. Qu'il avait aimé cette ville et cette vie révolue. Qu'il avait aimé jouer en compagnie de Canonnier.

Il prit la rue du Faubourg-Poissonnière. Il savait où il se rendait. Ce n'était ni la volonté ni même l'instinct qui l'y poussait, mais la nostalgie d'une époque où l'insouciance se mêlait à l'ardeur au travail, à la camaraderie, à la découverte de soi et la jouissance de se mettre nu.

Il déboucha dans la rue Richer, fit un détour par le Conservatoire. Jouvet y enseignait-il toujours ? Qu'avait-il fait pendant l'Occupation ? Avait-il pris parti ? Avait-il mis son intelligence, son verbe et son génie au service du pays ?

Il passa les Folies-Bergère et s'engouffra sous une porte cochère.

Il s'arrêta dans une petite cour pavée, à l'écart des rumeurs de la cité, devant une porte rouge et des fenêtres aveugles qui rappelaient le carton-pâte d'un décor désuet. Un porte-affiche y était fixé, duquel pendait un placard déchiré, ramolli par le temps et les intempéries ; tout autour, des impacts de balles par dizaines trouaient la pierre comme autant de cicatrices. Une autre ville se dévoilait, exhibait ses blessures sans pudeur. Celle qui avait subi quatre ans d'humiliation et de collaboration. De violence et de torture. D'arrestations et de déportations, de descentes policières et d'exécutions sommaires. Le théâtre de l'Olivier avait-il fait l'objet de combats pendant l'insurrection d'août ? Avait-il été l'enjeu d'affrontements au moment de la Libération ? Il fit glisser ses doigts sur la façade grêlée, inspectant chaque entaille, puis il souleva la feuille arrachée qui annonçait une pièce écrite et mise en scène par Jean-François Canonn… – *Gilles et J…* –, avec pour têtes d'affiche Mireille Ba… et Lucien P… Un visage masculin apparaissait, sur fond de forteresse médiévale. Celui d'une jeune femme, dont on ne devinait que la robe, avait fait les frais de l'arrachage. La date de la première était encore lisible : 8 juin 1944. Deux jours exactement après le débarquement allié en Normandie.

Rasmussen poursuivit son exploration et glissa la main dans un interstice ancien d'où il sortit une clé.

Dans le foyer plongé dans la pénombre, il découvrit les traces laissées par des spectateurs lors d'un ultime entracte : trois flûtes sur le comptoir, une bouteille de Taittinger à moitié pleine, un foulard à motif léopard sur le dossier d'une chaise. Ils avaient tout abandonné, étaient partis dans l'urgence, comme s'il avait fallu évacuer le théâtre au son des sirènes d'une alerte aérienne.

Rasmussen s'enfonça dans l'obscurité. Il connaissait l'endroit par cœur et n'avait nul besoin de lumière.

Il poussa une porte battante ajourée d'un hublot. Les odeurs lui revinrent en mémoire, celle des projecteurs au-dessus des spectateurs, des corps se succédant soir après soir dans les fauteuils de velours, celle des décors de bois, de colle, de tissu et de carton. Le tout mêlé à un fond de poussière et d'humidité. Le théâtre de l'Olivier comptait deux cent seize places et quelques strapontins. Huit mois après la libération de Paris, il n'y avait plus que des fantômes pour les occuper.

Il remonta l'allée centrale. La salle baignait dans le noir, cependant une clarté brillait tout au fond, blafarde, fragile : la servante, la simple ampoule montée sur pied, posée sur scène sitôt le théâtre vidé de ses âmes, immuable compagne de la nuit. Il gravit les marches du plateau, foulant les planches dont il se rappelait la moindre irrégularité, le moindre craquement. Il y avait monté trois pièces et, l'espace de quelques années, s'était essayé à sa vocation, à sa véritable existence.

Il ruminait ses souvenirs, résistant à la tentation de déclamer du Shakespeare. Des bribes de répliques lui revenaient en mémoire, mais ce n'étaient ni celles d'Othello ni celles de Lear. Il pensait à Canonnier, à ce soir d'hiver 1938 en particulier, où Jean-François avait débarqué sur la scène de l'Olivier au beau milieu d'une représentation. Ils jouaient alors *Bastringue*, leur dernière création, leur ultime collaboration avant que n'éclate la guerre. La pièce mettait en scène un poilu de 1914 défiguré au Chemin des Dames. Après avoir frôlé la mort, la gueule ravagée et le corps en charpie, il finissait, par un invraisemblable concours de circonstances, dans une ambulance allemande. On le soignait à Berlin. Il y rencontrait un opérateur de cinéma, mélange de Murnau, de Pabst et de Fritz Lang, qui en faisait son acteur fétiche. Le poilu sans visage, défiguré à vie, devenait une icône du cinéma d'horreur expressionniste, passant les quinze années suivantes à jouer les monstres et les vampires dans les studios de Babelsberg tandis que les prémisses du nazisme s'annonçaient. C'était une pièce foutraque où se mêlaient scènes de bataille, de cinéma et de cabaret. C'était surtout pour Jean-François une manière toute personnelle de faire revivre sur scène le fantôme de son père, pulvérisé par un obus en 1917.

La pièce avait été un four. Alors que les bruits de bottes résonnaient à nouveau en Europe, le public, lui, ne voulait pas entendre parler de guerre. On fermait les yeux sur l'annexion de l'Autriche et des Sudètes par Hitler. On préférait se divertir en allant voir des comédies et des bluettes. *Bastringue* était une pièce à contretemps. Deux ans à peine après les espérances suscitées par *Les Îles Kerguelen*, ils se retrouvaient certains soirs plus nombreux sur scène que dans la salle. Canonnier s'en était rendu malade. Jusqu'à cette représentation que Rasmussen convoquait parmi ses souvenirs : il revoyait son ami entrer sur le plateau, blanc comme un linge, vêtu de son habituelle tenue de ville, demandant aux comédiens fardés et costumés de s'arrêter de jouer ; il le revoyait s'avancer vers la salle dans un silence d'église et dire : « Rentrez chez vous, mesdames et messieurs. Le spectacle est terminé. » Les rares spectateurs, un peu égarés, n'avaient pas bougé de leur fauteuil, ne sachant trop s'il s'agissait d'un rebondissement dans la pièce, d'un genre de coup de théâtre, certains laissant fuser un rire, d'autres se risquant même à applaudir. Alors, les comédiens, dans leurs falbalas insensés, aussi hagards et hésitants que les spectateurs, avaient repris là où ils en étaient restés, à la réplique et au mot près, comme si de rien n'était. Et Canonnier avait quitté la scène dans une espèce d'indifférence, effacé par ses personnages, chassé par ses répliques, vaincu par sa propre pièce.

Ce soir de 1938 avait-il constitué une première bascule, une salissure dont il n'avait pas su saisir l'ampleur ? L'échec de ce projet si important aux yeux de Jean-François, au-dessus duquel planait la figure spectrale de son père, avait-il semé les premiers germes de l'opportunisme et de la compromission ? L'avait-il poussé à collaborer, deux ou trois ans plus tard, avec un gouvernement lui-même collaborateur, pour décrocher reconnaissance, argent, succès ?

Rasmussen marchait de long en large, d'une coulisse à l'autre, frôlant les éléments de décor, entre zones d'ombre et de lumière, quand le faisceau d'un projecteur le frappa de plein fouet. Il leva les yeux et le théâtre entier disparut dans la blancheur d'un éclair.

– Qui est là ?… Qui est là ?…

Il attendait, impuissant et aveugle, une paume devant ses yeux en guise de visière. Enfin, une voix caverneuse lui parvint depuis le fond de la salle.

– Et vous, qui êtes-vous qui marchez tout là-haut sur les remparts ? Faites-vous connaître !

– Mon nom est Rasmussen.

– Ami ou ennemi de ce théâtre ?

– Je vous demande pardon ?

– Ami ou ennemi de ce théâtre ?

– Très certainement ami. Qu'est-ce que c'est que cette histoire ?

– C'est bien ce qu'il me semblait aussi. Alors ? Quelles nouvelles, Niels ? Est-ce qu'il y a toujours quelque chose de pourri au royaume du Danemark ?

Un pas lourd et arythmique remonta l'allée centrale, puis une silhouette reconnaissable entre mille émergea à contre-jour. L'homme d'une cinquantaine d'années monta sur scène en claudiquant et, chaque planche grinçant sous son poids, vint enserrer le géant danois. C'était Balard, le régisseur.

– Depuis quand tu es à Paris ?

– J'arrive tout juste.

– Et tu t'es décidé à nous rendre une petite visite ? C'est gentil, ça. Mais par où tu es rentré ?

– Tout simplement par la porte. La clé était toujours cachée dans la petite niche.

– Moi je rentre par-derrière, par l'accès des décors. Je ne t'ai pas entendu venir.

– La serrure avait encore ce drôle de petit jeu. J'ai retrouvé mes marques sans avoir besoin d'allumer. C'est comme si rien n'avait changé.

Balard éteignit la servante et la mit de côté.

– Beaucoup de choses ont changé, Niels, depuis ton départ. Il s'est passé pas mal de choses. À Paris, comme tu sais, mais aussi ici, à l'Olivier.

– Raymond Birault n'est plus là ?

– Raymond a fermé son théâtre et quitté Paris en octobre 40, après que les Boches lui ont saisi son stock de livres et de papier.

– Où est-il allé ? Tu sais ?

– En zone libre, à Carcassonne, avec sa femme. Là-bas, il a fondé une revue de poésie clandestine. Tu imagines ? Ce vieux Raymond est entré dans la Résistance à plus de quatre-vingts piges !

– Il y est toujours ?

– À Carcassonne ? Plus pour longtemps. Il rentre à Paris. Il veut reprendre la direction de son théâtre, d'après ce que j'ai compris. Il m'a écrit la semaine dernière en me demandant de faire un état du parc de projecteurs. Je m'y suis collé hier.

– Et toi ? Tu es resté ici ?

– Fidèle au poste. La boutique a rouvert en 41, mais sans Raymond cette fois.

– Tu as continué de travailler ici pendant l'Occupation ?

– Fidèle au poste, je te dis.
– Et vous avez joué jusqu'à quand ?
– Jusqu'à la fin, quasi. Août 44.
– Et depuis ?
– Comme tu vois, le théâtre est resté fermé. Le dernier soir a été – comme qui dirait – un peu agité…

Il jeta un coup d'œil paternel sur le décor, un ensemble de murailles fortifiées d'inspiration médiévale, avec créneaux et meurtrières, doté d'un pont-levis central retenu par deux chaînes. L'ensemble paraissait indestructible au premier abord, mais en s'approchant plus près, on se rendait compte qu'il était entièrement confectionné en papier mâché.

– Tu fais tes décors en carton, maintenant, Balard ?
– Tu crois pas si bien dire ! Imagine-toi qu'à la fin le bois était devenu plutôt rare. Je sais pas comment c'était chez toi au Danemark, mais ici on préférait le fourrer dans un poêle en hiver plutôt que de construire des décors. Par contre, les journaux et la paperasse… Les torche-culs dans le genre *La Gerbe* et *Je suis partout*, ça n'a jamais manqué. Alors, comme tu me connais, je me suis démerdé. J'ai récupéré des vieux stocks périmés et je les ai recyclés… Quelques litres de colle, un bidon d'huile de lin, et le tour était joué. Et c'est pas tout. Regarde un peu voir…

Il actionna une manivelle côté coulisses. Une trappe s'ouvrit au-dessus de la cage de scène, dévoilant une verrière qui laissait pénétrer le jour.

– À partir de 43, on a commencé à nous rationner l'électricité. Certaines semaines, on était dans l'obscurité un soir sur deux. Les cabarets pour Fridolins avaient évidemment la priorité. Eux n'ont jamais manqué de jus, tu penses. Mais les autres salles, c'était une autre histoire. Alors il a fallu faire avec les moyens du bord. Parfois jouer en journée, avec le toit ouvert et tout un système de miroirs pour réfléchir la lumière. Jette-moi un œil à ça…

Il dévoila un alignement de glaces d'environ un mètre cinquante de hauteur derrière un rideau de velours.

– Montées sur roulettes, orientables en fonction de l'inclinaison du soleil. J'ai un cousin qui bosse à Aubervilliers chez Saint-Gobain. Y a la même chose à cour et à jardin. Avec mon petit système, j'arrivais plus ou moins à éclairer les acteurs les jours de coupure, et même à reproduire certains effets de lumière. Alors ? Plutôt débrouillard, le Balard… Ça t'en bouche un coin, pas vrai ?

Rasmussen ne pouvait s'empêcher d'admirer l'ingéniosité du régisseur. À vrai dire, c'était Balard qui lui avait tout appris durant ses trois années passées à l'Olivier. La technique, la lumière, l'électricité, la pyrotechnie. Toujours à s'amuser comme des gamins, à faire évoluer les mises en scène au gré de leurs inventions. Toujours à bricoler d'invraisemblables systèmes scéniques, des illusions d'optique, qui faisaient passer des vessies pour des lanternes et ce petit théâtre de quartier pour un océan déchaîné. Plus tard, il avait usé de ce savoir-faire dans un tout autre but : confectionner des bombes et les faire exploser dans tout le Seeland.

– Et ces fagots au milieu du plateau, qu'est-ce que c'est ? Un autre système d'éclairage ou bien du bois de chauffage pour l'hiver ?

Le rire du régisseur ébranla sa carcasse.

– C'est un bûcher, mon cher.

– Un bûcher ? Mais qu'est-ce que vous avez joué en dernier, ici ?

– *Gilles et Jeanne.*

– Tu veux dire Jeanne d'Arc et Gilles de Rais ?

– Exactement. On a tenu toute la guerre avec cette satanée histoire. Une vraie saga. *Jeanne* fin 41. *La Passion de sainte Jeanne* en 43. *Gilles et Jeanne* en 44.

– Une héroïne qui éperonnait les sentiments patriotiques et les valeurs nationalistes, pas vrai ?

– Tout le monde a fait ça, Niels. Tout le monde ou presque a écrit sur Jeanne d'Arc. En tout cas au début, en 40, en 41, quand on nous a collé la Révolution nationale et Pétain… Une véritable invasion de pucelles, je te dis. Mais Jean-François, lui, il a continué jusqu'à la fin. 42, 43, 44… C'est vrai que ça finissait par virer à l'obsession, cette histoire de bûcher. Les spectateurs, eux, avaient tourné casaque depuis longtemps…

Il y eut un long silence. Rasmussen s'essaya à faire descendre le pont-levis mais le mécanisme resta bloqué.

– Qu'est-ce qui s'est passé ici, Balard ?

Comme pris d'une soudaine inspiration, le régisseur disparut en coulisses et revint presque aussitôt, précédé d'un échafaudage monté sur roulettes.

– Aide-moi à remettre de l'ordre dans les gradateurs et les projos là-haut, tu veux. Ça te rappellera le bon vieux temps, quand on jouait les chimpanzés suspendus au plafond.

Il s'éclipsa encore tandis que Rasmussen escaladait la tour et se retrouvait quatre mètres au-dessus du plateau, la tête au milieu des projecteurs couverts de poussière.

– Niels ? Je t'envoie les circuits un par un et toi tu me dis où ça sort, d'accord ? On va commencer par les perches d'arrière-scène.

– Tu as laissé le théâtre en l'état au soir de la dernière ? Lumières et décors ? Tu n'as rien démonté ?

Il y eut un silence. Puis la voix du régisseur filtra à travers le rideau qui masquait le panneau électrique, comme sortie d'outre-tombe.

– Pas eu le temps. Pas eu le cœur.

Un premier projecteur s'alluma à quelques centimètres du Danois. Il entendit le filament crépiter tandis qu'une odeur familière de poussière brûlée lui parvenait aux narines. La lentille, réglée au plus large, diffusait un faisceau blafard sur le fond du décor. Balard marmonnait tout en manipulant les variateurs. Rasmussen s'accroupit sur l'échafaudage et son regard glissa le long de la muraille de papier journal. L'arrière des remparts, invisible pour le public, n'avait pas été peint. Les titres en capitales d'imprimerie noires se détachaient sous la couche pellucide de colle. Par endroits, il était même possible de lire certains articles par paragraphes entiers. C'était une sorte de revue de presse, certes tronquée, mais couvrant une bonne partie de l'Occupation, qui s'étalait sous ses yeux.

Une première manchette attira son attention : elle barrait la une d'une feuille baptisée *Au Pilori* ; il lui fallut quelques instants pour comprendre de quoi il s'agissait.

Le dernier Juif vient de mourir !
(Fragments du journal d'un Français moyen
en l'an de grâce 2142.)

14 juillet 2142. – Une nouvelle merveilleuse parcourt les rues de Paris. Les chroniques parlées de la radio-télévision nationale nous en ont informés. LE DERNIER JUIF VIENT DE MOURIR... Ainsi c'en est donc fini de cette race abjecte dont le dernier représentant vivait, depuis sa naissance, à l'ancien zoo du bois de Vincennes, dans une tanière spécialement réservée à son usage et où nos enfants pouvaient le voir s'ébattre en un semblant de liberté, non pour le plaisir des yeux mais pour leur édification morale. Il est mort ! Dans le fond, c'est mieux ainsi. J'avais personnellement toujours peur qu'il s'évade, et Dieu sait tout le mal que peut faire un Juif en liberté !

18 juillet 2142. – D'où est partie l'idée première, l'idée force, l'idée salvatrice ? Est-ce Drumont, est-ce Gobineau, ou le génial (c'était avoir du génie à l'époque) Céline, qui lança le premier l'idée mirifique ? Un seul moyen pour se débarrasser des Juifs, sans massacres, sans pogroms : les stériliser. Oui, tous, mâles et femelles. Les enfermer d'abord dans de vastes camps, les prendre un par un, et hop ! l'incision; rappel très indiqué de la circoncis...

Le bas de la page était recouvert d'une autre feuille, *Je suis partout*, signée Lucien Rebatet : *Les Juifs de la France occupée, comme ceux de presque toute l'Europe, sont astreints à partir de cette semaine au port d'un signe distinctif : l'étoile jaune à cinq branches. Lorsque nous proposions, dans ce journal, quelques années avant la guerre, sous la signature de Robert Brasillach ou la mienne, l'établissement d'un statut des Juifs, nous ne parlions pas de cette mesure, indiscutablement sévère. Mais depuis, nos charges contre Israël se sont décuplées. Les Juifs ont la part capitale de responsabilité dans le déclenchement de la guerre et son extension. Tous les soldats chrétiens, de quelque camp qu'ils soient, qui meurent depuis un an dans les steppes russes sont d'abord les victimes des Juifs, s'ajoutent aux centaines de milliers de cadavres que le marxisme juif a entassé sur toute…*

Balard jura encore et un second projecteur illumina une autre portion du mur. Rasmussen s'agrippa aux barres métalliques qui couraient au plafond et fit rouler son échafaudage, traversant le faisceau lumineux, jusqu'à trouver une coupure qui lui fût lisible. Il s'agissait d'une lettre ouverte au journal *L'Appel*, rédigée par Louis-Ferdinand Céline ; seul le post-scriptum était déchiffrable sous l'épaisse couche de colle : *P.-S. – De tous les écrivains français revenus récemment d'Allemagne, un seul nous a-t-il donné quelques impressions sur le problème juif en Allemagne ? Ils ont tous ergoté, tergiversé autour du pot. Les mêmes n'apercevaient même pas les Juifs en Amérique avant 1939… C'est une manie, ils ne les voient jamais, nulle part. Au fond, il n'y a que le chancelier Hitler pour parler des Juifs. D'ailleurs, ses propos, de plus en plus fermes, je le note, sur ce chapitre, ne sont rapportés qu'avec gêne par notre grande presse, minimisés au possible, alambiqués, à contrecœur… L'embarras est grand. C'est le côté que l'on aime le moins, le seul au fond que l'on redoute, chez le chancelier Hitler, de toute évidence. C'est celui que j'aime le plus. Je l'écrivais déjà en 1937, sous Blum.*

Balard empilait les jurons derrière son pendrillon, les lampes continuaient de sonner une à une, et Rasmussen poursuivait le déchiffrage de ce mur de papier par un extrait d'*Au Pilori*.

Mort au Juif ! Ce cri a retenti une centaine de fois au cours des siècles. Ce n'est pas un cri de haine, c'est un cri de libération. Mort au Juif ! Mort à la vilenie, à la duplicité, à la ruse juive ! Mort à l'argument juif ! Mort à l'usure juive ! Mort à la démagogie juive ! Mort à tout ce qui est faux, laid, sale, répugnant, négroïde, métissé, juif ! Oui. Répétons. Répétons-le ! Mort ! M.O.R.T. AU JUIF !

Parfois, à l'invitation du régisseur, il décalait un projecteur sur sa perche, identifiant un autre article. Ses yeux, alors, lisaient, pendant que ses mains vissaient, dévissaient, réglaient, branchaient et débranchaient. Il restait là, en équilibre précaire au sommet de sa tour, suspendu au-dessus du plateau. En dessous, le décor moyenâgeux de la pièce de Jean-François Canonnier s'éclairait peu à peu, trop partiellement cependant, par taches lumineuses successives, tandis qu'une bonne part de l'histoire persistait à rester dans l'ombre.

– Tu m'entends, Niels ?... La gamelle que je viens de t'envoyer, c'est quelle ligne ?

– Onze. Dis-moi, Balard, les journaux dont tu te servais pour fabriquer tes décors...

– Eh bien ?

– Tu ne les lisais jamais ?

– Jamais. Ah si... Une ou deux fois j'ai dû y jeter un œil. Sur le trône. Avant de me torcher le derche avec. Fais attention, j'envoie la rampe de PAR. Ça va te chauffer le dessus du crâne, garçon.

La perche de fond de scène prit feu sur toute sa largeur et les gamelles d'aluminium se mirent à cliqueter furieusement sous l'effet de la chaleur. La muraille de papier passa du gris au blanc neigeux, tandis que les titrailles semblaient s'en décoller, voletant devant ses yeux comme autant de sinistres corbeaux.

Juste au-dessus, un brûlot d'*Au Pilori*, écrit par un certain Alastor, ciblait spécifiquement les juifs au sein des professions du spectacle : *Rebatet l'écrivait il y a trois ans déjà : le Juif est une gangrène qui a gagné la France. Nulle part ailleurs que dans le théâtre et le cinéma cette invasion n'a été plus tristement exemplaire. Assoiffée par l'argent facile, cette tribu de parasites s'est immiscée dans tous les rouages de la création artistique, contrôlant tout, tout en ne contrôlant rien. Car le Juif est incapable de la moindre sincérité artistique, de la moindre idée originale. Il ne fait que copier l'immense génie aryen en le dénaturant, en le vidant de sa substance. Juifs ! ceux qui ont sali les planches françaises à coup de pièces insipides, boulevardières et commerciales... Juifs ! ceux qui ont contaminé le cinéma français d'avant-guerre à coups de stupides bluettes à l'eau de rose... Ces cancrelats ont-ils jamais eu le moindre souci de probité artistique ? Pensez donc ! Ce qu'ils cherchent avant tout – et d'une certaine façon ils n'y peuvent rien puisque la maladie est dans leurs gènes –, c'est l'argent, c'est la richesse, jusqu'à l'obsession. Et face à cette menace insidieuse, face à cette épidémie parasitaire, il n'y a nulle autre solution que de poursuivre le nettoyage en règle de la profession, à coups de bombe insecticide si nécessaire.*

Le front de Rasmussen s'était couvert de transpiration. Sous lui, l'échafaudage semblait rouler tout seul sur une scène devenue mouvante et pentue. Il eut encore le temps de lire un dernier passage vomi par Robert Brasillach dans les colonnes de *Je suis partout* – *On ne s'aperçoit pas qu'on encourage le mensonge, qu'on encourage le Juif. En finira-t-on avec les relents de pourriture parfumée qu'exhale encore la vieille putain agonisante, la garce vérolée, fleurant le patchouli et la perte blanche, la République toujours debout sur son trottoir. Elle est toujours là, la mal blanchie, elle est toujours là, la craquelée, la lézardée, sur le pas de sa porte, entourée de ses michés et de ses petits jeunots, aussi acharnés que les vieux. Elle les a tant servis, elle leur a tant rapporté de billets dans ses jarretelles ; comment auraient-ils le cœur de l'abandonner, malgré les blennorragies et les chancres ? Ils en sont pourris jusqu'à l'os...* –, puis il se sentit perdre l'équilibre et le théâtre entier bascula en arrière.

Lorsqu'il rouvrit les yeux, il était allongé sur le plateau, au pied du bûcher. Balard tenait sa tête calée au creux du bras. Il lui retira plusieurs brindilles mêlées à sa tignasse et Rasmussen grimaça en se massant le cuir.

– T'as pas bientôt fini de m'arracher les cheveux ?

– Et toi, t'as pas bientôt fini de me faire des frayeurs pareilles ? T'as eu de la chance de tomber sur les fagots, garçon, sinon tu te serais brisé les os.

– J'ai eu une espèce de vertige...

– J'ai vu... Ou plutôt j'ai entendu. Boum ! J'ai bien cru qu'une rangée de gamelles s'était décrochée.

– C'est parce que j'ai le ventre vide.

– Depuis quand t'as pas cassé la croûte ?

– Sais même plus. J'ai dû manger deux trois biscuits anglais au cours des dernières vingt-quatre heures. Et boire un quart de thé.

– Mais tu pouvais pas le dire plus tôt ? Et moi qui te fais monter là-haut au milieu des projos ! Allez viens. J'ai tout ce qu'il faut pour te requinquer.

Il soutint Rasmussen jusqu'à la porte d'accès des décors, en arrière-scène, qui donnait sur la rue Richer. Balard l'ouvrit en grand, et l'air frais, combiné à la vision des gens vaquant à leurs occupations, fit du bien au Danois. Un camion Félix Potin passa. Une vieille dame leva le poing quand le véhicule l'empêcha de traverser. Un peu plus loin, un vitrier changeait la vitrine d'une boulangerie. Une odeur de pain chaud flottait à la ronde.

Balard sauta sur le trottoir. En contrebas de l'ouverture était garée une Royal Enfield de grosse cylindrée. Les chromes en avaient été soigneusement astiqués. Le régisseur fouilla dans les sacoches de la motocyclette, en sortit une miche, une bouteille de rouge ainsi qu'un immense saucisson. Ils s'assirent tous deux dans l'embrasure, les jambes ballant à l'extérieur, à la frontière ténue entre théâtre et réalité, et Balard déboucha son litron.

– Mange, Niels. Mange autant que tu voudras. C'est tout pour toi.

– C'est beaucoup trop, Balard.

– Si tu savais, j'en ai plein mon cellier.

Sous leurs yeux, la vieille fit une nouvelle tentative pour traverser la rue.

– C'est à toi, la moto ?

– Elle est pas magnifique ? Je l'ai rachetée à un officier anglais. Je l'ai simplement repeinte en noir. Ils fabriquent de belles choses en Angleterre. Ils font pas que des biscuits et du thé, tu peux me croire.

– Elle t'a coûté cher ?

– Mange, je te dis.

– Prends-en au moins la moitié, Balard.

– Mais puisque j'en ai d'autres à la maison. Des saucissons et des jambons, il en pleut du plafond.

Dehors, la vieillarde était enfin parvenue à changer de trottoir.

– Comment ça se fait, ça ?

– Ben j'ai des bons copains dans le cochon.

Rasmussen mordit à pleines dents dans la charcuterie. Il mâcha en silence, laissant la satiété gagner son estomac, puis il but au goulot que lui tendait son compagnon.

– Tu as fait du marché noir, Balard ?

L'autre, à son tour, s'accorda une rasade.

– J'en fais toujours. C'est pas parce que la guerre est terminée qu'il y a davantage à bouffer. Les coupons, les rations, c'est toujours en vigueur. J'ai une femme et trois filles à nourrir. Qu'est-ce que t'aurais fait, toi, à ma place ? C'est facile de juger quand on n'a pas de gosses.

– Je ne te juge pas, tu sais.

– Ce qui est bizarre, c'est que j'ai mis le doigt dedans au moment de la Libération. Jusque-là je m'étais tenu peinard, je te jure. Mais tu comprends, ça faisait des mois qu'on touchait plus nos salaires. Le théâtre était quasiment vide de spectateurs. Plus un rond dans les caisses. Sans compter que les subventions de Vichy, c'était fini depuis longtemps aussi. Et puis, pour couronner le tout, y a eu ce bazar le soir de la dernière, la fuite de Jean-François, et puis la fermeture définitive juste derrière.

– Les traces de balles sur le mur de la cour, qu'est-ce que c'est, Balard ?

De nouveau, il y eut un silence. Dehors le vitrier remballait ses outils. La glace flambant neuve était couverte de traces de doigts et de poussière. On peinait à voir les miches de pain et la boulangère au travers.

– C'est pas les Boches qui ont fait ça, Niels. C'est des Français. Gaullistes ou communistes, je sais plus trop ce qu'ils portaient comme brassard. Enfin des résistants, quoi. Toute une équipée. Ils ont commencé par canarder la façade et déchirer les affiches, ensuite ils sont rentrés. Au beau milieu du quatrième acte. Je m'en souviens comme si c'était hier.

– Et c'était quand, cette dernière ?

– 11 août 44. Je suis pas près de l'oublier, je te dis. T'imagines le spectacle ! Les FFI montant sur scène avec leur mitraillette au milieu des acteurs en armure, hurlant « rentrez chez vous, le spectacle est terminé… » Heureusement que la salle était quasiment vide, moins de dix spectateurs… C'est ce qui a évité la panique.

– Qu'est-ce qu'ils voulaient, les FFI ?

– La peau de Jean-François. Ils étaient venus le chercher pour le faire fusiller. Mais lui – coup de bol – il était dans la salle quand ils sont arrivés. Le temps que les autres s'y retrouvent dans le noir, il avait déjà filé. Imagine-toi qu'il est sorti par le toit, le Jean-François… Comme je te le dis, Niels, il s'est enfui par l'ouverture, là-haut, comme un oiseau. Je l'ai plus jamais revu. Quelques jours plus tard, on a eu l'insurrection à Paris. La grève générale, Leclerc, de Gaulle, les barricades et les combats de rue. Les Boches sont partis pour de bon. Le calme est revenu, et puis on a appris son arrestation, en septembre. Il s'était fait coincer à un carrefour, du côté de l'avenue de Clichy. Quelqu'un qui l'avait reconnu, à ce qu'on m'a dit.

– Dis-moi franchement, Balard. Qu'est-ce qu'a fait Jean-François ? Il a dénoncé des juifs ou quoi ?

– Mais qu'est-ce que tu vas t'imaginer là ?

– Je ne sais pas. Je me dis que… Pour qu'on lui en veuille à ce point…

– Lui et toi vous étiez comme les deux doigts de la main.

– Tu as raison. Pardon.

– Les deux inséparables. Quand on cherchait l'un on trouvait l'autre pas loin.

– Tout à l'heure, sur la tour, j'ai lu tous ces journaux. Je suppose que ça m'a fait forte impression.

– Ici, on n'a jamais eu de juif dans l'équipe. Tous les comédiens venaient de Jeune France, un machin monté par Vichy. Un coup de chance. On n'a pas eu à en virer un seul. Ni à en signaler à la police.

Rasmussen forma une boule avec sa mie et la pétrit dans son poing.

– Et s'il y en avait eu ?

– Des juifs ?

– Des juifs. Qu'est-ce que vous auriez fait ?

– Faudra que tu poses la question à Jean-François. C'était lui le patron après le départ de Raymond. Mais tu sais, tout le monde l'a fait. Jusqu'à la Comédie-Française ; tout le monde s'est séparé de ses juifs. Ils sont même allés jusqu'à débaptiser le théâtre Sarah-Bernhardt au Châtelet.

Rasmussen posa son pain et sa saucisse.

– Dis-moi, Balard. Dis-moi ce qui s'est passé ici pendant la guerre. Qu'est-ce que Jean-François a fait exactement pour se retrouver en prison ?

– Du théâtre, Niels. À ma connaissance il n'a pas fait grand-chose de plus.

– Pourquoi va-t-on le juger lundi ?

– Tu es rentré exprès pour ça ? Pour le procès ?

– J'en ai bien l'impression.

– C'est une longue histoire, tu sais.

Rasmussen eut un sourire qu'il voulut encourageant.

– Maintenant que j'ai mangé, j'ai tout mon temps. Je te le promets, Balard, cette fois je ne tomberai pas dans les pommes.

Le régisseur avala une large goulée de vin et s'essuya la bouche du revers de la main.

– Il faut que je te raconte le tout premier hiver, alors.

L'hiver 40. Il faut que tu comprennes bien ce qui s'est passé cet hiver-là. Moi, tu vois, le Jean-François, je l'avais perdu de vue dès 39. Je savais juste qu'il avait été mobilisé. Et puis il y a eu le désastre, la débâcle de mai 40, les politiciens et les généraux qui font dans leur froc. Les Boches sont arrivés et Pétain a signé l'armistice. Il s'est installé dans un hôtel de luxe à Vichy et lui aussi s'est mis à se chier dans les bottes. Pendant ce temps-là, à Paris, tous les théâtres restaient fermés. Les trois quarts de ces messieurs, les directeurs, les auteurs, les grandes et les petites vedettes, étaient partis se mettre au vert pendant l'été. Seulement voilà, à partir de septembre, ils ont tous commencé à revenir, comme pour la rentrée des classes, parce que ces messieurs-dames n'avaient plus une thune en poche. Alors les salles ont rouvert. Les Boches tenaient à ce que la vie reprenne normalement. L'air de rien, il fallait faire. Les gens devaient pouvoir se distraire, oublier que c'était la guerre.

– Et Raymond Birault ?

– Raymond, je vais te dire, il a eu très vite des problèmes, comme qui dirait, avec la Kommandantur… Un jour, un officier vert-de-gris débarque ici. On était en octobre. Il demande à voir Raymond, le Teuton. Je l'envoie là-haut dans le bureau. Trois minutes plus tard, il redescend, l'air sévère, et il me dit comme ça de but en blanc : « *Geschlossen !* Fermé ! » Moi, tu me connais, je peux pas m'en empêcher : « Comment tu veux qu'on ferme, Günther, puisqu'on n'a pas encore rouvert ? » Là-dessus Raymond descend à son tour. Il m'explique que toutes les pièces éditées ou jouées à l'Olivier sont interdites parce qu'elles figurent sur la liste Otto. Moi je demande : « C'est quoi la liste Toto ? » « Censure », qu'il me répond, le Günther.

– Si bien que Raymond n'a pas rouvert.

– Je vais te dire, Niels, quand bien même il aurait eu l'autorisation, je crois pas qu'il l'aurait fait. Au même moment, on commençait à arrêter les militants communistes dans leur lit. Et puis les clowns de Vichy ont décrété qu'il fallait un nouveau statut pour les juifs. Tout ça, tu vois, notre vieux Raymond, ça lui donnait de l'urticaire. Alors, pour finir, il a pris ses cliques et ses claques et il s'est fait la malle à Carcassonne.

– Il t'a dit quelque chose avant de partir ?

Balard but à nouveau.

– De garder l'Olivier fermé jusqu'à son retour. De ne pas jouer pour les Boches. Sous aucun prétexte. (Le régisseur marqua un long silence. De l'ongle du pouce, il gratta l'étiquette sur sa bouteille.) J'ai rien fait de ce qu'il m'a dit, Niels. Au lieu de ça, j'ai suivi Jean-François. Lui et moi on a rouvert, moins d'un an après le départ de Raymond. Là, pour le coup, je me sens pas fier.

– Et Jean-François, alors ? Comment est-il réapparu ?

– C'est moi qui lui suis tombé dessus. Par hasard. En plein hiver. Imagine-toi qu'on s'est retrouvés à la soupe populaire de l'Union des artistes, au réfectoire des Galeries Lafayette.

– Tu étais à ce point-là dans la mouise ?

– Ben moi j'avais plus de boulot puisque le théâtre était fermé depuis des mois.

– Et Jean-François ?

– Il avait été fait prisonnier – c'est ce qu'il m'a raconté quand on est tombés l'un sur l'autre, tous les deux comme des couillons avec notre quignon de pain à la main. Il avait passé l'été dans la Beauce. Pas en vacances, ça non, mais dans un camp de prisonniers.

Puis on l'avait démobilisé et libéré. Depuis son retour à Paris, il vivait dans une misère noire. Il mangeait plus à sa faim. Ses pièces avaient été interdites. Comme elles avaient été créées à l'Olivier, on les avait toutes collées sur la fameuse liste Toto. Censuré, le Canonnier.

– Et sa famille, à Clermont-Ferrand ?

– Tu connais ses rapports avec son beau-père. Fier comme Artaban, le Jean-François. Il renvoyait systématiquement leurs colis d'alimentation avec un bras d'honneur. Il préférait aller pointer à la soupe populaire.

– C'était quand, ça, exactement ?

– Hiver 40, je te dis. J'ai dû tomber sur lui vers la mi-décembre. Dans les rues, il pouvait faire moins quinze. Et plus moyen de trouver du charbon. C'est le pire hiver que j'aie jamais passé. Même dans les tranchées j'avais pas connu ça.

– Alors lui et toi vous avez pensé rouvrir l'Olivier.

– Sauf que c'était pas possible, puisqu'il figurait sur toutes les listes de la censure. Pour sûr, il était plus coincé que moi, le Jean-François.

– Et qu'est-ce qui a changé la donne ?

– Il a revu un type. À Noël.

– Un type ? Quel type ?

– J'ai oublié son nom.

– Qu'est-ce qu'il faisait, ce type ?

– Dis-moi, Niels, t'es de la police, ou quoi ?

– J'essaie de comprendre ce qui s'est passé, Balard. Jean-François est mon ami. J'ai pris de gros risques pour venir jusqu'ici. Il faut que tu me dises ce que tu sais.

Balard réprima une grimace.

– Un fonctionnaire. Un de ces clowns de Vichy. Un

type qu'il avait connu dans la Beauce quand il était prisonnier. C'est lui qui a tout débloqué. Qui a obtenu les autorisations. Qui a sorti Jean-François des fichiers de la censure. C'est lui qui a tout fait. Tout ce que je sais, c'est qu'au printemps 41 Jean-François est venu me voir en disant : « Allez viens, Balard, on va rouvrir l'Olivier. Je suis en train d'écrire une nouvelle pièce. » On a remis la boutique en état, et en septembre on a eu la grande première.

– *Jeanne*.

– C'est ça. *Jeanne*.

– Et tu ne te souviens pas du nom de ce fonctionnaire ?

– Je te dis que non. Je l'ai même jamais vu.

– Il n'est jamais venu au théâtre ?

– Si, possible, mais on me l'a pas présenté. Ou peut-être bien que j'ai pas cherché à le connaître.

– Tu ne voulais pas te salir les mains en serrant la sienne, pas vrai, Balard ?

Soudain, le régisseur jeta sa bouteille sur le trottoir. En explosant, elle marqua le bitume d'une tache rouge. La flaque s'écoula lentement jusqu'au caniveau, en filets sanguinolents, souillant au passage les pneus de la motocyclette anglaise.

– Qu'est-ce que Raymond va penser quand il saura qu'on a rouvert ? À ton avis, qu'est-ce qu'il va dire ?

– Je pense qu'il est au courant, Balard. Depuis longtemps. Je pense que son retour au moment du procès n'est pas dû au hasard. Tous, nous gardons en mémoire nos belles années passées ici. Tous, nous rentrons pour savoir.

– Moi je pense qu'il va me virer.

– Et après ?

– Après j'aurai plus qu'à me chercher du boulot ailleurs.

– Je veux dire, après la première, en 41. Qu'est-ce qui s'est passé, Balard ?

– La *Jeanne* de Jean-François, elle a marché du feu de Dieu. Salle pleine à craquer. Applaudissements. Presse collabo unanime. On n'avait qu'à claquer des doigts pour obtenir tout ce qu'on voulait : stocks de tissu pour les costumes, bois pour les décors, papier pour les affiches… Et les subventions qui coulaient à flots. On baignait dans le pognon. Pas qu'on se soit tellement enrichis, ça non. Toute une partie s'en allait en fiestas et cadeaux. Antiquités, champagne et petites pépées. Pour les ronds-de-cuir à Vichy et aussi pour les Boches. Le reste de l'argent, on l'a réinvesti dans le spectacle suivant. C'est comme ça qu'on a fonctionné pendant pratiquement un an. Jusqu'au retour de Laval aux affaires, disons. Et surtout, jusqu'à Stalingrad.

– Et Jean-François ?

– Jean-François ? Je crois qu'il touchait plus terre. Il s'est mis à sortir le soir, à picoler du Taittinger. À fréquenter le beau monde de la Collaboration.

– Ça ne lui ressemble pas.

– Je sais. Et je pense qu'il le savait aussi. Alors il a fini par s'installer ici. Il a dressé un petit lit de camp dans le bureau de Raymond. Le lit y est toujours d'ailleurs, je te montrerai tout à l'heure. En dehors des pince-fesses mondains et des visites de courtoisie aux Boches sur les Champs-Élysées, il restait là à écrire, à travailler, à répéter avec ses comédiens. Souvent je le trouvais dans la salle, assis au balcon, muré dans son silence, toujours à la même place. Je suppose qu'il réfléchissait… Mais à quoi, ça je pourrais pas bien te dire.

– Les comédiens, qui c'était ?

– Des débutants qu'il était allé chercher chez Jeune France. Ça permettait d'avoir des subventions. Certains avaient du talent. Mireille et Lucien, notamment. Les autres, pas tellement.

– Et après Stalingrad, alors ?

– Tout a changé. Les fonctionnaires qui prenaient les eaux à Vichy se sont désintéressés de nous. Et les Boches ont durci le ton. Côté censure. Et côté juifs aussi. Alors le Jean-François, il s'est mis à changer.

– Dans quel sens ?

– Il a écrit une nouvelle pièce. *La Passion de sainte Jeanne.*

– C'était quand, ça ?

– Vers l'automne 42. Il l'a soumise à la censure française, il a tout fait comme il fallait. Seulement cette fois c'est pas passé…

– Sa Jeanne n'était plus assez nationaliste ?

– Sûr que si, qu'elle l'était. C'était pas ça, le problème.

– Alors ?

– C'est l'écriture de Jean-François qu'avait changé. C'était devenu – comme qui dirait – violent. Violent et… grossier.

– Qu'est-ce que tu veux dire ? De quoi ça parlait ?

– En gros, ça racontait la fin de Jeanne d'Arc. Le procès, le bûcher. La petite pucelle, elle était toujours aussi chou, toujours aussi pure. Presque trop. Seulement voilà, y avait ce drôle de personnage, un affreux jojo : Nicolas Loyseleur. Un vrai faux derche qui se faisait passer pour un gentil, qui cuisinait Jeannette dans sa cellule en se faisant passer pour un ami, et puis qu'allait tout répéter illico aux Angliches. C'est à cause de lui qu'elle a été condamnée. C'est Loyseleur qui l'a trahie.

– Et qu'est-ce que la censure a eu à redire ?

– La pièce était vraiment bizarre. Faudrait que tu lises des bouts pour voir. Toutes les insanités qu'il disait, Loyseleur, pendant le procès de la petite. Un vrai sadique ! Et en même temps, quand il rentrait chez lui le soir, il s'en voulait de trahir. Alors il se foutait à poil et il se fouettait sur tout le corps en hurlant des horreurs... Ben ça, tu vois, c'est pas passé chez les bigots de la censure. Ils ont biffé une bonne partie sous motif, comme qui dirait, d'obscénité.

– Et qu'est-ce qu'a fait Jean-François, alors ?

– Je devrais pas te le dire.

– Dis quand même.

– Il a noyauté la censure de Vichy en allant directement voir les Boches, à la Propagandastaffel sur les Champs-Élysées. Il a pris son texte sous le bras et il est allé plaider sa cause. Faut croire qu'il est tombé sur un nazi qu'aimait bien les histoires de cravaches. Quand il est rentré, il avait son autorisation de jouer dans la poche.

– Donc vous avez créé cette deuxième pièce.

– Début 43, oui.

– Et qu'a écrit la presse ?

– Les articles ? Plutôt mitigés. Du genre à saluer le côté anti-anglais tout en déplorant les passages trop violents.

– Vous avez eu du monde ?

– Au début, oui. Mais plus les semaines passaient, plus la salle se vidait. Des fois, y avait des spectateurs qui se levaient en plein milieu d'une scène. « C'est un scandale, c'est ignoble ! » qu'ils disaient. Sans compter les coupures d'électricité et les alertes aériennes. Maintenant que j'y repense, c'est à partir de là qu'a démarré la vraie dégringolade.

– La pièce est restée combien de temps à l'affiche ?

– Pas long. Un mois à peine. Peut-être même trois semaines. Jean-François est retourné à la Propaganda. Il voulait obtenir du pognon pour une nouvelle création, un nouvel épisode de la vie de Jeanne. On lui a conseillé d'écrire plutôt des comédies...

– C'est ce qu'il a fait ?

– Lui non. Mais on s'est mis à programmer des pièces du genre « mon cul sur la commode et mon amant dans un placard ». On organisait des séances spéciales pour faire rigoler les ouvriers des usines d'armement. Ça permettait de garder le théâtre ouvert, d'avoir un peu d'électricité pour les lumières. On s'est même mis à faire du cabaret pour les troufions allemands. Une fois par semaine, on faisait venir des poupées qui s'effeuillaient sur la scène de l'Olivier. Si Raymond avait vu ça... C'est à ce moment-là qu'on a commencé à recevoir les cercueils par la poste.

– Des cercueils ?

– Des petits cercueils miniatures, avec une croix gravée dessus et « Jean-François Canonnier » marqué à l'intérieur. Y avait aussi les appels anonymes, les menaces de mort, ça n'arrêtait plus.

– Et comment Jean-François a pris ça ?

– Il s'est barricadé ici. Il répondait plus au téléphone. Il ouvrait plus le courrier. Toute la journée il écrivait sa nouvelle pièce. Il sortait presque pas, ou bien seulement le soir, à la nuit tombée. Il était complètement obsédé par son troisième opus.

– *Gilles et Jeanne* ?

– *Gilles et Jeanne.*

– Tu sais où il allait quand il sortait ?

– Moi je pense qu'il faisait que marcher, errer dans le quartier, raser les murs pendant des heures. Malgré le couvre-feu. Pour lui la nuit c'était plus sûr que le jour.

– Le texte a passé la censure ?

– Je suis même pas sûr qu'il leur a fait lire. Ni à Vichy ni aux Boches. Les derniers temps, tu sais, tout le monde était occupé à sauver ses fesses. Alors c'est bien possible qu'on soit passés entre les mailles du filet. Jean-François a tout fait, comme qui dirait, de façon non officielle. Pour lui, tout ce qui comptait, c'était de créer la pièce. On a repris les costumes des deux *Jeanne* précédentes ; il nous fallait une forteresse, alors moi j'ai confectionné des décors en papier mâché ; je me suis démerdé pour qu'on puisse jouer avec un minimum de lumière. On a fait avec les moyens du bord, tu connais ça par cœur. C'était comme de revenir dix ans en arrière. Tu te souviens, Niels ? *Les Îles Kerguelen ?* L'océan déchaîné sur la scène de l'Olivier ? La tempête, le démâtage, le naufrage ? Eh ben voilà. En quelque sorte, on a rejoué tout ça dans les tout derniers mois. Dans la version moyenâgeuse, quoi…

– La création s'est mal passée ?

– Un vrai naufrage, je te dis. On a commencé à répéter au printemps 44. Fin avril, ou peut-être bien début mai. Tant bien que mal, on a réembauché les anciens acteurs de Jeune France, à l'exception d'un ou deux types qui s'étaient fait attraper par le STO. Tout le monde avait la trouille d'être fiché comme collabo. Mais tout le monde avait besoin de travailler. Et Jean-François qui nous faisait répéter ses horreurs jour après jour. Ça commençait d'emblée par une scène de massacre. Acte I, scène 1. Gilles de Rais dévore le cadavre d'un gosse de six ans et brûle ses restes dans la cheminée. Le fantôme de Jeanne lui apparaît au beau milieu de la nuit. Dans son délire, il tente de la violer… Tu vois tout de suite la couleur… Plutôt grand-guignolesque. Ah ça, pour sûr, on peut dire que ça s'est mal passé. Le petit Lucien, qui jouait Gilles de Rais au départ et se prenait pour une vedette, a décrété tout net qu'il ne jouerait pas ces horreurs, que ce n'était pas digne d'un comédien de sa trempe, à trois jours de la première… Jean-François l'a viré dans l'heure, on n'a même pas eu le temps de changer les affiches. Mal lui en a pris…

– Pourquoi ça?

– Parce que c'est les copains partisans du petit Lulu qui sont venus tout casser le soir de la dernière. C'est lui qui les a rencardés. Celui-là, alors… Pendant trois ans il a bouffé au râtelier de Vichy, et puis il s'est improvisé FFI de la dernière heure. Maintenant il fait le paon dans tous les comités d'épuration de France et de Navarre. Imagine-toi qu'il m'a même fait des ennuis, à moi, Balard.

– Quel genre d'ennuis?

– Laisse tomber, Niels. C'est terminé depuis.

– Quel genre d'ennuis, Balard?

– Après la Libération, j'ai été convoqué par le CES.

– C'est quoi, ça, le CES?

– Le Comité d'épuration du spectacle, mon vieux. Ils m'ont demandé si j'avais trahi la patrie. Tout de suite les grands mots! J'ai dit que j'avais fait mon boulot, rien de plus, rien de moins. Ils m'ont collé trois mois de suspension, tout ça parce que je travaillais pour une salle classée *deutschfreundlich* par les Boches… Qu'est-ce que j'en avais à foutre, moi, de leur suspension? Le théâtre était fermé et j'étais au chômage de toute façon! Bon, voilà. Moi j'ai fini mon histoire et toi t'as cassé la croûte. Maintenant c'est l'heure. Faut que je retourne au turbin.

– Tu n'as rien d'autre à me dire ?

– Écoute, Niels, je t'ai raconté tout ce que je savais. Le reste, faut que t'ailles le demander à Jean-François directement. Il est à Fresnes en ce moment. Y a des parloirs, des tables, des chaises, tout ce qu'il faut pour babiller entre copains.

– Tu y es allé, toi ? Tu es allé le voir ?

Balard eut un instant d'hésitation.

– Pas le temps. Beaucoup de boulot. Dois remettre le théâtre en état avant le retour de Raymond Birault.

Il s'enfonça dans la gueule noire de l'arrière-scène, abandonnant Rasmussen dans l'embrasure. Sur le trottoir, un homme en bleu de travail passa. Les débris de verre provenant de la bouteille du régisseur craquèrent sous ses godillots. La boulangère parut dans sa vitrine, un panier rempli de miche sous son bras gauche. On devinait à sa manière précipitée de les ranger qu'elles sortaient juste du four, ou qu'elle était pressée de partir. Elle regarda à l'extérieur et croisa le regard du Danois. Au bout d'une seconde, elle lui adressa un sourire. Elle avait de la farine sur le front. La voix de Balard le ramena à l'intérieur.

– Qu'est-ce que tu vas faire, alors ? Tu vas aller le voir ?

Rasmussen peinait à se décider. Il n'avait aucune envie de se lever, retourner dans l'obscurité du théâtre. Un rayon de soleil, enjambant une façade, caressait le haut de ses cuisses et tiédissait sa chair. Après avoir mangé, il se sentait envahi par une espèce de paresse. Il se rappelait qu'il n'avait pas dormi de la nuit.

– Je ne sais pas encore… C'est probable, oui.

– Comment que tu vas y aller ? Fresnes, c'est pas la porte à côté.

– Je ne sais pas. Je n'y ai pas réfléchi.

– Ben la réponse est toute trouvée.

Précédé d'un cliquetis caractéristique, Balard réapparut dans le carré de lumière formé par le jour ; contre sa hanche, une bicyclette rouge et blanche sertie d'un guidon de course.

– Prends-la. Je m'en suis beaucoup servi mais elle roule bien. Moi j'en ai plus besoin. J'ai ma moto maintenant.

Rasmussen ne bougea pas et Balard posa le vélo contre le mur.

– Tu as un peu d'argent ?

– Pas un sou.

– Alors viens. Je sais où t'en trouver.

Ils traversèrent la salle et le foyer, débouchèrent dans la petite cour pavée. Balard n'eut pas un regard pour la façade grêlée d'impacts de balles. Il obliqua vers une étroite cage d'escalier. Rasmussen suivait en silence. Il savait où Balard l'emmenait.

En haut des marches, ils trouvèrent une pièce en entresol, basse de plafond, aux murs couverts de photographies et d'affiches de théâtre. Elles représentaient toutes le même acteur à différents âges, affublé des costumes les plus divers, de Feydeau à Shakespeare en passant par Racine et Molière. Trois chaises et un bureau à cylindre, quelques lampes, un placard. Enfin, dans un coin, un lit de camp sur lequel reposait une cuvette en émail complétait le décor.

Balard ouvrit le volet coulissant du bureau tandis que Rasmussen se plongeait dans l'examen des cadres au mur.

– Je ne saurais dire combien d'heures j'ai passées

ici à discuter avec Raymond, à l'interroger sur sa carrière. Toutes ces photos, je les connais par cœur. Tiens, regarde, une photo d'*Amphitryon* avec Sarah Bernhardt. Quel âge avait Raymond là-dessus, tu sais, toi ? C'était au siècle dernier !

Le régisseur sortit une caissette d'un tiroir et en tira quelques billets ainsi qu'une poignée de pièces en aluminium. Elles sonnèrent à peine sur le bureau, semblables à du carton, aux piécettes d'un jeu de marchande des quatre saisons.

– C'est la recette du dernier soir. Malheureusement il n'y a pas grand-chose. Vise-moi un peu la feuille de caisse : sept spectateurs. Les FFI, tu l'imagines, ont pas payé leurs billets en rentrant…

Rasmussen avait fini par se détourner des photographies.

– Alors c'est là que Jean-François dormait ?

– Sous le regard en noir et blanc de Raymond, oui. Au milieu des photos et des souvenirs qui n'étaient pas à lui.

– Il a laissé des papiers ici ?

– Quel genre de papiers ?

– Je ne sais pas, des lettres, des brouillons…

– Je crois pas, non.

Ils se tenaient dans cette pièce minuscule, solidement campés sur leurs jambes et les mains dans les poches. Le plafond d'entresol semblait sur le point de les écraser.

– Tu as déjà tout nettoyé, c'est ça ?

– La police s'en est chargée, Niels. Elle a embarqué toute la paperasse.

– Elle est venue ici ? Quand ça ?

– Quand ils l'ont arrêté. Tout ça doit être chez le juge d'instruction.

– Il n'y a pas d'objet personnel ? Quelque chose que Jean-François aurait laissé ?

– Il n'y a plus rien ici, je te dis. Plus aucune trace de son passage à l'Olivier.

– À part le lit, bien sûr.

– À part le lit et le pot de chambre pour pisser.

Rasmussen s'approcha du bureau. Il eut la tentation de fouiller les tiroirs mais n'osa pas le faire en présence de Balard.

– Merci pour l'argent.

– Ce sera déduit de ton salaire pour ta prochaine mise en scène.

Le ton badin sous-entendait la plaisanterie, pourtant la lueur dans son regard était d'une noirceur à faire peur. Rasmussen considéra l'argent posé sur le bois verni. Certaines pièces portaient l'estampille *Liberté, Égalité, Fraternité*. D'autres, *Travail, Famille, Patrie*. Le Danois empocha les billets et laissa la monnaie.

Il s'apprêtait à sortir lorsque ses yeux se posèrent sur le fichier rotatif tout à côté du téléphone. Cette boîte de Bakélite, il la connaissait bien. Déjà à l'époque de Raymond Birault, elle recensait tous les contacts utiles à l'Olivier, producteurs, comédiens, techniciens, metteurs en scène… L'index était ouvert à la lettre R. Son nom et son adresse danoise s'affichaient noir sur blanc. Il ouvrit son sac à dos. Dans le fond il aperçut sa boussole et la crosse du Luger. Il tira l'article du *Parisien libéré* et le tendit à Balard.

– Qui m'a envoyé ça ? Jean-François ?

– Je vois pas comment il aurait pu le faire du fond de sa prison.

– C'est toi, alors ?

– Non. C'est l'avocat.

– L'avocat ?

– Bianchi. C'est lui qui s'occupe de Jean-François. C'est à lui que j'ai donné ton adresse, celle que tu avais laissée avant de quitter la France.

Rasmussen arracha la fiche.

– Elle n'est plus à jour.

– Pourtant l'enveloppe t'est parvenue.

– L'adresse n'est plus valable, je te dis. Là-bas il n'y a plus que mes parents et ma sœur. Moi je suis parti ailleurs.

Ils se dévisageaient en chiens de faïence, fouillant leur mémoire, cherchant désespérément à revenir en arrière, du temps de leur complicité, du temps des éclats de rire et des bons souvenirs.

– Niels ? Tu as fait quoi, toi, pendant la guerre ?

Rasmussen fourra la fiche dans sa poche. Il sentit l'argent de la recette, les billets froissés qui s'y trouvaient déjà.

– Du vélo, Balard. Du vélo. Je peux t'emprunter le tien, alors ?

2

Il était là dans l'immense vestibule, le nez en l'air à la manière d'un simple visiteur, scrutant voûtes et sculptures tandis qu'autour de lui uniformes et robes noires s'agitaient en tous sens. Un peu plus tôt il avait cadenassé le vélo de Balard à la grille du boulevard, puis il avait monté les marches de la cour du Mai, impressionné par ce décor de théâtre antique réinventé par la République, écrasé par la façade à colonnades ceinte d'une myriade de drapeaux tricolores. Une fois à l'intérieur, il avait marché à travers galeries et couloirs, son article du *Parisien libéré* à la main, ouvert à la manière d'un plan qui ne lui servait à rien et ne le menait nulle part. Son errance s'était achevée au bureau d'accueil ; un fonctionnaire retranché sous un monceau de paperasse orientait les spectateurs venus glaner le programme du jour : la liste des accusés et des procès en cours. « Maître Bianchi ? Mais où voulez-vous qu'il soit à cette heure ? Mais il plaide, mon garçon, il plaide... Dépêchez-vous, voyons, ça va bientôt commencer. Je ne vous garantis pas une place assise. L'audience de cet après-midi remporte un franc succès. »

Il s'attarda sur la statue au-dessus de l'escalier central. Une femme drapée dans la pierre, encadrée par les Tables de la Loi, tenait un glaive dans sa main droite, et contre son flanc gauche elle portait une balance. Mais l'instrument n'était pas déployé à bout de bras comme sur les représentations habituelles ; l'allégorie le gardait plié sous le coude, comme peu encline à s'en servir, et les deux plateaux reposaient à l'envers, curieusement empilés l'un sur l'autre à la manière d'assiettes à soupe dans un placard.

Une robe noire frôla Rasmussen et celui-ci revint au vestibule. Une inscription sertissait la dalle de marbre sur laquelle il se tenait : *JUSTITIA*. Le lacet de sa chaussure était défait. Il s'accroupit et le resserra. Alors seulement il quitta cette immobilité qui le distinguait de la foule en mouvement et gravit deux à deux les marches qui menaient à la cour d'assises.

La salle d'audience, habillée de lambris sculptés, au plafond rehaussé d'or, était pleine à craquer. Étourdi par le manque d'air et par l'odeur – mélange de cire, de sueur et de poussière – qui régnait dans l'enceinte surchauffée, il mit un certain temps à se repérer, à attribuer les rôles sur cette scène à trois côtés. Tout au fond, il devina le tribunal derrière une longue table surélevée. Là se trouvaient le président, en robe écarlate bordée d'hermine, et à sa droite les quatre jurés, mis sur leur trente et un. À gauche, sous les fenêtres, le commissaire de la République s'affichait aussi en rouge, à la même hauteur que la cour. Face à lui, sous le troisième mur dévoré par une fresque historique, l'accusé paraissait écrasé sous le poids combiné de la solennité et des regards, qui semblaient le fusiller d'avance.

Le greffier, assis en contrebas, lut l'acte d'accusation. Sur le banc, cet après-midi-là, se trouvait un ancien inspecteur des Renseignements généraux. Sa tâche, à la Préfecture de police, tel qu'il l'avait décrite au juge d'instruction, consistait à contrôler les israélites et à dépister les non-déclarants. Très vite, il avait reniflé le filon – les juifs étaient réputés riches – et s'était lancé dans un dépistage zélé puis une chasse sans merci : à tous ceux qu'il ferrait – le greffier citait l'accusé –, il proposait sa protection moyennant finance, ce qui ne l'empêchait pas, une fois l'argent en poche, de transmettre le dossier aux *agents capteurs*, ses collègues de la Préfecture chargés des arrestations. Ainsi, entre 1942 et 1944, il s'était constitué un joli pactole. Entre les lignes de l'acte d'accusation, à travers les extraits des P-V d'audition égrenés par le greffier, on devinait son cas de conscience : était-il judicieux de transmettre les dossiers en vue d'une arrestation ? Cela ne sciait-il pas la branche d'or sur laquelle il était assis, puisque les juifs une fois déportés ne seraient plus en mesure de payer pour leur soi-disant immunité ? L'énormité de cette interrogation, et plus encore sa résolution, permettait de se faire une opinion avant même l'ouverture du débat contradictoire : c'était bien par conviction, en contradiction avec ses intérêts financiers, que l'inspecteur des RG avait expédié des dizaines de familles à Drancy et Pithiviers.

Enfin le greffier se tut et posa ses papiers. Le silence et l'air étaient lourds comme avant l'orage. En contrebas du banc des accusés, un homme se leva alors, qui domina d'un coup la foule et les débats. Robe noire sertie d'un jabot blanc, chevelure de jais soigneusement brillantinée, qui lançait des éclairs lorsqu'il tournait la tête vers la lumière. Rasmussen avait trouvé celui qu'il cherchait.

Maître Bianchi laissa passer quelques secondes, puis il attaqua bille en tête en dénonçant un vice de forme. L'avocat admettait les arnaques et le comportement quasi mafieux de son client, mais il refusait qu'il endosse la moindre responsabilité dans les déportations de familles juives. Les chefs d'accusation n'étaient pas les bons, on avait affaire à un médiocre maître chanteur et non à un assassin. Bianchi chargea le commissaire du gouvernement, l'accusa d'ignorer la loi : l'inspecteur de police devait être jugé pour association de malfaiteurs, rien de plus, rien de moins. Le procureur riposta avec la même violence. Le public grognait. Une voix vengeresse traversait parfois le brouhaha : « Au poteau et qu'on en finisse ! »

Maître Bianchi se détourna de la robe rouge du commissaire pour cibler celle du président.

– Pour ce qui est des arrestations, mon client n'a fait qu'obéir aux ordres de sa hiérarchie et de l'occupant. Il y a encore un an, il aurait reçu une promotion ou une médaille. De quoi l'accusez-vous en parlant de zèle ? D'avoir fait preuve de discipline ? La justice française, dont bon nombre de ses magistrats avaient juré fidélité au Maréchal avant de se dédire sur le tard, prétend se prononcer sur la culpabilité de mon client alors que le principal intéressé dans les affaires que nous jugeons depuis des mois, j'ai nommé Philippe Pétain, ne s'est pas encore expliqué devant cette cour.

Comme la houle, la gronde du public monta de nouveau. Des courants contradictoires s'y manifestaient cette fois, comme si la perspective d'un procès bien plus sensationnel pouvait détourner les foudres de la justice de ce petit fonctionnaire qui s'était enrichi en envoyant des juifs à la mort.

L'accusé, requinqué, sembla vouloir prendre la parole mais Bianchi le fit rasseoir d'un regard.

À l'autre bout de la salle, adossé au lambris, Rasmussen pensait à Canonnier. Dans moins de quarante-huit heures, ce serait lui dans le box. En contrebas, il y aurait le même avocat dans sa robe noire, la même foule hostile qui demandait des comptes à ceux qui, pendant quatre années, avaient trempé Paris dans l'abjection. Pourtant, il ne parvenait pas à trouver le moindre point commun entre la crapule jugée en ce jour et son ami. Se pouvait-il qu'il comparaisse devant la même cour, qu'il puisse risquer la peine capitale ? Écrire des pièces, quand bien même célébrant la Révolution nationale, équivalait-il à racketter des pauvres gens, à les dénoncer tous – mari, femme et enfants –, enfin à les entasser dans des trains à bestiaux en partance pour l'enfer ?

Il revoyait leur dernière rencontre, leurs adieux pour ainsi dire, six ans plus tôt, le jour précis de l'ultimatum de la France à Hitler. Il était passé le voir dans sa chambre de bonne de la rue des Moines pour l'avertir de son départ vers le Danemark. Il l'avait trouvé dans un état d'intense agitation ; il avait cru que l'actualité désastreuse en était la cause. La France rappelait ses troupes, la mobilisation générale venait d'être décrétée, déjà on habillait les monuments parisiens de sacs de sable. Mais Jean-François l'avait détrompé.

Après l'échec cinglant de *Bastringue* un an auparavant, tous les deux peinaient à rassembler l'argent nécessaire pour monter sa nouvelle pièce. *Kaiser* racontait la naissance des grands abattoirs de Chicago à la fin du XIXe siècle, ou comment deux frères bouchers, dont l'aîné revenait tout juste de la guerre de Sécession, avaient transformé l'abattage des bêtes en une industrie de masse. Le texte exposait ce basculement vers une modernité barbare, faisant la part belle aux scènes se déroulant au cœur des usines de mort. Les carcasses dépecées traversaient l'espace suspendues à un rail, tandis que les personnages en blouse toute maculée, ivres de l'odeur du sang et de la puissance de l'argent, brandissaient des hachoirs. Avec le recul, la pièce paraissait une véritable prophétie. Le spectateur assistait à la naissance d'un siècle de massacres. Mais, avant-guerre, personne ne voulait entendre parler de boucherie industrielle, pas même Raymond Birault et son théâtre de l'Olivier, et le projet était resté dans un tiroir. Non, ce n'était pas la perspective d'une guerre qui mettait Jean-François hors de lui, ni sa probable mobilisation, mais bien l'obligation de renoncer à l'un de ses textes, l'impossibilité d'œuvrer à sa naissance sur une scène parisienne.

Dans l'appartement voisin, un enfant s'était mis à pleurer. On entendit sa mère chantonner pour essayer de le calmer. Canonnier s'était rué sur la paroi, la bourrant de coups de poing, de coups de pied, vociférant, hurlant qu'il en avait assez, qu'il lui fallait du calme pour travailler. Son camarade avait voulu le serrer dans ses bras, l'apaiser, lui signifier son amitié au moment où les événements les poussaient dans des directions opposées. Mais Jean-François s'était tassé dans un coin de la pièce, l'accusant de fuite, de trahison, non pas devant l'Allemand mais bien devant l'indifférence des programmateurs et des spectateurs.

Le lendemain de ces adieux tronqués, Rasmussen prenait le train pour Copenhague et la France déclarait la guerre à l'Allemagne nazie. Les deux amis ne s'étaient pas revus depuis.

Dans la salle d'audience, la cour se leva. La demande de report pour vice de forme allait être examinée sur-le-champ. Le président et les jurés se retirèrent. Déjà l'avocat mettait de l'ordre dans ses dossiers et s'éloignait dans l'allée. Hormis pour le faire taire, il n'avait pas accordé un seul regard à son client.

Rasmussen se fraya un chemin à travers le public, qui profitait de cet entracte pour se dégourdir les jambes et commenter la plaidoirie. Il posa sa main sur l'épaule habillée de laine noire et Bianchi se retourna.

– C'est vous l'ami danois ?

– Comment le savez-vous ?

– Canonnier vous décrit comme un colosse au regard d'enfant. Je vous ai reconnu immédiatement. Vous êtes à Paris depuis quand ?

– J'arrive tout juste. Alors c'est bien vous qui m'avez envoyé *Le Parisien libéré*.

– C'est bien moi. J'ai trouvé votre adresse auprès du régisseur de l'Olivier.

– Je sais. Je voudrais vous parler.

L'avocat prit Rasmussen par le bras.

– Ça tombe bien, moi aussi. Mais pas ici. Venez, nous n'avons pas beaucoup de temps.

Ils traversèrent le vestibule de Harlay au pas de charge, slalomant entre les robes rouges et noires, les uniformes beige ou bleu marine, les képis, les poitrines bardées de médailles, les prévenus menottés et leurs épouses tripotant leur mouchoir, les reporters munis de leur Kodak réglementaire. Bianchi s'engouffra sous le fronton de l'Ordre des avocats et lâcha le bras du Danois.

– L'audience reprendra dans moins d'un quart d'heure. Vous pensez bien que le tribunal ne va pas se laisser impressionner par mes gesticulations.

– Votre client est condamné d'avance ?

– Le président est un vieux singe, ce n'est pas à lui que je vais apprendre à faire la grimace.

– Alors pourquoi avoir demandé un report ?

– Parce que les jurés, eux, sont susceptibles de se laisser influencer. Les effets de manche, les phrases rimées, les trémolos dans la voix, vous comprenez… Ma seule chance dans cette histoire, c'est de remettre en cause la légitimité du tribunal. Avec une telle crapule pour client, il n'y a pas d'autre défense possible. Si j'ajoute à cela le manque criant de témoins à charge, je dirais qu'il a une chance sur trois de s'en sortir.

– Il risque la peine de mort ?

– Évidemment. Le poteau, comme ils disent si élégamment dans la salle.

– Il n'avait pas l'air si paniqué sur son banc.

– Je ne suis pas sûr qu'il réalise la gravité des faits qui lui sont reprochés. Sa principale inquiétude, c'est d'être radié des services de police et de perdre sa pension de retraite.

– Pourtant il a envoyé des familles en déportation simplement parce qu'elles étaient juives. Que peut-il y avoir de plus grave ?

Bianchi examina Rasmussen avec soin. Autour d'eux, il n'y avait plus que des hommes en robe noire.

– Vous êtes juif ?

– Non, pourquoi ?

– Votre nom, c'est comment, déjà ?

– Niels Rasmussen.

L'avocat reprit sa course.

– Vous savez, Niels, les victimes juives de l'Occupation ne sont pas traitées différemment des résistants ou des communistes suppliciés. Tout le monde est logé à la même enseigne en ce moment. Que voulez-vous, l'antisémitisme n'est pas un crime inscrit au Code pénal. Le fait que notre petit inspecteur de police se soit attaqué spécifiquement à des juifs ne fait d'ailleurs pas partie de l'accusation. Ce qui est jugé avant tout, c'est la trahison, l'aide à l'ennemi, l'atteinte à la Nation. Et puis, de toute façon, dans ce genre d'affaire, le commissaire du gouvernement tombe toujours sur un os : la majorité des victimes sont encore en Pologne ou en Allemagne. À voir l'état de celles qui sont rentrées, je doute que le procureur en trouve une seule pour venir témoigner à la barre. Passez donc à l'hôtel Lutetia et faites-vous une opinion. C'est là qu'on les retape à leur descente du train. C'est à vous faire dresser les cheveux sur la tête.

Ils gravirent quatre à quatre les marches d'un escalier et débouchèrent dans une salle ornée de lustres dorés, de boiseries précieuses, et dont les murs étaient couverts de livres jusqu'au plafond. Rasmussen embrassa l'endroit d'un coup d'œil, étourdi par cet amoncellement de savoir relié plein cuir.

– Impressionnant, n'est-ce pas ? C'est la salle des conférences de la bibliothèque de l'Ordre. C'est ici que nous prêtons serment, que nous jurons d'exercer nos fonctions avec dignité, conscience, indépendance, probité et humanité.

L'endroit sentait le vieux papier et le tabac froid.

Après le brouhaha du tribunal, le calme y était assourdissant. Ils s'installèrent sur une banquette de velours rouge.

– Alors, Niels, maintenant dites-moi. Vous êtes venu savoir ce qui se passe avec votre ami Canonnier, c'est ça ?

– C'est ça.

– Jean-François a été arrêté le 18 septembre dernier. Il a d'abord été transféré vers un commissariat d'arrondissement avant de passer par l'école dentaire.

– L'école dentaire ?

– À la Libération, on y a organisé les interrogatoires des collaborateurs.

Rasmussen força son sourire.

– Les partisans menaient les interrogatoires dans les fauteuils de dentiste ?

Le visage de Bianchi resta impassible.

– Vous ne croyez pas si bien dire.

La rumeur de la foule revendicatrice leur parvenait, gonflant puis dégonflant par vagues successives au gré des portes ouvertes et refermées. C'était la respiration fiévreuse du Palais, qui s'infiltrait dans les galeries et les couloirs jusqu'à cette bibliothèque aux murs garnis de codes et de manuels de droit.

L'avocat poursuivit.

– De là, votre ami a été transféré au Vélodrome d'hiver, où l'on parquait les personnes dont le dossier était en traitement. Puis il a passé quelque temps au camp de Drancy. Enfin, on l'a placé en détention à Fresnes. Il y est arrivé à la mi-octobre, retrouvant quelques célébrités du monde du spectacle : Guitry, Arletty, Montherlant, Fresnay, Tino Rossi… La plupart en sont sorties sans avoir à subir l'inconfort d'un procès. Canonnier, lui, est resté.

– Comment ça s'est passé en prison ?

– Mal. Il est tombé malade dès le début de l'hiver. La majorité des fenêtres n'a plus de vitres. Les détenus y accrochent des bâches ou des tissus pour se protéger du froid. Bien sûr, ceux qui bénéficient de relations ou de moyens financiers parviennent toujours à restaurer un semblant de confort. Ce n'est pas le cas de Jean-François.

– On lui a fait voir un médecin ?

– Un médecin ? Niels, sachez-le, les collaborateurs détenus à Fresnes subissent peu ou prou le même parcours que les résistants il y a encore un an ; ils passent souvent par les mêmes lieux de détention provisoire. Chacun son tour. Volonté délibérée ou hasard, je l'ignore. Probablement un peu des deux. Les vainqueurs ont la mémoire encore vive des horreurs qu'ils ont dû subir. Et en même temps, il leur faut bien trouver des lieux pour enfermer les vaincus. Cela se passe de la même façon partout en Europe. Les hommes passent, les prisons restent.

– À cette exception près que les collabos de Fresnes ne finissent par leur parcours dans des camps d'extermination en Pologne.

– Je ne vous le fais pas dire.

Rasmussen tentait d'imaginer la cellule dans laquelle son ami vivait depuis sept mois. Un matelas crasseux posé à même le sol, des vitres brisées et des barreaux aux fenêtres. L'air glacial, le manque de nourriture. L'attente interminable d'un procès à l'issue incertaine. Puis les graffitis sur les murs, gravés à l'aide d'une boucle de ceinture ou d'une cuiller par tous les prédécesseurs de Canonnier dans cette geôle, hommes, femmes, résistants, qui, eux, avaient dit non à la dictature, arrêtés par la police française ou par la Gestapo pour avoir imprimé des tracts, pour s'être inscrits au parti communiste, pour avoir fait sauter des usines ou des trains... La roue avait tourné. Bianchi avait raison. Et le gouffre qui séparait désormais Rasmussen de Canonnier ne serait pas facile à combler.

– Comment s'annonce son procès ?

L'avocat prit un moment avant de livrer sa réponse.

– Disons que votre ami s'est mis énormément de monde à dos.

– C'est-à-dire ?

– Son dossier est passé par la Direction générale des services spéciaux du Deuxième Bureau, par la Commission d'épuration de la Société des auteurs et compositeurs dramatiques, par le Comité national du théâtre, par la Chambre civique, par la Haute Cour et par d'autres encore. Pour finir, il n'a pas franchement atterri sur le bon bureau, je peux vous le garantir : le juge Raoul, celui qui s'occupe de l'affaire, compte ici parmi les plus durs.

– Pardonnez-moi, maître, mais je ne comprends toujours pas. Que reproche-t-on exactement à Jean-François ? Et qui peut bien lui en vouloir à ce point ?

– Les plus enragés, comme souvent, ce sont ses propres pairs. Soit dit en passant, il se passe exactement la même chose dans la magistrature. Nous sommes dans une époque de règlements de comptes corporatistes. En l'occurrence, pour Jean-François, ce sont les comités nationaux du théâtre et de l'édition qui lui en veulent à mort : le CNT et le CNE. Et cela ne date pas d'hier. Canonnier figure sur toutes leurs listes noires depuis plus d'un an. C'est le Comité d'épuration du théâtre qui a demandé son arrestation fin août 1944, c'est lui encore qui a transmis son dossier et son nom au parquet en septembre. Bien entendu, aucune de ces associations de justiciers du dimanche n'a d'existence légale. Malgré leur logique expéditive, les tribunaux de la République sont encore ce que nous avons de mieux sous la main.

– Vous dites qu'ils lui en veulent à mort ? Alors c'est bien ce qu'il risque lui aussi ?

– Je suis au regret de vous le dire : votre ami encourt la peine capitale. Lundi il jouera sa peau en salle d'audience.

– On ne peut tout de même pas le fusiller pour avoir écrit quelques pièces !

L'avocat eut un sourire vaguement compatissant.

– Jean-François a en effet commis trois pièces durant l'Occupation. Leur teneur nationaliste suffit à l'envoyer devant les commissions disciplinaires de France et de Navarre, celles qui ont été montées à la Libération par presque toutes les professions. Mais ce n'est pas vraiment pour cela qu'il se retrouve jugé aux assises, et ce ne sont certainement pas ses pièces qui risquent de le mener au peloton.

– Alors quoi ?

– Voyez-vous, Niels, Canonnier n'a pas écrit que du théâtre pendant la guerre. Il s'est aussi répandu dans la presse. Rien de bien méchant au départ – deux ou trois articles dans *Comœdia* sur le renouveau de l'art théâtral à l'aune de la Révolution nationale. Puis il s'est compromis plus franchement. Disons à partir de la fin 43, alors que tout le monde était occupé à retourner sa veste. Lui, au contraire, semble ne pas avoir senti le vent venir. C'est là qu'intervient le mystère.

– Le mystère ?

– Vous me demandiez tout à l'heure ce que l'on

reprochait exactement à votre ami. Il est inculpé d'intelligence avec l'ennemi. Et là je ne vous parle plus de prises de position en faveur de la politique culturelle de Vichy, mais bien de soutien affiché à l'occupant allemand.

– Affiché ? Qu'est-ce que c'est que cette histoire ?

– Voyez-vous, Niels, Jean-François n'a pas été le seul à se compromettre. Dans le spectacle, dans la littérature, ils ont été légion à prêter allégeance au vieux Maréchal. Claudel est allé jusqu'à lui écrire une ode. Cocteau, Guitry et bien d'autres ont fréquenté les soirées de l'Institut allemand plus que de raison. Montherlant a célébré la virilité nazie dans ses écrits. Dullin s'est empressé d'accepter la direction du théâtre Sarah-Bernhardt rebaptisé théâtre de la Cité. J'en passe et des meilleures. Les comédiens et les auteurs ont cette peur panique d'être réduits au silence, de ne plus paraître en pleine lumière.

– Et Louis Jouvet ?

Il n'avait pu s'empêcher de poser la question : le héros de toujours, le père spirituel s'était-il bien comporté ? Était-il resté digne d'admiration et de confiance ?

Bianchi marqua un temps d'arrêt, décontenancé.

– Eh bien, Jouvet ?

– S'est-il compromis lui aussi ?

– Je n'ai pas la moindre idée de ce qu'a fait Jouvet pendant l'Occupation. Ce que je peux vous dire, en revanche, c'est que votre ami Canonnier n'a pas fait exception à la règle. Mais il l'a fait à contretemps, fonçant à toute allure vers les milieux collaborationnistes quand la majorité de ses pairs faisaient prudemment marche arrière. C'est là, encore une fois, que réside le mystère. Je côtoie votre ami depuis maintenant six mois, depuis que j'ai pris en charge sa défense. C'est à l'évidence un garçon intelligent. Et je ne peux m'empêcher de penser que son attitude à la fin de la guerre a quelque chose de… Comment dirais-je ?…

– Suicidaire ?

Rasmussen eut l'impression fugace que l'avocat l'avait délibérément poussé à compléter. Bianchi laissa résonner le mot dans la bibliothèque, fixant le colosse danois comme si la clé de l'énigme Canonnier avait pu résider sur le visage de ce camarade venu de si loin, peut-être le dernier qu'il eût encore quelque part.

– Semaine après semaine, Jean-François a constitué son propre dossier d'accusation. Il n'a fallu que de la colle et des ciseaux au juge Raoul pour boucler son instruction. Ce que je ne comprends pas, c'est cet acharnement jusqu'au-boutiste. Canonnier commence à écrire des articles à teneur politique au printemps 44, alors que tout le monde sait que la guerre est déjà perdue pour Hitler. Il va jusqu'à joindre sa signature à celle des pires journalistes collaborationnistes pour dénoncer les bombardements anglais sur Paris et appeler à un sursaut allemand. Cela ne relève même plus de l'aveuglement mais – vous n'avez pas tort – de la pulsion suicidaire. Sans son nom aux côtés des Déat, Henriot, Béraud, Hérold-Paquis, Drieu la Rochelle, Cousteau, Laubreaux ou Rebatet, je ne suis pas sûr que votre ami jouerait sa vie lundi.

– Pourquoi a-t-il signé cet appel ? Il ne vous a pas donné d'explication ?

– Vous savez, Niels, la plupart du temps, lorsque je vais le voir dans sa cellule, il reste mutique, comme absent. Jamais il n'a eu l'air de s'intéresser à sa défense. Drôle de client. À croire qu'il marche de son propre chef vers le peloton.

– Tout à l'heure vous estimiez les chances de votre inspecteur de police à une sur trois. Une chance sur trois d'échapper à l'exécution, c'est bien ça ?

– C'est bien ça.

– Et Jean-François ? Quelles sont ses chances à lui ?

– Difficile à dire. Le président qui le jugera était déjà en place sous Vichy.

– Cela devrait jouer en sa faveur, non ?

– Vous plaisantez ! Les magistrats vichystes ont pour principal souci de se refaire une virginité en condamnant du collabo à la louche. Quant aux jurés, ils doivent avoir fait la preuve de leurs sentiments nationaux, c'est-à-dire qu'ils sont soit résistants soit victimes de l'Occupation. En règle générale, ce sont tout simplement des communistes. Jean-François sera jugé par un imprimeur, un électricien, un maraîcher et un ouvrier métallo, tous banlieusards. Ce n'est pas à eux que je vais vanter les mérites littéraires de votre ami et les convaincre qu'il faut à tout prix sauver la vie d'un scribouillard.

– Je comprends.

– Pardonnez-moi, Niels, mais je ne suis pas sûr que vous compreniez bien la situation. La cour de justice de la Seine est devenue une véritable usine à condamnations. En ce moment, elle expédie une cinquantaine de cas par jour. Brasillach a été fusillé il y a tout juste trois mois. Le pays exige-t-il encore la tête d'un écrivain pour apaiser sa colère ? Pour tout vous dire, je l'ignore. Il me semble que le poteau de Montrouge n'est plus tout à fait nécessaire, mais je peux me tromper. C'est peut-être sa chance, à votre ami. Avec celle d'un témoignage de dernière minute qui pourrait jouer en sa faveur…

L'avocat s'était mis à jouer avec son jabot. Il fixait Rasmussen avec insistance, et celui-ci se sentit obligé de rompre le silence.

– Vous n'avez pas répondu à ma question tout à l'heure.

– Laquelle ?

– Quelles sont ses chances ?

– Je ne suis pas bookmaker.

– Quelles sont ses chances d'échapper à la mort ?

– En l'état actuel de son dossier, une sur deux, guère plus.

Bianchi caressait toujours le morceau de tissu immaculé qui lui pendait du cou.

– Je peux vous poser une question ?… Qu'avez-vous fait pendant la guerre ?

– J'étais au Danemark. Pourquoi ?

– Je sais cela. Canonnier me l'a dit. Mais, pour dire les choses franchement, dans quel camp étiez-vous ?

– Je ne sais pas répondre à cette question.

– Pardonnez-moi d'insister, Niels. Dans quel camp exactement ? De quel côté de la frontière ?

– Étais-je avec les bons ou avec les mauvais, c'est ça ?

Rasmussen laissa courir son regard le long des murs couverts de livres. En bas, quelqu'un avait rouvert une porte et la rumeur du Palais montait de nouveau jusqu'à eux.

– Je me retrouve aujourd'hui dans le camp des vainqueurs. C'est tout ce que je peux vous dire.

Une robe noire parut dans l'embrasure, hésitant à pénétrer plus avant dans la bibliothèque. C'était le greffier, celui qui avait lu le dossier de l'inspecteur de police. Le président du tribunal l'envoyait chercher l'avocat. La salle d'audience s'emplissait. Le procès redémarrerait dans moins de dix minutes.

Bianchi consulta sa montre et fit mine de se lever.

– Je n'irai pas par quatre chemins, Niels. Les témoignages d'anciens résistants ont un poids considérable en cour d'assises. Tous les avocats de la défense cherchent à en accrocher au moins un à leur tableau de chasse. En apportant votre caution morale à Jean-François, vous pourriez bien lui sauver la vie. Vous devez être son tout dernier ami.

– Mais que faudrait-il dire ?

– Avant toute chose, que vous êtes un résistant. Il vous faudra décrire votre parcours et ce que vous avez fait. Dans les détails, j'entends. Ensuite, il vous faudra dresser un portrait moral aussi flatteur que possible de votre ami avant la guerre. Cela ne devrait pas être trop difficile puisqu'il était votre ami. Vous voyez, Niels, je ne vous demande en aucune manière de mentir ou de vous compromettre. Enfin, il vous faudra plaider pour le droit à l'erreur. Quelques mots suffiront amplement. Période troublée où l'autorité de l'État vacille, perte de repères, et cetera, et cetera… Alors ?… Aiderez-vous votre ami, Niels ? Aiderez-vous votre ami ?

Rasmussen demeurait silencieux. Il sentait la banquette de velours sous ses doigts. Il la caressa un instant du plat de la main, hérissant le tissu, traçant une bande rouge sang sur l'étoffe carmin.

– Seulement l'est-il encore ?

Pour la première fois de l'entretien, Bianchi parut, un bref instant, à court d'arguments.

– Est-il encore quoi ?

– Mon ami.

– Vous seul pouvez le dire, Niels.

– Alors c'est pour ça que vous m'avez fait venir? Pour jouer les héros dans votre comédie de justice?

– Je ne vous ai pas fait venir. C'est vous qui êtes venu de votre plein gré. Vous avez traversé l'Europe encore en guerre pour le voir. Qu'attendez-vous maintenant pour agir?

– C'est Jean-François qui vous a dit de m'envoyer l'article de journal?

– Ça n'a pas d'importance.

– Pour moi, si.

– Qu'attendez-vous pour le voir? Profitez-en tant qu'il est encore temps.

– Demain. Demain j'irai à Fresnes.

– Il n'est pas à Fresnes. Il est ici.

– Je vous demande pardon?

– Jean-François est au Palais. À la souricière, pour être précis. Il y a été transféré ce matin dans l'attente de son procès, lundi.

De nouveau, le greffier fit son entrée, osant cette fois s'aventurer dans la bibliothèque.

– Le procès reprend, maître. Le président vous fait appeler d'urgence en salle d'audience.

Alors Bianchi eut un geste que Rasmussen ne connaissait que trop, propre aux acteurs un peu trop conscients d'eux-mêmes autant qu'aux vedettes du barreau : il se retourna avec une brusquerie exagérée, et les plis de sa robe noire voletèrent dans les airs.

– Eh bien il attendra! Ce n'est pas une populace assoiffée de sang qui me dictera mon emploi du temps.

⁂

Ils s'enfonçaient dans les entrailles du Palais. Un passage souterrain reliait la bibliothèque et l'ordre des avocats. Ils l'avaient emprunté pour échapper à la foule et gagner de précieuses minutes. L'Ordre passé, le nombre de galeries s'était soudain multiplié, formant un véritable dédale aux murs suintants sous la lumière blafarde, garnis de câbles électriques et de conduites d'eau dont s'échappait parfois un borborygme.

Bianchi progressait d'un pas pressé, sans jamais hésiter entre deux boyaux, sans jamais consulter les rares panneaux indicateurs ou les inscriptions à la craie sur la maçonnerie crasseuse. Le martèlement de leurs talons se répercutait dans le réseau entier, et c'était comme le bruit d'une armée marchant à leurs côtés. Un rat coupa leur trajectoire et l'avocat étouffa un juron.

– Vous verrez, il a beaucoup changé. Physiquement, j'entends. Les courants d'air lui passent au travers. Il sera content de vous voir. À Fresnes, il ne croulait pas sous les visites, c'est le moins qu'on puisse dire.

La robe noire obliqua brusquement vers une galerie plus sombre. Réalisant qu'il s'y trouvait seul, Bianchi revint sur ses pas, et trouva le Danois adossé contre la paroi. Sous l'ampoule, son front luisait de transpiration.

– Vous n'êtes pas bien ?

– Je n'aime pas les caves.

– Vous voulez vous reposer une minute ?

– Je veux que vous me rameniez à l'air libre.

– Aucun souci. Nous y sommes presque, de toute façon. La souricière est au bout de cette galerie.

– Pas par là, non, pas dans ce sens. Ramenez-moi d'où nous venons.

– Vous ne voulez plus voir Jean-François ?

– Je n'aime pas les caves, je vous dis. Ramenez-moi à la lumière du jour. Immédiatement.

L'avocat s'approcha plus encore et Rasmussen lui prit le poignet. Il avait les mains moites et peinait à saisir ce bras qui paraissait couler de la manche comme d'un robinet.

– Pourquoi le défendez-vous ? Pour la gloire ? Pour vous, c'est un client en or, n'est-ce pas ? Si vous le sauvez de la mort, votre réputation est faite et l'on parlera de vous dans les journaux.

Bianchi ne chercha pas à se défaire de l'emprise du Danois, qui lui broyait pourtant copieusement l'avant-bras.

– Vous vous trompez. Le procès Brasillach est passé. En attendant ceux de Laval et Pétain, on ne juge plus que les seconds couteaux. Jean-François Canonnier est l'un d'eux. Je n'y gagnerai aucune gloire, je n'en assurerai pas mieux mon avenir ou ma carrière. Mais j'aurai au moins le sentiment de lui avoir donné une chance.

– Et vous ? Qu'avez-vous fait pendant la guerre ? Où étiez-vous pendant l'Occupation ?

– Je sais ce que vous pensez. Puisque je défends les collabos, c'est que je dois pour le moins partager leurs idées, n'est-ce pas ?

Rasmussen ne répondit pas, obnubilé par ce bras qui lui échappait sans cesse alors que sans cesse il cherchait à l'immobiliser entre ses doigts.

– Je vais vous dire, Niels. Dès le début, les hommes de Vichy ont voulu mettre la Justice sous tutelle. Elle devait servir leur dessein. Se faire l'outil du grand nettoyage ethnique, spirituel et politique qu'ils envisageaient pour la France. Et la Justice s'est en partie soumise. En grande partie. Mais certains magistrats ont tenté de résister. Parfois malgré le droit, en entrant dans la clandestinité, en faisant le choix des armes. Parfois à l'ombre du droit, en utilisant tous les réseaux et les recours possibles pour sauver les prisonniers politiques des condamnations expéditives. J'ai été l'un de ces magistrats. Pendant quatre ans j'ai navigué le long de cette frontière fragile, tantôt d'un côté, tantôt de l'autre. J'ignore si mon action a changé grand-chose, mais je crois avoir sauvé quelques vies.

– Vous n'avez jamais tué ?

– Jamais. Ni même égratigné quiconque. Les bombes, les coups de main, les exécutions, les attentats… Vous allez rire. Je trouvais cela… contraire au droit.

– Comment l'avez-vous su ? Que j'avais été dans la Résistance, moi aussi, au Danemark ? Qui vous l'a dit ici ?

– Personne. Je n'ai fait que flairer, comme un chien de chasse. La clandestinité, Niels, nous savons tous deux ce que c'est. Nous avons pris l'habitude de porter des masques. En vous observant, je n'ai fait qu'entrevoir ce qu'il y avait derrière le vôtre. Je ne connais pas le centième de votre histoire, et, à vrai dire, je ne suis pas sûr de vouloir tout savoir.

Rasmussen avait lâché le poignet. Bianchi s'était accroupi. Ils parlaient désormais à voix basse, tels deux frères complices se retrouvant après un long moment d'absence, se comprenant à demi-mot comme au temps de l'enfance.

– Aujourd'hui je plaide pour les collaborateurs comme je plaidais il y a quelques mois pour les résistants tirés des cachots de Vichy. Ils ont tous droit à une défense, ils ont tous droit à la justice. C'est de cette manière-là que la France guérira de ses blessures. Et je ne parle pas des Boches, mais bien de celles que nous nous sommes infligées entre nous. Entre voisins. Entre collègues. Et parfois entre amis.

Cette fois, ce fut l'avocat qui saisit l'autre par le bras.

– Je vous laisse réfléchir. Peut-être n'êtes-vous pas encore prêt à revoir Jean-François. D'une certaine façon, je vous comprends. Mais il reste très peu de temps pour vous décider.

– Je sais.

– Demain, je passerai mon dimanche chez les insignes littérateurs de notre capitale ; j'irai les voir un à un, dans leurs salons cossus et leurs académies, je leur soumettrai une pétition de soutien; je suis quasiment sûr qu'ils refuseront de la signer.

– Vous n'avez pas le moindre espoir ?

– Je vous l'ai dit, Jean-François est considéré par ses pairs comme un second couteau. On ne sauve que les crapules de haut niveau, celles qui, d'une manière ou d'une autre, seront un jour susceptibles de vous renvoyer l'ascenseur.

– Je vois.

– Vous êtes sa dernière chance, Niels.

– Je vois.

– Si je peux vous donner un conseil, allez donc voir Santimaria.

– Qui ça ?

– C'est lui qui a fait appel à mes services pour défendre Canonnier.

– Je croyais que c'était Jean-François qui vous avait engagé.

– Jean-François n'a pas même eu le réflexe de demander à voir un avocat après son arrestation. C'est bien Santimaria qui s'en est occupé.

– C'est l'un de ses amis, alors ?

Bianchi eut une moue équivoque.

– Jean-Benoît Santimaria est certainement l'un des plus grands artistes transformistes de France. Il a revêtu le costume sur mesure d'un chef de cabinet vichyste entre 40 et 43 avant de disparaître de la circulation, pour réapparaître fin août 44 sous l'uniforme d'un colonel de la Résistance. Et tout ça au cours d'une seule et même guerre.

– Et comment a-t-il réussi ce tour de passe-passe ?

– En témoignant en faveur d'un capitaine d'industrie qui avait écoulé sa production auprès de la Wehrmacht. En échange, l'industriel a versé une forte somme à la Résistance, offrant ainsi à Santimaria une fin de conflit héroïque dans un maquis quelconque. Bien sûr, il n'est pas le seul à s'être acheté une conduite en passant d'un camp à l'autre, mais je dois avouer que le bonhomme fait preuve d'un certain talent dans sa manière éhontée de s'inventer un personnage.

– Quel rapport avec Jean-François ?

– Il a été son mentor au début de la guerre. C'est lui qui l'a sorti de la mouise avant de lui mettre le pied à l'étrier.

– Je crois avoir déjà entendu parler de ce personnage.

– Cela ne m'étonne qu'à moitié.

– Le régisseur de l'Olivier m'en a touché deux mots, mais il ne se rappelait plus son nom.

– Ah vraiment ? Tiens donc.

– Où pourrais-je le rencontrer ?

Bianchi consulta son poignet.

– À cette heure-ci, vous le trouverez de l'autre côté du boulevard. En plus de ses soi-disant hauts faits militaires, Santimaria affiche une piété à toute épreuve.

Chaque soir à Notre-Dame, il se montre à l'office de façon on ne peut plus ostentatoire. Quant à moi, il me faut rejoindre la salle d'audience. À chacun sa grand-messe. Là-haut, un beau salaud m'attend pour que je lui sauve les fesses.

Ils se relevèrent en s'appuyant l'un sur l'autre et Bianchi frotta sa robe souillée par la poussière.

– Votre Santimaria, comment le reconnaîtrai-je ?

– Rien de plus facile. Cherchez dans l'assistance l'uniforme le plus clinquant, le plus bardé de médailles et de rubans, et vous trouverez Santimaria dedans.

– Je ne risque pas de me tromper ? Ce ne sont pas les uniformes et les médailles qui manquent en ce moment à Paris.

– Croyez-moi, Niels, vous pourriez le repérer parmi les quarante mille spectateurs du stade de Colombes s'il le fallait… Venez, maintenant. Je vous ramène à l'air libre. Ma parole, vous êtes aussi vert qu'une pastèque !

Ses dents impeccablement blanches luisirent dans la pénombre, et Rasmussen comprit que l'avocat Bianchi s'était à nouveau paré de son masque de cérémonie.

3

Succédant au silence, ce fut une tempête au cœur de l'édifice, un déchaînement de notes droit tombées du narthex, crachées par les milliers de tuyaux hérissés vers le ciel. Dans la nef, la foule se leva comme un seul homme tandis que le son dément du grand orgue envahissait la cathédrale. Par le couloir de la sacristie, on vit sortir la procession, longue cohorte d'hommes et d'enfants vêtus de blanc, menée par un adolescent balançant l'encensoir au bout d'une chaîne immense, brassant l'air, l'emplissant d'encens parfumé. Jésus crucifié, planté sur un manche que brandissait un porte-croix poupon, suivait juste derrière, planant au-dessus de la foule et du brouillard, encadré par deux porte-lumières. Puis venaient la chorale et les porte-bannières, jeunes angelots dans leurs aubes légères, croulant sous le poids des oriflammes à l'effigie des saints protecteurs de la France. Suivaient les servants de messe, immaculés, empreints de solennité, puis celui vers qui tous les regards finissaient par converger, le plus insigne, le plus richement paré, le plus éminent d'entre tous, le vieux cardinal Suhard, dans son habit brodé, la crosse ornée de pierres précieuses dans une main, l'autre bénissant ses ouailles. Au passage du prélat, Rasmussen le protestant ne put s'empêcher de penser que la mitre en drap d'argent légèrement de travers sur la tête du vieillard, doublée de soie rouge et rehaussée de broderies et de pierres, avait des airs de bonnet d'âne.

La procession fit le tour de la cathédrale par les collatéraux puis remonta l'allée centrale, toujours perdue dans la fumée purificatrice de l'encensoir; puis elle s'enfonça dans le chœur, tourna le dos aux fidèles, et se répartit au pied de la pietà où se dressait l'autel. Le cardinal fit le signe de croix, la messe démarra, et Rasmussen s'autorisa à se mettre en chasse.

Devant lui s'étalait un parterre de croyants. Les femmes avaient revêtu leur plus belle robe et recouvert leur chevelure d'une mantille de dentelle noire. Parmi les élégants, bon nombre arboraient un uniforme d'officier aux plis impeccables, premiers de la classe aux décorations rutilantes, le képi posé sur leurs genoux serrés comme devant l'objectif du photographe. On célébrait une forme d'entre-soi, de réconciliation dans la foi et l'identité chrétienne. Au lendemain d'une guerre qui avait brouillé les repères et séparé les gens en camps antagonistes, Notre-Dame – le cœur de cette France fille aînée de l'Église – faisait office de lieu de ralliement où l'on venait s'afficher en bon chrétien, en bon Français, et surtout en vainqueur.

Rasmussen inspectait une à une les rangées de chaises, scrutait les visages et les uniformes, s'attardait sur un profil plus figé, une pose un peu trop travaillée, un habit à la coupe si élaborée qu'il ne pouvait sortir de chez un tailleur de l'armée. Mais il repartait toujours vers l'avant, remontant l'allée latérale, commençant à désespérer de trouver celui que Bianchi l'avait envoyé chercher.

Puis il lui apparut, au premier rang, bon élève parmi les bons élèves, croulant sous un apparat de médailles et de rubans, sanglé dans un uniforme d'opérette qui évoquait tout à la fois le baroudeur maquisard et le haut dignitaire. Un petit homme au cheveu rare, replet, sans cesse à s'agiter sur sa chaise, à tirer sur une manche, à vérifier ses boutons. Quel grade pouvait-il bien afficher ? Combien de barrettes sur ses galons ? Sur sa poitrine, combien d'éminentes distinctions ?

Dans la grande nef, les fidèles se frappaient la poitrine pour faire pénitence. *Confiteor Deo omnipotènti et vobis, fratres, quia peccàvi nimis cogitatiòne, verbo, òpere et omissiòne : mea culpa, mea culpa, mea maxima culpa.* La fatigue avait repris le Danois et le berçait dans un léger vertige. L'odeur sucrée de l'encens lui donnait la nausée, ou bien étaient-ce les costumes et les habits de messe, trop clinquants, trop riches, décidément trop gras ? Là-bas, dans le chœur, Suhard marmonnait en latin. Parfois, dans l'assistance, on acquiesçait d'un signe de croix. Le rituel se déployait avec faste et lenteur, lointain et mystérieux, constitué de prières et de psaumes murmurés à soi-même, sans cesse alimenté par de nouveaux accessoires en métaux précieux et ornés de pierres rares. Vint le moment de la communion. Le prélat invita les fidèles à s'agenouiller pour recevoir la sainte hostie.

Le Danois s'immisça parmi les fidèles. Et lorsque l'officier regagna sa place, l'air pénétré, le corps du Seigneur entre la langue et le palais, il trouva en guise de voisin un colosse blond qui le dévisageait.

Ils échangèrent un regard, puis Santimaria ferma les yeux et se mit à grommeler une prière.

– Je suis venu parler de Jean-François Canonnier.

L'autre demeura enfoncé en lui-même.

– Connais pas.

– Ce n'est pas ce qu'on m'a dit.

– Qu'est-ce qu'on vous a dit ?

– Que vous aviez été son mentor au début de la guerre. Que vous l'aviez introduit auprès des autorités de Vichy.

La prière s'arrêta net et Santimaria tourna la tête.

– Qu'est-ce que c'est que cette histoire ? Qui vous a raconté ça ?

– Bianchi. L'avocat.

– C'est lui qui vous a dit de venir me voir ?

– Je sors du Palais de justice.

– Qui êtes-vous ? Qu'est-ce que vous voulez ?

– Comprendre.

– Comprendre quoi ?

– Pourquoi Jean-François est aux portes de l'enfer tandis que vous vous ménagez une place au paradis.

Santimaria balaya sa poitrine d'un signe de croix à peine esquissé.

– Sortez. Sortez immédiatement du rang.

Ils contournèrent un pilier et se retrouvèrent au fond du transept sud, à l'ombre de la statue de Jeanne d'Arc. Seuls quelques cierges disposés sur un rack diffusaient une infime lueur. Santimaria n'était plus qu'une silhouette ; à chacun de ses mouvements, les médailles émettaient un cliquetis. Sous la Pietà, le cardinal poursuivait sa psalmodie.

– Comment m'avez-vous dit que vous vous appelez ?

– Mais je ne vous l'ai pas dit.

– Vous êtes un ami de Canonnier ?

– Je l'étais en tout cas.

– Vous savez que ce n'est pas très prudent d'afficher de pareilles amitiés en ces temps d'épuration. Je pourrais vous demander ce que vous faisiez pendant l'Occupation.

– Je vous répondrais que j'étais ailleurs.

– Ailleurs ?

– À l'étranger.

Cette messe était sans fin. L'impatience montait. Le vertige persistait. Son front s'était couvert de transpiration. Les gouttelettes dégoulinaient sur ses tempes. Il aurait donné cher pour revoir la lumière du jour, fuir cette cathédrale aux voûtes noires.

– C'est vous l'ami danois ? Je ne vous imaginais pas du tout comme ça.

– Jean-François vous a parlé de moi ?

– Un peu. Au début. Avant que nous ne nous perdions de vue.

– Donc vous le connaissez.

– Il ne fait plus partie de mes connaissances. Je l'ai connu, quelques mois tout au plus, au tout début de la guerre.

– Quand vous étiez dans les hautes sphères de l'administration pétainiste.

Dans la pénombre les breloques s'agitèrent.

– Je veux bien croire que vous étiez à l'étranger, mon cher. Vous devez être le seul en France à ne pas connaître mon histoire et ce que j'ai fait pour mon pays.

– Votre histoire, je ne demande qu'à l'entendre, si Jean-François en fait partie.

– Vous êtes croyant ?

– Quel rapport ?

– Vous êtes croyant ?

Rasmussen essuya la sueur qui perlait à son front.

– Mon père est pasteur. Pourquoi ?

– Un parpaillot, bien sûr. Comme c'est intéressant. J'ignore si vous pourrez saisir l'épidémie de repentance qui s'est emparée de la France au lendemain de la grande raclée. C'est par là qu'il faut commencer, si vous voulez comprendre ce qui s'est passé, mon cher. (Santimaria eut un geste vers le prélat qui officiait à quelques mètres de là.) En mai 40, pendant que les Panzerdivisionen déferlaient sur le nord du pays, ils étaient tous ici, à Notre-Dame, à genoux devant lui, Emmanuel Suhard. Et au premier rang, le gouvernement au grand complet, réduit à implorer la protection divine, à déballer les reliques de nos saints protecteurs, à les brandir. J'étais là moi aussi. J'ai tout vu et tout compris. Ce jour-là, j'ai perçu l'ampleur de la catastrophe qui s'annonçait. Et lorsque, quelques semaines plus tard, le Maréchal s'est posé en dernier rempart, en sauveur de la Nation, nous lui avons abandonné les pleins pouvoirs en nous laissant hypnotiser par ses belles promesses.

– Quelles promesses ?

– Restaurer l'honneur de la France. L'esprit de jouissance avait clairement causé la défaite. La futilité, le relâchement moral et intellectuel. Devant cette rouste méritée, il n'y avait plus qu'une seule urgence : battre sa coulpe et prier pour le Maréchal. Pétain a fait l'objet d'un véritable culte. Jusqu'au vieux cardinal, devenu un béni-oui-oui de la politique de Vichy. Vous avez bien entendu, mon cher, celui-là même qui dit la messe en ce moment, devant ce parterre d'officiers résistants.

– Et vous, alors ? C'est après la défaite que vous avez rallié Pétain ?

– Nous sommes nombreux à l'avoir fait. Il y a eu une part d'aveuglement, je le reconnais. J'ai accepté un poste de fonctionnaire au ministère de l'Information. C'était ce qui convenait le mieux à ma formation. J'ai fait des études d'histoire, vous comprenez. Je travaillais directement sous les ordres du ministre Marion, j'étais, pour ainsi dire, au premier rang pour assister au ballet du pouvoir. Ceux qui s'agitent en tous sens, qui flattent, qui jouent des coudes pour accéder au cercle des privilégiés, ceux que le Maréchal appelle par leur prénom. Je l'admets, j'ai cru pouvoir m'investir dans le redressement culturel du pays. J'ai cru lui être utile. Mais, très vite, j'ai compris mon erreur. Alors j'ai fait marche arrière. Ou, plus exactement, je n'ai pas bougé de mon poste. Telle la taupe, j'ai creusé mon réseau de galeries souterraines. Petit à petit, j'en ai fait profiter nos amis britanniques.

Rasmussen observait le profil de l'officier. Au-dessus d'eux la Jeanne de pierre priait tout en serrant son étendard.

– Vous voulez dire que vous étiez un agent de renseignement ?

Santimaria parut s'emplir d'air telle une montgolfière.

– C'est ce qui me vaut aujourd'hui ces quelques breloques sur la poitrine.

– Vous agissiez pour le compte du SOE ?

– Dans le plus grand secret, évidemment.

– Et qui était votre contact, exactement ?

– Chez les Anglais ?... Ne comptez pas sur moi pour vous fournir le moindre nom.

– Et si j'insiste ?

– Tout est resté *top secret*.

– Et si j'insiste encore ?

– Taylor. Lieutenant Taylor. À Londres, bien sûr.

Rasmussen repensa aux paroles du major Turnbull et ses dents brillèrent dans le noir. De nouveau les médailles s'agitèrent.

– Mettriez-vous ma parole en doute ? Elle a suffi à certains résistants parmi les plus éminents de ce pays. Ce sont eux qui m'ont fourni mes certificats de bonne conduite. Je les tiens à votre disposition.

– Ce ne sera pas nécessaire. Il n'y a que Jean-François qui m'intéresse.

Il y eut un silence et les prières de Suhard en provenance du chœur s'y immiscèrent.

– Vous êtes rentré en France pour essayer de lui sauver la peau ?

Rasmussen se taisait. Ses ongles s'enfonçaient dans sa chair à force de serrer les poings. La messe approchait de sa fin. Santimaria fit mine de regagner sa place mais revint sur ses pas.

– Qu'est-ce que vous voulez savoir exactement ?

– J'essaie de comprendre pourquoi Jean-François s'est enfoncé dans la compromission alors même que la majorité des collaborateurs s'efforçaient d'en sortir.

– Il s'est tout simplement trompé dans son jugement. Qu'est-ce que vous voulez y faire ?

– Je n'y crois pas un seul instant.

– Il s'est enferré dans ses propres erreurs. Il n'a pas misé sur le bon cheval.

– Je vous dis que je n'y crois pas.

– Oubliez tout ce que vous croyez savoir sur Jean-François Canonnier. Ce n'était qu'un petit opportuniste. Un ambitieux qui ne s'encombrait pas de morale. Il n'a pas eu le courage et l'intelligence de se remettre en cause. Il n'a fait que s'accrocher à son semblant de succès.

– Vous avez la dent dure, vous qui lui avez trouvé un avocat. Et pas n'importe lequel, l'un des meilleurs de Paris. Pourquoi être allé lui chercher maître Bianchi ?

– Par charité chrétienne.

– Jean-François n'a pas besoin de votre charité. Il faut tout simplement faire émerger la vérité.

– La vérité, mon cher, ça n'existe pas. Plus en France, en tout cas. C'est une denrée que nous importons désormais d'Amérique, avec les bas Nylon et le Coca-Cola. Ici tout est devenu tellement inconsistant. C'est à vous dégoûter du moindre sentiment patriotique. Heureusement, il nous reste l'apitoiement et la repentance. Maintenant, si vous permettez, j'aimerais retourner à ma prière. Je vous souhaite bonne chance dans votre quête. À la rigueur, saluez Jean-François de ma part si vous avez l'occasion de le voir. Dites-lui que je prie pour lui, et que j'espère lui pardonner bientôt sa trahison. Rejoindre le camp de la liberté, être prêt à risquer sa vie pour son pays… Dans cette période trouble que nous venons de traverser, voilà qui n'était pas donné à tout le monde.

De nouveau, Santimaria esquissa un geste vers la nef. Rasmussen lui saisit le bras, sentant aussitôt la chair adipeuse lui échapper sous l'uniforme amidonné.

– Vous n'avez pas bientôt fini de vous envoyer des fleurs, espèce de salopard ?

– Moi ?

– Vous ne m'avez strictement rien dit. Vous n'avez fait que vous tortiller en tripotant vos breloques.

– Mais lâchez-moi ! Mais qu'est-ce qui vous prend tout à coup ?

– Vous n'en avez pas assez de jouer la comédie du grand héros national ?

– Comment ? Quoi ? Quelle comédie ?

– Regardez-vous, dans votre habit d'opérette !

– Voulez-vous parler moins fort ! Nous sommes en plein milieu de la messe !

Santimaria s'arracha à la tenaille du Danois. Dans le clair-obscur peint par les cierges, il avait l'air d'un acteur de film muet, les yeux révulsés, la main levée pour exprimer une émotion puisée dans un catalogue de clichés. Rasmussen se sentait contaminé par ce kitsch. Il lui semblait être sur scène, face à un partenaire qui le condamnait à surjouer le moindre froncement de sourcils, la moindre poussée de colère.

– Vous vous posez en donneur de leçons parce que vous êtes bardé de décorations ? Tous, pendant cinq ans, nous sommes passés de la lumière à l'ombre et de l'ombre à la lumière. Tous. Vous autant que Jean-François. Et moi aussi, si vous voulez savoir.

Il lui fallait incarner le rôle de la brute épaisse débordant de violence, incapable d'obtenir le moindre renseignement autrement que par la force. Il le prit par le col, chargeant son geste de la fatigue de plusieurs jours, des insomnies de plusieurs nuits et du dégoût de toute une guerre. Devant l'autel, monseigneur Suhard faisait le signe de croix pour conclure.

Et tandis que l'officier français se débattait dans un cliquetis de médailles, Rasmussen croisa le regard de la statue de pierre. C'était une Vierge à l'Enfant posée sur un pilier de marbre, à mi-chemin du chœur.

Ses yeux en amande exprimaient la fatigue autant qu'une extrême pureté. Son poupon joufflu au creux du bras, elle paraissait attendre on ne savait trop quoi, que les hommes fassent preuve d'un peu plus de sagesse, qu'ils cessent enfin de s'entre-tuer. Elle en avait vu passer, des guerres.

Rasmussen se sentit faiblir. Pourquoi avoir abandonné Sarah ? Pourquoi avoir pris le risque de rater l'accouchement ? Pourquoi ce voyage pour rejoindre une ville de carton-pâte et de faux-semblants ? Là-bas, à Copenhague, l'attendaient sa femme et son enfant.

Il lâcha l'uniforme. Celui-ci s'agita un instant, préoccupé par sa cravate qu'il avait désormais de travers, puis il perçut le trouble de son agresseur et dévisagea la Vierge à son tour.

– Elle est belle, n'est-ce pas ?

Le Danois ne répondait pas, perdu dans ses pensées.

Le grand orgue sonnait enfin la sortie de messe. La cathédrale se vidait de ses fidèles. Santimaria se mêla à la foule qui s'écoulait par la porte centrale.

– Venez, mon cher. Puisque vous voulez tant savoir, je vais vous affranchir. Visiblement vous avez grand besoin d'un peu d'air frais.

Alors, contre toute attente, l'officier entraîna le colosse vers la lumière.

⁂

Une fois sur le parvis, ils tournèrent à l'angle de la tour nord. Au-dessus d'eux, les gargouilles noires de crasse les observaient d'un œil goguenard. Santimaria marchait à petits pas pressés ; Rasmussen, une tête de plus que l'officier, voyait le képi en forme de pot de chambre s'agiter à mesure qu'ils remontaient la rue du Cloître. À l'angle de la rue Massillon, Santimaria s'arrêta devant une automobile américaine à la calandre chromée qu'il flatta du plat de la main.

– Une Studebaker Commander. Je l'ai rachetée pour une bouchée de pain à un général ; elle est en parfait état, à croire qu'elle n'a pas fait la guerre. Je n'ai eu qu'à la faire repeindre en noir. Et devinez quoi ? Il y a même un bar à l'arrière.

Il s'engouffra dans la voiture. Resté sur le trottoir, Rasmussen pensa à Balard, à sa motocyclette rutilante acquise auprès d'un soldat anglais, elle aussi repeinte en noir, à ses sacoches pleines de saucissons et de jambons. Décidément la Libération, peut-être autant que l'Occupation, avait été l'occasion de bonnes affaires. La porte s'ouvrit côté passager et une voix mielleuse l'enjoignit à s'asseoir.

On avait presque peur de disparaître tout entier dans le moelleux des sièges. Rasmussen cala son sac de toile entre ses pieds. La Studebaker descendit du trottoir et le monde entier se mit à chalouper, comme monté sur ressorts.

On longeait le quai aux Fleurs. Il devait être huit heures du soir et le ciel de Paris rougissait.

– Où allons-nous ?

– Chez Anne-Cha. Le samedi, elle reçoit.

– Anne-Cha ?

– Je tiens absolument à lui montrer mon nouvel uniforme. Je l'ai fait tailler à l'identique de celui de Malraux. Lui aussi un colonel – comment disiez-vous tout à l'heure ? De pacotille ou d'opérette ?

– Qui est Anne-Cha ?

– Seigneur, j'oubliais que vous tombiez de la lune… Anne-Cha est le petit nom d'Anne-Charlotte Chenonceau. Seuls ses amis l'appellent de cette façon. Mais Anne-Cha a tout un tas d'amis. C'est le plus beau carnet d'adresses de Paris. Son mari a fait fortune dans les arômes artificiels. Il a vingt ans de plus qu'elle et lui fiche une paix royale. La seule chose qu'il exige, c'est qu'elle partage chaque matin son petit déjeuner. En dehors de cela, chacun dispose de son étage. Vous verrez, l'hôtel particulier est un poil tape-à-l'œil mais il vaut le détour.

– Quel rapport avec Jean-François ?

– Pendant l'Occupation, il était un convive assidu des samedis d'Anne-Cha.

– Vraiment ?

– Anne-Charlotte aimait à réunir le beau, le puissant et le spirituel à sa table. Parmi ses invités réguliers on comptait quelques députés, plusieurs académiciens, des peintres et sculpteurs de premier plan, deux ou trois musiciens… Tout ce joli monde profitait de façon éhontée de ses largesses. Bien entendu, il y avait aussi quelques officiers allemands. Et puis, parfois, Anne-Cha se prenait d'affection pour un poète un peu pouilleux. Jean-François aura figuré dans cette catégorie-là. C'est moi qui ai fait les présentations. Je l'y ai amené pour la première fois au tout début 41. Alors, là-bas, vous pourrez poser toutes les questions que vous voudrez.

– Cette Anne-Cha reçoit encore ?

– Pourquoi ne le ferait-elle pas ?

– Je ne sais pas… Je suppose que ses invités ont bien changé depuis la Libération.

– Aussi étonnant que cela paraisse, en dehors des Allemands, pas tellement.

Il freina brutalement avant le pont d'Arcole. La Studebaker balança comme sous l'effet d'une houle.

Rasmussen serra la poignée intérieure et fixa une fenêtre de l'Hôtel de ville, juste en face.

– Votre petit nom, c'est comment, déjà ?

– Niels.

– C'est ça. Je me souviens maintenant. Jean-François parlait de vous assez souvent. Un as de la mise en scène, disait-il. Et, chaque fois qu'il prononçait votre nom, moi je pensais à Nils Holgersson. Vous savez, le petit garçon qui se fait rétrécir parce qu'il a torturé les animaux de sa ferme.

– Je sais qui est Nils Holgersson.

– Je vous imaginais en train de traverser les océans sur le dos de votre oie.

– Holgersson est suédois. Pas danois.

– Alors, maintenant que je vois quel sacré gaillard vous êtes…

– Et puis c'est un jars, pas une oie.

– Je vous demande pardon ?

– Un jars. L'animal sur lequel voyage Nils. Nous repartons ?

– Et vous, alors ? Qu'avez-vous fait pendant la guerre ? À part passer de l'ombre à la lumière, comme vous l'avez si joliment dit tout à l'heure…

Rasmussen parvint in extremis à contenir sa nausée.

– Je n'ai pas très envie de vous en dire plus. Ça vous va, comme réponse ?

Santimaria fit voir ses canines pointues.

– Ça me va amplement. Finalement, nous nous comprenons, vous et moi. Quand bien même nous n'étions pas dans le même pays, nous avons visité un peu tous les camps, n'est-ce pas ?

– C'est encore loin, chez Anne-Cha ?

– Elle crèche avenue Foch. Pourquoi, vous ne vous sentez pas bien ?

– Si.

– Vous êtes tout pâle. Vous voulez descendre marcher ? Je vous récupère au bout du pont ? Ou bien préférez-vous vous servir un verre sur la banquette arrière ? Ainsi, vous pourrez au moins allonger vos longues jambes.

– Non merci. Démarrons.

– Ne vous inquiétez pas. Je vais tâcher de vous distraire sur le trajet. Que diriez-vous d'une petite visite culturelle du Paris de la collaboration ?

– Je vous demande pardon ?

– Cette splendide Studebaker est une machine à remonter le temps. L'auriez-vous cru lorsque vous y êtes monté ?

Ils traversèrent le fleuve, contournèrent l'Hôtel de ville et s'engagèrent sur l'avenue Victoria.

– Sur notre gauche, le théâtre Sarah-Bernhardt. À leur arrivée, les Allemands ont tôt fait de le rebaptiser théâtre de la Cité. Le nom d'une Juive au frontispice… Pensez-vous !

– Je suis au courant.

– Le théâtre de la Cité arrivait au cinquième rang dans le classement des établissements *deutschfreundlich* établi par la Propagandastaffel. Ce n'est pas rien, vous savez. Ce Guide Michelin de la vie culturelle recensait près d'une cinquantaine de théâtres parisiens…

– Je sais tout cela, Santimaria.

– Saviez-vous également que Sartre a été joué au théâtre de la Cité ? Ce brave Dullin y a créé *Les Mouches* en 43, bien avant la Libération.

– Sartre, qui est-ce ?

– Je vous pardonne votre ignorance. Après tout, Jean-Paul Sartre ne fait parler de lui que depuis quelques mois. Depuis, en somme, qu'il s'est fait le chantre de la Résistance. En 43, pourtant, au cocktail de première de ses *Mouches*, le champagne coula à flots en présence d'officiers *feldgrau*.

– Qu'en savez-vous ?

– J'y étais. Nous poursuivons ?

La perspective toute droite de la rue de Rivoli fit un bien immense au Danois.

– À droite, la Comédie-Française. Incontestable numéro un au classement de la Propaganda, qui ouvrit grand ses portes aux troupes allemandes – par troupes, j'entends troupes de théâtre, bien sûr… –, et dont certains pensionnaires constituaient l'ornement des dîners chez l'ambassadeur Abetz. Montherlant y a joué sa *Reine morte*, Claudel son *Soulier de satin*. Le premier est actuellement en délicatesse avec les comités d'épuration, le second non. Allez comprendre. Mais il est vrai que ce vieux Paul a eu l'intelligence – ou peut-être la sagesse qui sied à son âge – de composer tout récemment une ode au Général, qui d'ailleurs reprend sur bien des points celle au Maréchal… D'un militaire l'autre, que voulez-vous, le vocabulaire varie peu, quand bien même l'on s'appelle Paul Claudel.

Ils débouchèrent sur la place de la Concorde ; l'officier conduisait coude à la portière ; la Studebaker chaloupait sur ses amortisseurs ; Rasmussen s'agrippait à sa poignée ; la sueur dégoulinait sous ses aisselles, formait de larges auréoles sur sa vareuse.

– Et Jean-François, alors ? Où l'avez-vous rencontré pour la première fois ?

Santimaria pila à hauteur du Crillon et tout Paris dodelina. Il se tourna vers son passager et soutint enfin son regard nauséeux.

– Dites-moi, ça ne vous intéresse pas, ma petite visite ?

– Quand était-ce ? Quand l'avez-vous vu pour la première fois ? En 40 ? En 41 ? Si vous l'avez introduit dans le Tout-Paris de l'époque, c'est que vous aviez noué quelques liens d'amitié avec lui, non ?

– Je pourrais vous demander de descendre, vous savez.

– Je pourrais refuser. Je suis plus grand et plus fort.

– Je sais. Je l'ai constaté non sans un certain ravissement. Il me suffirait de faire appel aux deux policiers en faction que vous voyez là-bas, au coin de la rue Royale. En moins de cinq minutes, vous vous retrouveriez au poste, menottes aux poignets. Ils vous déshabilleraient, vous passeraient à tabac, fouilleraient votre passé et votre intimité. Et sans comprendre ni comment ni pourquoi, vous vous retrouveriez devant la cour de justice de la Seine, celle-là même où Jean-François comparaîtra lundi. Une erreur judiciaire est si vite arrivée.

– Foutaises. Je suis citoyen danois. Je ne dépends pas de votre justice.

– Mais votre mère est française, n'est-ce pas ?

– Qu'est-ce que ça change ?

– Tout.

– Foutaises, je vous dis.

– Voulez-vous prendre le risque, mon cher ? Voulez-vous que j'appelle les agents en faction ?

– Qui vous a dit que ma mère était française ?

– Qui voulez-vous ? Mais Canonnier, bien sûr.

Ils se jaugeaient dans la lumière du soir. Rasmussen sentait remonter la violence, celle qu'il traînait depuis des mois ou des années, qu'il n'avait jamais vraiment su canaliser.

Santimaria remit son coude à la portière et l'américaine s'engagea nonchalamment sur les Champs-Élysées. Ils roulèrent en silence jusqu'au Rond-Point.

– Si vous voulez savoir, je l'ai connu dans la Beauce, en mai 40. Dans un camp de prisonniers. Mon régiment y avait été enfermé après la débâcle. Nous n'avions pas tiré un seul coup de fusil de toute la drôle de guerre, alors vous pensez bien que nous n'avons pas fait d'histoire lorsqu'ils sont arrivés sur leurs side-cars. À vrai dire, ce n'était pas un camp à proprement parler. Nous dormions sur des paillasses, sous un immense silo à grains. Bien sûr, il y avait des gardes-chiourmes allemands, mais pas de barbelés, pas de miradors, rien. À ma connaissance, personne n'a jamais cherché à s'évader. Personne n'en aurait eu l'idée, nous n'avions nulle part où aller. Notre sentiment d'enfermement intérieur était la meilleure des clôtures.

– Jean-François faisait partie de votre régiment ?

– Non. Je l'ai trouvé en arrivant. Il avait été fait prisonnier quelques jours plus tôt après avoir perdu sa section. Les Allemands l'avaient trouvé esseulé sur une route. Sans arme, sans papiers, sans nourriture.

– Et lui, avait-il été au feu ?

– Nous n'en avons jamais parlé. Personne n'en parlait vraiment, vous savez, de ces quelques jours durant lesquels l'armée française s'est effondrée. En fait, Jean-François et moi nous sommes liés un peu plus tard, en travaillant aux moissons.

– Quelles moissons ?

L'autre se redressa sur son siège.

– Les moissons de 40, bien sûr. Vous n'en avez pas entendu parler ? C'est moi qui ai tout organisé. D'un côté, vous comprenez, il y avait ces champs de blé mûr à perte de vue, et les fermes alentour qui manquaient d'hommes depuis la mobilisation ; de l'autre, ce bon millier de prisonniers qui se tournaient les pouces à longueur de journée. Tous dépérissaient d'ennui, ce n'était pas beau à voir. Certains réclamaient leur femme ou leur mère à tort et à travers. Alors l'idée a germé dans ma tête et je suis allé voir l'officier allemand qui commandait le camp. Il m'a tout de suite appuyé.

– Vous avez moissonné les champs ?

– Vous n'imaginez pas l'organisation qu'il a fallu mettre en place. Former des équipes, rassembler le matériel, organiser le transport de la récolte. C'était à la fois jouissif et harassant.

– Vous avez bien conscience d'avoir nourri la Wehrmacht à l'œil ?

– Mais pas du tout ! Ce blé a servi à nourrir des Français ! Et puis, nous avons sué sang et eau contre salaire. J'avais commencé par négocier des rations supplémentaires. Au final, notre récompense s'est révélée tout simplement extraordinaire : la liberté ! Chaque prisonnier ayant pris part aux moissons a pu rentrer chez lui dès la fin septembre.

– Alors c'est grâce à vos moissons que Jean-François a été libéré.

– Sans elles, nous aurions tous passé la guerre en Allemagne.

– Au lieu de cela, vous êtes sagement rentrés dans Paris habillé d'oriflammes à croix gammée.

– Allez-y, mon cher, ironisez... Demandez donc aux deux millions de prisonniers transférés vers des stalags. Demandez-leur s'ils n'auraient pas échangé quatre longues années de captivité contre quelques semaines de fauchage sous le soleil de France.

– Et Jean-François dans tout ça ? Il a manié la faux comme les autres ?

– Jean-François n'était guère doué pour les travaux des champs. Mais à l'époque il avait d'autres qualités. J'en avais fait mon second, mon assistant. C'était lui qui gérait le fichier des prisonniers. J'avais tout de suite repéré ses qualités d'organisation et d'obéissance.

– D'obéissance ?

– Disons plutôt, de discipline. Il était très apprécié des Allemands.

– Qui ? Jean-François ?

– Seigneur, quand comprendrez-vous enfin qui était votre ami Canonnier ?

– J'ai travaillé pendant trois ans à ses côtés. J'ai créé ses textes, j'ai porté à la scène ce qu'il avait écrit de plus intime. Ses espoirs, ses déceptions, son rapport à la vie et l'histoire de son père. Alors ne me dites pas qui était Jean-François.

– Vous ne pouvez pas comprendre ce qui s'est passé durant l'été 40. Comment nous avons tous été changés par cette expérience juste après la défaite. Comment nous avons appris la fraternité entre prisonniers, comment nous nous sommes pris d'amour pour la belle terre de France. Et j'irai même plus loin : dans cette Beauce nourricière, nous nous sommes comportés en vrais Européens. Nous avons tous réalisé que la seule voie d'avenir pour le pays, c'était celle qui menait vers l'Allemagne, vers la construction d'une nouvelle Europe.

– Je comprends mieux maintenant.

– Qu'est-ce que vous comprenez ?

– Pourquoi vous avez rallié la cause de Vichy. En moissonnant vos champs, vous appliquiez le programme de Pétain à la lettre. Ce qui n'est pas clair, en revanche, c'est par quel tour de passe-passe vous vous retrouvez aujourd'hui avec cet uniforme de héros sur le dos.

Pour toute réponse, Santimaria posa le doigt sur le pare-brise et désigna un bâtiment droit devant.

– Ici, au 42, se trouvait le hall Citroën. Les SS y organisaient des expositions pour l'édification des masses…

Ils reprirent leur ascension des Champs-Élysées, sans cesse entrecoupée d'arrêts : le 52, qui avait accueilli la Propagandastaffel; plus haut, de l'autre côté de l'avenue, le 101, siège de l'hebdomadaire *Au Pilori*; ce fut ensuite au tour du 104, où la société de production cinématographique Continental, financée par Goebbels, avait eu ses locaux, puis le 116 *bis* de Radio-Paris. Enfin ils débouchèrent sur la place de l'Étoile, dont Santimaria fit le tour, non sans évoquer au passage l'Arc de Triomphe, sous lequel l'occupant, après avoir réduit en poussière le monument aux morts de la Grande Guerre, avait pris pour habitude de décerner en grande pompe ses décorations militaires.

Rasmussen avait le tournis. L'immense rond-point était un manège sans fin. Il ne savait plus s'il fallait imputer ses vertiges aux amortisseurs de l'américaine ou à la profusion d'oriflammes nazies accrochées aux façades du passé et qui dansaient toujours dans son imaginaire.

Son attention fut réveillée lorsque Santimaria écourta son tour et s'engagea sur l'avenue de la Grande-Armée.

– Vous ne m'aviez pas dit qu'Anne-Charlotte Chenonceau habitait avenue Foch ?

– Il est encore tôt. Je vous propose un petit détour. Ne vous inquiétez pas, nous sommes presque arrivés.

Il fit bientôt monter la Studebaker sur le trottoir et coupa le moteur. Les amortisseurs cessèrent de secouer la carrosserie comme un shaker et Rasmussen s'autorisa enfin à lâcher la poignée de sa portière.

Ils se trouvaient devant un rideau de fer saturé d'affiches décolorées. Santimaria quitta l'habitacle, coiffa son képi et dévisagea le Danois à travers le pare-brise. Lové dans son fauteuil en cuir, rattrapé par l'épuisement et une inextinguible envie de dormir, Rasmussen peinait à s'extraire de la voiture. Le petit colonel le fixait toujours. Que pouvait-il y avoir derrière ce vieux rideau rouillé ? Sous la façade grise, Santimaria avait l'air d'un minuscule soldat de plomb fraîchement repeint.

Il descendit sur le trottoir et l'air du soir acheva de le désengourdir. Il tapota le rideau de fer du bout de sa chaussure.

– Alors ? Pourquoi tous ces mystères ? Qu'est-ce qu'il y a là-dedans ?

Santimaria tira une clé de sa poche. Le store se leva dans un vacarme de ferraille. La lumière du jour n'était plus suffisante pour dissiper l'obscurité à l'intérieur. L'odeur d'humidité, mélange de poussière, de paperasse, de cave mal aérée lui déplut aussitôt.

Santimaria disparut dans la bouche noire de l'entrepôt. Un grésillement, puis une lumière crue dégringola d'un réseau d'abat-jour en tôle émaillée. L'endroit renfermait des montagnes de livres, des centaines de milliers, entassés là par piles entières. Certaines penchaient dangereusement et menaçaient de s'effondrer ; d'autres s'étaient disloquées et formaient de vastes mamelons de papier jauni et gondolé que les rats s'étaient fait une joie d'attaquer.

– Alors, Niels ? Qu'en pensez-vous ? Cela valait le détour, non ?

– Mais qu'est-ce que c'est que cet endroit ?

– Le purgatoire des auteurs. Ici ont été rassemblés tous ceux qui ont été frappés par la censure allemande à partir de juin 40. Les listes Bernhard, Otto, et toutes celles qui ont suivi, pondues avec une régularité toute teutonne par la Propagandastaffel. Ici, les grands noms de la littérature côtoient les pires tocards, rangés par ordre alphabétique. Il y en a pour deux mille tonnes de paperasse, droit sorties de l'imaginaire de milliers d'écrivains. Leurs confidences et leurs espoirs, le fruit de millions d'heures d'effort, stocké ici dans ce vaste placard en attendant la fin de la guerre. Comme vous pouvez le voir, personne n'a jugé bon de les en sortir depuis l'année dernière. Tout est moisi, périmé, dépassé. Il est vrai que de nouveaux auteurs ont émergé au moment de la Libération. Ce sont eux, bien sûr, les véritables vainqueurs : ceux qui ont fait tourner les ronéos clandestines, imprimé leurs poèmes à la gloire de la Résistance. Parmi ces vainqueurs, bon nombre se sont décidés à rejoindre le camp de la liberté sur le tard, parfois même en septembre 44, quand tout était déjà terminé. Ce sont ces écrivains-là, mon cher, ceux qui ont célébré les barricades boulevard Saint-Michel sans jamais y participer, qui s'agitent aujourd'hui dans la lumière de l'actualité. Ce sont aussi, croyez-le ou non, les plus féroces épurateurs du petit monde de l'édition.

Rasmussen eut un sourire amer. Santimaria qui condamnait les opportunistes de la dernière heure, Santimaria qui avait acheté ses galons de colonel à bon compte, Santimaria qui s'était inventé un rôle d'espion au service des Anglais, ce Santimaria-là n'avait décidément aucune pudeur.

Il osa pénétrer plus avant dans le hangar malgré le sentiment de claustrophobie qui l'assaillait. Il effleura par mégarde une colonne de livres qui s'effondra dans un nuage de poussière. Santimaria, mains dans les poches, se tenait à proximité de l'interrupteur.

– Pourquoi m'avoir emmené ici ?

– Mais parce que Canonnier est là, mon cher. Dieu sait où, quelque part.

– Ses livres ?

– Ses livres, ses pièces, celles que vous avez montées avant l'Occupation. Si ma mémoire est bonne, il figurait déjà sur la première liste Otto. Vous l'ignoriez ?

– Non. Balard me l'a dit.

– Balard ?

– Le régisseur de l'Olivier.

– Balard, oui… Un type avec une patte folle. J'ai dû lui serrer la main deux ou trois fois en venant assister aux représentations.

Rasmussen réprima un frisson. Sa vareuse trempée de transpiration lui paraissait glacée dans l'air frais du hangar. Il fouilla mollement parmi les livres pour se donner une contenance.

– Si vous y consacrez un peu de temps, vous remettrez sûrement la main sur certaines pièces de Jean-François.

– Pour quoi faire ? Désormais il est sur toutes les listes noires des comités d'épuration.

– C'est vrai. Votre camarade a réussi cet exploit quasi unique dans les annales : se faire exclure successivement par la censure SS et par la Résistance. C'est ce qui s'appelle prendre un virage à cent quatre-vingts degrés.

Rasmussen fit un effort pour contrôler son envie de sortir. Santimaria se tenait entre lui et le rideau de fer à moitié ouvert. Dehors la nuit était tombée. Parfois une voiture passait en direction de la porte Maillot, balayant l'obscurité de ses phares.

– Alors dites-moi, maintenant. Racontez-moi. L'histoire de Jean-François pendant la guerre.

D'un geste, Santimaria embrassa l'immense empilement de paperasse.

– Mais vous n'avez pas encore compris ? Jean-François a simplement voulu quitter ce purgatoire. Il n'a pas supporté l'idée de ne plus être joué, de ne plus être lu. Comme tant d'autres auteurs et comme beaucoup d'acteurs, il s'est laissé aller à la compromission pour retourner un tant soit peu dans la lumière.

– Bianchi dit que c'est vous qui lui avez remis le pied à l'étrier une fois rentré à Paris.

– Il a raison. Après l'épisode des moissons, nous nous sommes perdus de vue pendant deux ou trois mois. Puis nous nous sommes retrouvés. C'était au beau milieu de l'hiver.

– Par hasard ?

– Je ne sais plus trop. Peut-être est-ce lui qui a cherché à me revoir. Il vivait alors dans une misère noire. Il faisait peine à voir. Ses pièces interdites par la censure, il ne lui restait plus aucun moyen pour subsister. Il s'était véritablement ratatiné. Et je ne parle pas seulement de son aspect physique. Il ne sortait quasiment plus de chez lui. Il ne supportait plus le bruit et se plaignait sans cesse d'insipides problèmes de voisinage.

– Il n'avait pas pu trouver un travail alimentaire ?

– Vous devriez le savoir, Niels, Jean-François n'est pas très doué pour l'alimentaire. Tout ce qu'il sait faire, c'est écrire. Il est comme un enfant qui se serait construit un monde imaginaire. En montant ses pièces avant-guerre, vous lui avez donné l'illusion qu'il pourrait vivre durablement dans ce monde-là. Mais les panzers allemands sont venus tout balayer du jour au lendemain.

– C'est vous qui lui avez obtenu les autorisations pour rouvrir l'Olivier ?

– J'avais envie de l'aider. Et puis, à l'époque, je croyais encore à la Révolution nationale. Je voyais la culture comme un outil d'édification des masses. Bref, j'ai emmené Jean-François chez le ministre de l'Information Paul Marion.

– À Vichy ?

– À Vichy. Nous lui avons présenté le projet de réouverture du théâtre. Mais Marion ne s'intéressait qu'à la presse. Alors depuis Vichy nous avons filé à Clermont.

– Clermont-Ferrand ?

– C'est là qu'était basé le service des Spectacles du nouveau gouvernement.

– C'est aussi là qu'habitaient sa mère et son beau-père.

– Je sais. Mais Jean-François n'a pas souhaité les voir.

– Il n'a jamais accepté le remariage de sa mère après la mort de son père à la Grande Guerre. C'est à Clermont que vous avez obtenu vos autorisations ?

– Pensez-vous ! Le service en question n'était qu'un ramassis de petits fonctionnaires, de ronds-de-cuir qui peinaient même à obtenir des laissez-passer pour la ligne de démarcation. Nous sommes rentrés bredouilles à Paris.

Rasmussen eut un geste d'agacement.

– Qui vous a donné l'autorisation de rouvrir l'Olivier, alors ? Les Allemands ?

– Mais pour qui me prenez-vous ? Je n'étais pas prêt à ce genre de compromission.

– Ah bon ?

– C'est un Français, le secrétaire général des Beaux-Arts, Louis Hautecœur, 3, rue de Valois dans le 1er arrondissement, si vous voulez savoir, qui nous a débloqué la situation. Il s'est montré fort intéressé par le projet.

– Et en quoi consistait ce projet exactement ?

– Pétain nous avait invités à un redressement intellectuel et moral. Le théâtre de l'Olivier était censé y contribuer.

– En y créant des pièces de propagande, en somme.

– Ne soyez pas vulgaire. Il s'agissait de susciter un certain état d'âme dans le cadre d'une communion avec les foules, permettre l'expérience collective de l'élévation de l'esprit… Ricanez ! Ricanez donc ! À l'époque, moi j'y croyais, et Jean-François aussi. Et c'était bien chez vos idoles à tous que nous étions allés puiser l'inspiration : chez Copeau, chez Dullin, chez Baty… Tous, nous avons vu dans la Révolution pétainiste l'occasion de mettre en place nos idées sur le théâtre et la culture, nous avons saisi cette chance de restaurer l'art dramatique au détriment du théâtre bassement commercial. Le recours à l'Histoire, aux enjeux de haute volée, aux nobles intrigues venues de l'Antiquité… Vous avez eu cette envie vous aussi. Je le sais parce que Jean-François me l'a dit. Et puis je vais vous dire encore une chose, Niels, ce beau programme qu'aujourd'hui vous moquez, assis sur ces livres moisis, c'est exactement celui du Front national du théâtre... Parfaitement! Ces résistants qui désormais tiennent le pouvoir, eh bien ils ont repris toutes nos idées!

– Décidément vous ne savez pas où vous situer entre collaboration et résistance. Ce doit être épuisant, à la fin.

Santimaria fit mine de ne pas relever. Rasmussen se redressa et la pile de livres s'effondra sous ses fesses.

– Et les Allemands?

– Quoi, les Allemands?

– Est-ce vous qui avez permis à Jean-François de tisser des liens avec l'occupant?

– Vous savez, Niels, très vite Canonnier n'a plus eu besoin de moi pour faire son trou dans Paris occupé. Sa première *Jeanne d'Arc* avait remporté un vif succès; c'était une pièce qui présentait les Anglais comme d'affreux salauds. Dès lors, Jean-François bénéficiait de facto de la bienveillance, voire de la protection de ces messieurs de la Propaganda. Peut-être, en outre, a-t-il fait quelques rencontres utiles chez Anne-Cha, je ne le nie pas, mais c'est bien là que s'arrête mon rôle de protecteur ou de mentor. J'aimerais que les choses soient claires : j'ai fait bénéficier Jean-François de mes contacts à Vichy; en ce qui concerne les Allemands, c'est une frontière que pas une fois je n'ai eu le mauvais goût de franchir. Canonnier, lui, n'a pas eu cette pudeur. Ce qu'il a fait ou écrit à la fin de la guerre n'est ni de ma responsabilité ni de mon ressort.

– Quand l'avez-vous vu pour la dernière fois?

– Dans son théâtre, à l'Olivier, un soir de première.

Ce devait être tout début 43, pour la création de sa seconde pièce en tant que directeur.

– *La Passion de sainte Jeanne.*

– C'est ça.

Rasmussen laissa errer son regard sur cette mer de papier et de mots. Au-dessus de lui, une colonne de volumes aux coins cornés, à la couverture jaunie, menaçait de l'engloutir. Peut-être, en définitive, nourrissait-il ce vague espoir : remettre la main sur les premiers textes de Canonnier, ceux qu'il avait portés à la scène. Cela datait de cent siècles au moins. Depuis, le temps avait filé et Jean-François s'était égaré. Chaque témoignage venait le confirmer un peu plus, rongeant jusqu'aux derniers fondements de leur amitié.

Santimaria referma le rideau de fer qui coupait le hangar de l'extérieur, marcha en direction du Danois, piétinant les volumes sur son passage. Ils se retrouvèrent nez à nez dans la lumière des plafonniers. L'officier passa sa langue sur ses lèvres. Pour la première fois depuis la cathédrale, les médailles sur sa poitrine s'étaient remises à cliqueter.

– Je fais ce que je peux pour vous aider, Niels.

– Nous allons chez Anne-Cha ?

– Dans un instant. D'abord vous voudrez bien me rendre un petit service.

– Un service ?

– Vous possédez ce je-ne-sais-quoi que les Allemands avaient aussi. Un mélange de violence et de retenue que les Français n'ont pas. Évidemment, chez les Boches, il y avait aussi les bottes cirées.

Santimaria semblait chercher quelque chose parmi les livres, déchiffrant les couvertures comme s'il avait flâné entre les rayonnages d'une librairie de quartier.

Au bout de quelques secondes, il jeta son dévolu sur un petit tas et s'y agenouilla en murmurant : « Du Mauriac. Ce sera parfait. » Puis il défit sa ceinture et baissa son pantalon, exposant ses fesses d'une blancheur cadavérique aux yeux de Rasmussen. Il saisit les deux globes de chair entre ses mains et les écarta jusqu'à faire voir l'intérieur de son cul.

– Surtout ne t'embarrasse pas de préliminaires, mon grand. J'aime me faire prendre à sec.

Il attendait, offert, au milieu des ouvrages moisis et des déjections de rat. Ses testicules pendaient mollement dans le vide, comme les médailles de sa poitrine. Une main quitta sa fesse pour ôter le képi, puis elle revint sur la masse gélatineuse qui, sous l'effet du froid ou de l'excitation, se colorait de taches marbrées, tantôt rosées, tantôt bleuâtres.

Derrière lui, Santimaria entendit Rasmussen ôter son sac à dos, l'ouvrir, fureter dedans. Il entendit le bruit de ses pas. Puis il n'entendit plus rien à l'exception de la respiration du Danois, toute proche, dont il pouvait sentir le souffle tiède sur son crâne dégarni. Il écarta plus encore ses fesses et essaya de détendre son anus. Alors la culasse claqua dans le silence et le colonel français sentit le métal glacé s'enfoncer dans le gras de sa nuque.

Rasmussen se tenait au-dessus de lui, le canon du Luger entre deux plis de chair. Les breloques épinglées à sa veste jouaient un véritable concert, un carillon en mode mineur. Enfin le Danois fendit le silence d'un murmure guttural, appuyant ses mots de légers va-et-vient entre les bourrelets.

– Fais tes prières, salaud.

Santimaria, son pantalon sur les chevilles, agenouillé sur le petit tas d'ouvrages estampillés François Mauriac, emplit le hangar de sa ferveur. Au seuil de la mort, son *Ave Maria* survola chaque livre, gagna chaque recoin où se terraient les rats ; il monta au plafond, se dilata jusqu'à toucher les murs du purgatoire des auteurs. Son corps tout entier fut alors saisi par les spasmes, ses fesses s'agitèrent dans les airs et son cri résonna dans la nuit, puis il éjacula par longues giclées sur les couvertures d'un blanc jaunâtre, aux titrailles majuscules, qu'il s'était choisies en guise de prie-Dieu.

4

L'escalier de marbre était ceint d'une rampe en fer forgé, les murs parcourus de bas-reliefs richement sculptés. Ils passèrent une niche taillée à mi-chemin entre les deux premiers étages. Une Aphrodite dénudée y tenait la Pomme de discorde entre ses seins d'albâtre, et Santimaria, qui n'avait pas quitté son sourire en coin depuis l'avenue de la Grande-Armée, se mit à murmurer : « Comme la vertu, le vice a ses degrés… » Ils s'arrêtèrent devant une vaste porte ornée de volutes tourmentées. Une tête de chérubin y servait de heurtoir. L'officier saisit l'anneau de bronze que tenait le poupon joufflu dans sa bouche et frappa trois coups secs.

– Vous savez, Niels, tout à l'heure, dans le hangar, le contact froid du revolver… À l'occasion il faudra le refaire.

Rasmussen fixait le heurtoir. Les trois coups résonnaient en un écho lointain venu du fond de sa mémoire. Il finit par se tourner vers l'uniforme et le considéra comme s'il le voyait pour la première fois.

– Vous avez couché avec lui ?

– Avec qui ?

– Avec Jean-François.

Le sourire de Santimaria se fendit un peu plus.

– Seigneur, vous ne le connaissez pas tant que ça, votre ami, alors.

À l'intérieur, des pas claquèrent sur le parquet. La porte s'ouvrit et un domestique perruqué, vêtu d'une livrée dix-huitième, apparut sur le seuil. Il les examina d'un œil blasé, s'inclina avec cérémonie.

– Bonsoir, messieurs. Si vous voulez bien vous donner la peine d'entrer. Vous êtes attendus.

L'HÔTEL PARTICULIER

Vaudeville en un acte

Personnages

Jean Cocteau, la cinquantaine, poète, dramaturge, cinéaste, dessinateur,

Marcel Jouhandeau, la cinquantaine, chroniqueur, diariste,

Paul Léautaud, la septantaine, diariste, romancier,

Claude Roy, la trentaine, poète, résistant FFI,

Anne-Charlotte Chenonceau (dite « Anne-Cha »), la quarantaine, patronne des arts,

Jean-Benoît Santimaria, la quarantaine, historien, colonel FFI,

Lucien P., la vingtaine, comédien, résistant FFI,

Niels Rasmussen, la trentaine,

Valets, domestiques, sommeliers, bonnes, soubrettes…

Décor

La scène représente un intérieur décoré dans le style années 30. Canapés, fauteuils en soie d'un bleu foncé ; tapis persans, grands lampadaires, sculptures antiques. Lustre de cristal au plafond. Vaste buffet où s'accumulent champagnes et mets fins.

Les domestiques en livrée ne cesseront de circuler parmi les convives pour les servir et les desservir, dans une sorte de ballet silencieux et parfaitement réglé.

Lorsque Santimaria et Rasmussen font leur entrée, les autres personnages sont assis en fond de scène, de dos, face à des miroirs éclairés par des ampoules. Ils se lèvent tour à tour, dévoilant des visages exagérément grimés, contrastant avec le réalisme des costumes. Au gré des mises en scène, l'usage de masques et de postiches pourra venir remplacer les maquillages.

Anne-Charlotte Chenonceau sera accompagnée d'un chien pékinois en peluche, manipulé depuis les cintres par un marionnettiste, dont les jappements intempestifs viendront s'intercaler entre les dialogues.

Les acteurs diront leurs répliques sur un tempo rapide, sans aucun temps psychologique, comme s'ils avaient un besoin urgent d'aller au petit coin pour y pisser ou y vomir. Le rythme ira sans cesse s'accélérant, presto puis prestissimo, vers une sorte d'hystérie, jusqu'au terme du tableau.

ANNE-CHA. – Le voilà enfin, notre héros de la guerre ! Décidément vous vous y connaissez pour faire languir votre public, mon cher.

SANTIMARIA. – C'est qu'il m'a fallu enfiler mon costume de lumière. Tous ces boutons à boutonner, toutes ces médailles à épingler. Que croyez-vous ? Moi je ménage mes effets. Je ne suis pas du genre à faire mon entrée en pyjama et charentaises.

LÉAUTAUD. – C'est à moi que s'adresse cette pique ?

SANTIMARIA *(lissant son habit)*. – Alors, très chère, qu'en pensez-vous ?

ANNE-CHA. – Je meurs de faim. J'ai l'impression de ne pas avoir mangé de toute la guerre.

COCTEAU. – Dans l'armée comme dans les ordres, c'est le vêtement qui fait l'insigne dignité. Vous êtes, en somme, un prélat de la France nouvelle. Sans cesse vous nous rappelez à notre devoir de contrition et de prière. *Confiteor ! Confiteor !* Au fait, avez-vous poussé le détail jusqu'à tacher vos bottes d'un peu de sang teuton ?

SANTIMARIA. – Qu'en pensez-vous, Anne-Cha ? N'est-ce pas une tenue à faire tourner les têtes des femmes dans toutes les rues de Paris ?

JOUHANDEAU. – Et celles des hommes aussi.

LÉAUTAUD. – Vous ne croyez pas si bien dire, Jouhandeau. Ce sont plutôt les hommes qui, par les temps qui courent, font office de girouettes.

SANTIMARIA *(à Jouhandeau)*. – Comment se porte votre épouse, mon cher ?

JOUHANDEAU. – De jour en jour elle enlaidit. Une véritable sorcière. Au moment de sa mort, il n'y aura pas assez de place dans le catafalque pour mettre en terre toute cette laideur.

ROY. – Parlez-vous de votre femme ? Ou parlez-vous de la Nation ?

JOUHANDEAU. – Plaît-il ?

ROY. – Nos tribunaux et nos prisons ne sont plus assez vastes pour accueillir tous ceux qui se sont vautrés dans l'abjection pendant l'Occupation.

JOUHANDEAU. – Dois-je me sentir visé ?

ROY. – Pourquoi ? Vous avez quelque chose à confesser ?

JOUHANDEAU. – Ah, non ! Par pitié, épargnez-moi le petit jeu des interrogatoires ; les menaces, les intimidations, la lampe dans les yeux et autres effets de lumière… Ailleurs, oui, mais pas sur cette scène-ci. J'ai connu tout cela il y a quelques jours. J'en sors, j'en sors et n'en suis pas encore remis.

COCTEAU. – Vous avez été convoqué, vous aussi ?

JOUHANDEAU. – En compagnie de Montherlant, pour tout vous dire. Nous avons cru notre dernière heure arrivée, je peux vous le garantir.

COCTEAU. – Qu'avaient-ils encore à vous reprocher?

JOUHANDEAU. – Trois fois rien. De m'être rendu à Weimar en 41, en compagnie de quelques autres écrivains, à l'invitation de ce très cher Gerhard Heller.

ROY. – Le Congrès des écrivains français avait été orchestré par Goebbels en personne, vous n'êtes pas sans le savoir, et non par un petit lieutenant de la Propagandastaffel.

JOUHANDEAU. – J'ai souhaité faire de mon corps un pont fraternel entre l'Allemagne et nous. Où était le mal? Où était l'erreur?

ROY. – Peut-être dans le fait que les nazis ne partageaient pas votre vision fraternelle de la guerre?

JOUHANDEAU. – Jeune homme, en 40, j'ai observé de très près ce qui s'est passé, et il est indéniable, à moins d'être de mauvaise foi, qu'après leur victoire les Allemands auraient pu nous traiter plus mal.

ROY. – Je ne sais pas ce qu'il vous faut pour vous sentir maltraité.

JOUHANDEAU. – À Weimar, j'ai pu vivre quelques jours dans l'intimité de ces gens hier nos ennemis. Leur délicatesse à mon égard me confond aujourd'hui encore. C'est tout ce que j'ai à dire.

ROY. – Certains parmi les miens défendent l'idée qu'il faudrait envoyer tous les collabos directement au cimetière.

SANTIMARIA. – Eh bien? Qu'en pensez-vous, mon cher?

ROY. – Pour ma part, je suis encore en train d'y réfléchir.

ANNE-CHA. – Messieurs, j'aimerais porter un toast – tchin-tchin! – à la littérature et aux littérateurs!

TOUS. – À la littérature et aux littérateurs!

Ils trinquent.
Le pékinois aboie.

LÉAUTAUD. – *Certains parmi les miens*, disiez-vous tout à l'heure?

ROY. – Je parlais du Parti, bien sûr.

LÉAUTAUD. – Ah oui, j'oubliais... Ce cher Roy s'est drapé depuis peu d'une étoffe rouge sang frappée d'un ou deux outils paysans. Vous n'en êtes plus à un revirement près, n'est-ce pas, mon cher?

ROY. – Qu'est-ce que vous insinuez là?

LÉAUTAUD. – N'écriviez-vous pas dans *L'Action française* il y a encore deux ou trois ans? Et ne travailliez-vous pas pour la radio de Vichy il n'y a pas si longtemps?

COCTEAU. – De Pétain à Staline, d'un maréchal à l'autre il n'y a qu'un pas, n'est-ce pas.

JOUHANDEAU. – Avez-vous lu cet article paru dans *L'Humanité* au début de l'année? « La haine est un devoir national », je me souviens très bien du titre. C'était à vous faire dresser les cheveux sur la tête.

ANNE-CHA. – Messieurs, par pitié, pas de politique avant le dessert! Ici l'on s'en tient aux bons mots, aux beaux-arts et aux bonnes manières. C'est ce qui nous a permis de traverser tranquillement la guerre.

LÉAUTAUD. – Tranquillement, c'est vite dit.

ANNE-CHA. – Tchin-tchin!

TOUS. – À la littérature et aux littérateurs!

Ils trinquent.
Le pékinois aboie.

COCTEAU. – Comme vous avez raison, ma chère. À aucun prix ne se laisser distraire des choses sérieuses par la frivolité des militaires. D'autant que nous accueillons un nouveau personnage au sein de notre farandole du samedi soir. *(À Santimaria.)* D'où nous le sortez-vous, ce blond bûcheron? D'une forêt des Carpates?

SANTIMARIA. – Imaginez-vous qu'il nous vient du Danemark.

ANNE-CHA. – Du Danemark? Mais Dieu qu'il doit faire froid là-bas! Parle-t-il notre langue, au moins?

SANTIMARIA. – Il parle français comme vous et moi, ma chère. D'après ce que j'en sais, sa mère est bigoudène.

ANNE-CHA. – Dommage. Je me serais volontiers dévouée pour lui apprendre les rudiments de notre grammaire.

JOUHANDEAU. – À qui le dites-vous, très chère.

SANTIMARIA. – Il n'est guère bavard, mais il ménage de temps à autre quelques jolies surprises, je viens tout juste de le découvrir lors d'un petit détour par l'avenue de la Grande-Armée.

ANNE-CHA. – Alors tout est pour le mieux. Je n'ouvre ma porte qu'à ceux qui viennent y jouer une musique des plus extravagantes.

LÉAUTAUD. – Ou bien à ceux qui la défoncent à coups de botte.

COCTEAU. – Et comment se nomme notre bûcheron danois ?

RASMUSSEN. – Niels.

ANNE-CHA. – Vous connaissez tout le monde de réputation, je pense, mis à part peut-être notre petit Lucien. Approchez, Lucien, ne soyez pas timide. Ne prenez pas l'excuse de la jeunesse pour rester dans votre coin. Lucien est encore tout récent parmi mes invités. Venez serrer la main à notre colosse tout juste débarqué de son drakkar. Seigneur, je sens que nous allons follement nous amuser ce soir.

RASMUSSEN. – Il me semble avoir vu votre visage quelque part.

LUCIEN. – Cela n'a rien d'étonnant. Je suis acteur.

RASMUSSEN. – Dans quoi avez-vous joué récemment ?

LUCIEN. – *Un ami viendra ce soir*. Grosses recettes, grosse presse, gros succès.

RASMUSSEN. – Qu'est-ce que ça racontait ?

LUCIEN. – L'histoire d'un groupe de courageux résistants face aux salauds nazis.

LÉAUTAUD. – La Résistance est à la mode en ce moment. Des milliers de bonnes gens viennent applaudir la tirade du petit maquisard et siffler l'agent allemand.

ROY. – Et alors ? Que trouvez-vous à y redire ?

LÉAUTAUD. – Ce n'est plus du théâtre, c'est du sens commercial, voilà tout.

LUCIEN. – Détrompez-vous. C'est du théâtre-vérité.

COCTEAU. – Le « théâtre-vérité »… Qu'est-ce encore que cet olibrius ?

LUCIEN. – Il s'agit de faire voir au spectateur le reflet exact de la réalité.

COCTEAU. – Rien que ça. Et comment, je vous prie, mon ami, parvenez-vous à cet exploit ?

LUCIEN. – Tout se joue dans le jeu des acteurs et dans la minutie de la reconstitution. Au lieu de paraître, de faire semblant, d'endosser un masque ou un costume, nous *sommes* véritablement les personnages.

COCTEAU. – De sorte que, pour incarner les méchants de l'histoire, il vous faut embaucher un bataillon d'anciens SS. Ces acteurs-là se font rares, ces temps-ci. Comment avez-vous complété votre distribution ?

ROY. – Ce ne sont pas les anciens collabos qui manquent. Il n'y a qu'à leur coller un uniforme noir et une casquette à tête de mort.

LUCIEN. – Je faisais plutôt allusion aux rôles de résistants.

COCTEAU. – J'avoue pourtant ne pas très bien saisir. Pour moi, le théâtre est une représentation poétique. Un miroir de la vie, certes, mais un miroir déformant.

LUCIEN. – C'est que vous n'êtes pas venu voir *Un ami viendra ce soir*.

COCTEAU. – Je le confesse, j'avais d'autres engagements ce soir-là. Et puis, je manque d'intelligence et de talent pour apprécier votre théâtre-vérité, mon garçon. Face à votre jeunesse, je ne suis probablement qu'un vieux barbon qu'il faut d'urgence mettre au rancart.

LÉAUTAUD. – Ce n'est pas votre fringant Jean Marais qui dira le contraire.

JOUHANDEAU. – Mon cher Léautaud, parfois vous êtes ignoble.

LUCIEN. – Les spectateurs m'applaudissent parce qu'ils savent que je ne joue pas. Je *suis*. *(À Rasmussen.)* Mon plus beau rôle, vous comprenez, je l'ai joué un brassard FFI au biceps sur les barricades de la Libération, les vraies.

RASMUSSEN. – Où ça précisément ?

LUCIEN. – Aux Batignolles. Du côté de la gare.

RASMUSSEN. – La rue des Moines, vous connaissez ?

LUCIEN. – J'y ai serré quelques salauds à l'angle de l'avenue de Clichy. Ils sont à Fresnes en ce moment.

RASMUSSEN. – Je vois.

LUCIEN. – Pourquoi me demandez-vous cela ?

RASMUSSEN. – Pour rien. Je vous resitue, maintenant. Je vous ai vu sur une affiche. Devant le théâtre de l'Olivier. Vous vous rappelez peut-être y avoir joué ?

ROY. – L'Olivier ? N'était-ce pas le théâtre du collabo Canonnier ?

ANNE-CHA. – Et si nous passions au plat de résistance ?

COCTEAU. – Décidément, ma chère, votre esprit et votre champagne nous réconcilient tous. *(À Rasmussen.)* Et vous, alors, que faisiez-vous pendant la guerre ?

ANNE-CHA. – Tchin-tchin !

TOUS. – À la littérature et aux littérateurs !

Ils trinquent.
Le pékinois aboie.

ANNE-CHA *(à Rasmussen)*. – J'avoue ne rien connaître à la première mais je me targue de bien connaître les seconds. En revanche, je n'ai jamais rencontré de bûcheron. Ce doit être passionnant de vivre dans les bois, non ?

LÉAUTAUD. – Il me semble que notre nouvel invité a tout du jeune paon.

ANNE-CHA. – Mais de qui parlez-vous ? De notre colosse danois ?

LÉAUTAUD. – Non, de votre acteur, là-bas. Celui qui fait dans le théâtre-vérité.

JOUHANDEAU. – Seigneur, cela me rappelle le bon vieux temps.

ROY. – Mais encore ?

JOUHANDEAU. – Je me souviens d'une conversation avec Jünger, ici même, pendant la guerre. Déjà le sujet tournait autour des paons.

ROY. – Décidément.

JOUHANDEAU. – Vous en souvenez-vous, Jean ?

COCTEAU. – Cela me revient, maintenant. Jünger s'étonnait que le paon déchargeât violemment au moment de faire la roue. Pur narcissisme, lui expliquai-je.

ROY. – Mais de quelle décharge parle-t-il ?

LÉAUTAUD. – Pas celle d'une mitraillette, rassurez-vous, Roy.

COCTEAU. – Et qui disait encore que les mères qui allaitent en Orient absorbent un peu d'urine de leur enfant ? Paraît-il que cela rend leur lait meilleur.

JOUHANDEAU. – Jünger encore. Ce soir-là vous avez prétendu qu'un prestidigitateur hindou avait brûlé votre mouchoir à une distance de vingt pas.

COCTEAU. – Pure vérité.

JOUHANDEAU. – Puis vous avez soutenu que les Anglais, dans les cas urgents, se servent des indigènes pour transmettre les nouvelles par télépathie car le moyen est plus rapide que la radio.

COCTEAU. – Pure vérité encore.

JOUHANDEAU. – Comme nous nous amusions alors. *(À Rasmussen.)* Et vous, mon cher, que faisiez-vous pendant la guerre ?

ANNE-CHA. – Tchin-tchin !

TOUS. – À la littérature et aux littérateurs !

Ils trinquent.
Le pékinois aboie.

SANTIMARIA. – Ce champagne est exquis.

JOUHANDEAU. – Il y a tout de même des choses qui ne changent pas.

COCTEAU. – Je ne sais plus qui disait que Paris pendant l'Occupation n'avait pas changé davantage qu'une femme qui aurait mis une autre robe.

LÉAUTAUD. – Un autre uniforme, voulez-vous dire…

SANTIMARIA. – Certes, les vainqueurs de 44 ne sont plus ceux de 40.

LÉAUTAUD. – Vous ne parlez pas pour vous, j'espère ?

SANTIMARIA. – Mais si, mais si…

LÉAUTAUD. – Quelle drôle de conception de l'Histoire. C'est l'hôpital qui se moque de la charité.

SANTIMARIA. – Vous n'allez pas m'apprendre mon métier, tout de même ?

LÉAUTAUD. – J'oubliais que vous vous prétendiez historien.

SANTIMARIA. – Mais si, mais si… D'ailleurs je prépare un vaste ouvrage de référence sur l'histoire de la guerre.

ROY. – De quelle guerre parlez-vous ?

SANTIMARIA. – Mais de la Grande, bien sûr, de la Première.

COCTEAU. – Sage précaution, mon cher… Et quel sera votre point de vue ?

SANTIMARIA. – Celui des vainqueurs, bien sûr.

LÉAUTAUD. – Est-ce à dire qu'il faille qualifier la seconde de Petite ?

SANTIMARIA. – Évidemment non. Simplement les historiens n'ont pas encore leur rôle à jouer dans le récit de l'Occupation. Faut-il rappeler que l'armistice n'a pas encore été signé et que l'Europe est officiellement toujours en guerre ? Il est encore trop tôt pour écrire l'Histoire.

LÉAUTAUD. – Les vainqueurs n'ont-ils pas été clairement désignés par son grand balancier ? Ce sont eux qui demain rédigeront les manuels de nos écoliers. Votre point de vue est tout trouvé !

JOUHANDEAU. – En attendant, ce sont les philosophes et les romanciers qui occupent le terrain. Et Dieu sait si ces gens-là sont capables de dégâts.

SANTIMARIA. – Pour le moment, mon cher, la Justice s'agite en tous sens, elle occupe le terrain. On estime en haut lieu qu'il y a urgence à épurer.

ROY. – Quelle bonne surprise de vous l'entendre dire !

LÉAUTAUD. – Quelle horreur ! Le grand ménage entrepris dans tous les tribunaux de France est digne de 1793.

ROY. – Et qu'avez-vous contre Saint-Just et la Terreur ?

LÉAUTAUD. – Je m'étonne que l'on n'ait pas encore arrêté le vendeur de journaux installé à l'entrée du jardin du Luxembourg. Après tout il a gagné sa vie pendant quatre ans en vendant à tue-tête *La Gerbe* et *Je suis partout*. Je vous le dis, tout ceci n'est qu'une farce macabre. Un spectacle de Grand-Guignol.

SANTIMARIA. – Précisément. Attendons que le ménage soit fait. Ensuite, et seulement ensuite, ce sera au tour des historiens de rétablir le vrai sens de l'Histoire. Faire le tri parmi les fictions et les contre-vérités. Dévoiler l'étendue des mensonges racontés aux Français. Il y en a pour au moins cinquante ans de travail.

LÉAUTAUD. – Et, le moment venu, c'est à vous, Santimaria, qu'incombera cette charge ?

SANTIMARIA. – Précisément.

LÉAUTAUD. – Pauvre France…

JOUHANDEAU. – Et quand, d'après vous, la Justice aura-t-elle achevé sa mission d'épuration ?

SANTIMARIA. – Quand les vainqueurs auront châtié tous les vaincus.

JOUHANDEAU. – Quand fichera-t-elle enfin la paix à nombre d'innocents inquiets ?

SANTIMARIA. – Bientôt.

JOUHANDEAU. – C'est-à-dire ?

SANTIMARIA. – Lorsqu'elle aura jugé Pétain.

ROY *(à Rasmussen)*. – Et vous, où étiez-vous pendant la guerre ?

ANNE-CHA. – Tchin-tchin !

TOUS. – À la littérature et aux littérateurs !

Ils trinquent.
Le pékinois aboie.

COCTEAU. – Et alors ? Le vieux mérite-t-il la mort ?

ROY. – Sa responsabilité est immense.

JOUHANDEAU. – Certains le voient au contraire comme l'ultime protecteur de la France.

SANTIMARIA. – Le peuple jugera en son âme et conscience.

LÉAUTAUD. – Le peuple ?... Qu'est-ce que c'est que ça, le peuple ? Vous souvenez-vous de ce sondage réalisé l'année dernière ? « Faut-il infliger une peine au Maréchal ? » À près de 60 % votre peuple français répondait non à la question.

COCTEAU. – Quand, dans ce même sondage, il approuvait l'arrestation de Sacha Guitry à une large majorité.

LÉAUTAUD. – Allez comprendre ce que désire le peuple.

RASMUSSEN *(à Anne-Cha)*. – Mais qu'avez-vous donc mis dans votre champagne ?

ANNE-CHA *(à Rasmussen)*. – La tête vous tourne, mon ami ?

ROY. – Il est vrai que Guitry n'a pas mené sa barque aussi bien que vous l'avez su faire. Il faut tout le talent d'un habile dessinateur pour effacer les petites et les grandes compromissions de la guerre.

RASMUSSEN *(même jeu)*. – Un coup de fatigue. Je dors très peu.

COCTEAU. – Qu'allez-vous chercher là, mon cher ?

ANNE-CHA *(même jeu)*. – Voulez-vous passer un instant dans mon petit salon rouge ?

ROY. – « Je vous salue, Breker. Je vous salue de la haute patrie des poètes, patrie où les patries n'existent pas ! » Vous souvenez-vous de cette ode au sculpteur officiel de Hitler ?

COCTEAU. – Fort bien. C'est moi qui l'ai écrite.

ROY. – Comment justifiez-vous cela ?

COCTEAU. – J'aime le beau.

ROY. – Le beau ?

RASMUSSEN *(même jeu)*. – Votre petit salon rouge ?

ROY. – Des canassons géants affligés de valseuses d'une tonne chacune !

ANNE-CHA *(même jeu)*. – C'est là que j'y rencontre mes amis en privé.

COCTEAU. – Le goût est une affaire toute subjective, vous en conviendrez avec moi, mon cher Roy.

RASMUSSEN *(même jeu)*. – Y avez-vous jamais emmené Jean-François Canonnier ?

ROY. – Et vos multiples déjeuners avec Gerhard Heller, chez Prunier, rue Duphot ?

COCTEAU. – Que voulez-vous, mon ami, j'aime le bon vin et la bonne chère.

ANNE-CHA *(même jeu)*. – Vous vous intéressez à Canonnier ?

ROY. – Et d'où vous venait l'*Ausweis* vous permettant chaque nuit de vous soustraire au couvre-feu ?

RASMUSSEN *(même jeu)*. – Avant-guerre, il était de mes amis.

COCTEAU. – Je suis un oiseau nocturne, vous le savez fort bien. Depuis toujours, Paris est mon terrain de jeu. M'enfermer chaque soir dès dix heures, c'était me tuer à petit feu.

ANNE-CHA *(même jeu)*. – Et depuis ?

RASMUSSEN *(même jeu)*. – Vous avez couché avec lui ?

ROY. – Et votre adresse, dans *La Gerbe*, aux jeunes écrivains français, les incitant à prendre part au nouvel ordre européen ?

ANNE-CHA *(même jeu)*. – Vous le connaissez bien mal, votre ami.

COCTEAU. – C'était en 40, si je me souviens bien, autant dire il y a un siècle. D'ailleurs, à l'époque, n'étiez-vous pas vous-même maurrassien ?

ROY. – Décidément Cocteau, vous êtes insaisissable !

COCTEAU. – Et je le revendique ! Jamais là où l'on m'attend. Depuis cinq ans les collabos me traitent de gaulliste et les gaullistes de collabo.

ANNE-CHA *(même jeu)*. – Venez, Niels, dans le petit salon rouge. Que je vous parle plus en détails de Jean-François.

COCTEAU. – Avouez pourtant que pendant l'Occupation, *Je suis partout* m'a mené la vie rude. Mes pièces sans cesse interrompues par la clique à Laubreaux. Acteurs précipités dans la fosse, boules puantes répandues dans la salle, cris, bagarres…

RASMUSSEN *(même jeu)*. – Je vous préviens que je suis ivre, ma chère.

COCTEAU. – Quand mes pièces n'étaient pas tout bonnement interdites par la censure française pour outrage aux bonnes mœurs !

ROY. – Vous saviez bien solliciter l'occupant boche pour outrepasser ces interdictions.

COCTEAU. – Peut-être faisiez-vous partie de ces commandos de censeurs ? Après tout, Brasillach était de vos amis…

ROY. – Cocteau, je vous en prie !

SANTIMARIA. – Mais vous partez déjà, ma chère ?

ANNE-CHA. – J'emmène notre bûcheron se reposer dans le petit salon.

SANTIMARIA. – Sage précaution. Je lui trouve le teint pâle.

LUCIEN. – Mais n'était-ce pas à moi que vous aviez promis ?…

ANNE-CHA. – Il faudra passer votre tour. Ce soir, je joue les infirmières. Je dois avoir dans mes affaires une blouse blanche de chez Rochas. Ne vous inquiétez pas. Nous vous rejoindrons tous pour le dessert.

LÉAUTAUD. – Vous n'oublierez pas mon petit colis, très chère ?

ANNE-CHA. – Nourriture pour vos bêtes et cinq paquets de tabac. L'ai-je jamais oublié une seule fois ?

Anne-Cha s'éclipse,
suivie de Rasmussen et du pékinois jappant.

COCTEAU *(à Roy)*. – Je vous demande pardon, mon cher. Il est vrai qu'à l'inverse de Mauriac et Camus vous n'avez pas daigné signer la pétition qui réclamait que la condamnation à mort de Brasillach fût commuée. L'écrivain doit assumer, n'est-ce pas. Ses mots sont forgés à jamais dans l'airain, pour le meilleur et pour le pire. Qu'importe !

Le destin du poète ne change pas. Mon royaume n'est pas de ce monde et ce monde m'en veut de ne pas suivre ses règles. Je souffrirai toujours la même injustice…

On entend soudain le pékinois japper furieusement en coulisses. Rasmussen revient sur scène, hagard. Il porte le chien en peluche sous son bras. Les fils qui le reliaient au marionnettiste ont tous été tranchés et traînent lamentablement au sol.

LÉAUTAUD. – Mais qu'a fait ce fichu bûcheron à ce pauvre chien ?

Noir.

5

La servante baignait le plateau de sa clarté froide, traçait un chemin de lumière dans l'allée centrale. Dans la pénombre, les fauteuils d'orchestre semblaient des vaguelettes noirâtres au-dessus desquelles il lui faudrait voler pour accéder à la scène. Le silence. Il n'y avait que le souffle de sa respiration et le grésillement de l'ampoule tout au fond. Il s'ouvrait aux odeurs, aux silhouettes familières, aux sensations de déjà-vécu qui font les instants rassurants et apaisent les battements du cœur. Ce monde de carton-pâte et de projecteurs, c'était le sien. Il s'y sentait chez lui. La comédie de boulevard dont il sortait – l'hôtel particulier, la riche bourgeoise et les littérateurs – lui paraissait, en comparaison, fausse et outrancière.

Le chauffeur de Madame l'avait reconduit dans la Bugatti bleu nuit. Il s'était allongé sur la banquette arrière, ivre mort, dans l'odeur écœurante de la sellerie tout cuir, et Paris s'était mis à défiler, immense décor, rouleau de papier qu'un machiniste faisait tourner pour donner l'illusion du mouvement. Mêmes monuments, mêmes réverbères, mêmes plaques de rue. Mêmes masques, aussi, en papier mâché, qui tournoyaient en une farandole sans fin ; ceux du major Turnbull et de Munk le Danois ; de Julot le STO, de Bianchi l'avocat, du régisseur Balard ; et l'amiral von Friedeburg, et le colonel Santimaria, et Cocteau, et Jouhandeau, et Léautaud, et Roy. Jusqu'au pékinois d'Anne-Cha. Chacun se collait aux vitres tandis que, derrière, la place de l'Étoile, carrousel géant, tournait, tournait, tournait. Ils riaient de lui. Ils le désignaient du doigt. Ils se moquaient en se poussant du coude. Seule Sarah était absente. Il convoquait son visage, mais l'aimée demeurait en arrière-plan, cachée en coulisses, à l'ombre des projecteurs. Il ne distinguait que sa chevelure, s'accrochait aux flammèches rousses qui dansaient dans le noir. Dans la vie de Niels Rasmussen, les êtres ne faisaient que passer, entrant à cour et sortant à jardin, livrant leurs répliques, les laissant s'évanouir sans qu'il pût les retenir. Combien de coupes de champagne avait-il bu ?

Il avança dans l'allée et trébucha sur les marches qui menaient au plateau. Il fixa le bûcher. Les ambitions de son ami s'y étaient consumées soir après soir. Il n'en restait que des escarbilles, des feuillets à moitié calcinés, des cendres de répliques, qui se répandraient aux quatre vents et que le théâtre oublierait vite. Au poteau sinistre dressé au-dessus du mamelon de fagots, il voyait Jean-François attaché, prêt à être fusillé. Tout se jouerait lundi. Quatre jurés décideraient de son sort sans qu'il soit possible de les fléchir. À moins d'entrer dans la danse. À moins de satisfaire à la demande de Bianchi et de plaider sa cause lors du procès. Par les temps qui couraient, le statut de résistant était une monnaie d'échange négociée à prix d'or au Palais de justice, au même titre que les jambons dans les officines du marché noir. Pour venir en aide à

Canonnier, il fallait que Rasmussen solde son procès avec un peu d'avance. L'Olivier servirait de salle d'audience. Il n'en trouverait pas de meilleure. Leur amitié s'était scellée sur ces planches. Sur ces planches elle se déferait s'il décidait de ne pas lui prêter assistance. Il ne lui restait que trente-six heures pour savoir, comprendre peut-être, accumuler témoignages et preuves, puis pour céder, ou non, à cette passion française qui consistait à s'ériger en procureur.

Le bilan de sa journée lui sembla dérisoire. Bien sûr, il en avait appris beaucoup sur le parcours de Jean-François durant la guerre. Son premier hiver de misère. Ses erreurs. Ses compromissions. Son opportunisme. Cependant, une mise en perspective paraissait impossible. Les cadres de référence avaient explosé. Quelques hommes de bonne volonté, ceux-là mêmes qui pendant cinq ans s'étaient conduits de manière exemplaire, tâchaient tant bien que mal de rebâtir un système de valeurs. Mais leur discours se perdait dans la cacophonie ambiante et les excès de l'épuration. Certains dénonçaient la clémence des tribunaux à l'égard des industriels qui avaient fait tourner leurs usines à plein régime pour nourrir l'ogre allemand. Les carnets de commandes n'avaient pas désempli de l'Occupation. Comme les théâtres parisiens. Qui était le plus coupable ? L'artiste ? L'entrepreneur ? Qui méritait de vivre, qui méritait de mourir ? Les paroles de Santimaria lui revenaient en mémoire. Peut-être était-il trop tôt pour faire l'Histoire. Mais n'était-il pas déjà trop tard pour rendre la justice ?

Rasmussen saisit la servante et s'en fut jusqu'au bas de la muraille en papier mâché, si colossale, en réalité si fragile et légère. Spectre dans la nuit, il errait, la lumière dans une main et son indécision dans l'autre.

Passé de l'autre côté du rempart, il scruta les pages des journaux. Il déplaçait l'ampoule, à droite, à gauche, revisitait, avec chaque article, les heures sombres de la capitale. Sous le pont-levis factice, il dénicha la couverture et trois pages arrachées de la revue *Signal*. S'y étalait un reportage daté de 1942, consacré à l'exposition Arno Breker au musée de l'Orangerie. L'hommage de Cocteau au sculpteur favori d'Hitler s'affichait en lettres capitales. Le poète figurait d'ailleurs en bonne place sur la plupart des illustrations, un verre à la main, entouré d'officiers allemands et d'artistes français. Aux côtés des Van Dongen, Vlaminck, Derain ou Belmondo, il découvrit la silhouette rondouillarde de Jean-Benoît Santimaria, debout derrière un micro, le doigt en l'air, en plein discours. La légende précisait qu'il avait été chargé de l'organisation de la manifestation. Rasmussen eut un sourire mauvais. Le colonel de pacotille avait pourtant juré ses grands dieux qu'il n'avait pas frayé avec l'occupant.

Sur sa gauche, comme remontant le fil des événements, il tomba sur un article paru début 41 rendant compte de la venue à Paris du Schiller Theater de Berlin pour une série de représentations à la Comédie-Française. À cette occasion, l'ambassadeur d'Allemagne avait convié le gratin du théâtre parisien à une fastueuse réception dans ses locaux de l'hôtel Beauharnais. *Monsieur et Madame Abetz ont invité les acteurs français. Plus de six cents artistes ont répondu présent.* Sur les illustrations, on retrouvait les mêmes élégants trinquant avec des officiers allemands. Les mêmes sourires de façade, les mêmes frimousses d'actrices, les mêmes complicités de circonstance. Et, au détour d'un cliché, Santimaria encore, serrant la main d'un officiel, arborant le même sourire mielleux qu'à l'intérieur de la Studebaker.

Les idoles d'hier, les fondateurs du Cartel, Dullin, Baty, s'y trouvaient aussi, petit-four à la main. Ils avaient accepté des responsabilités dans la France de Vichy, dans Paris occupé, nommés par l'Allemand à la tête de l'Association des théâtres parisiens. Dullin, Baty. Les mêmes que le Front populaire, en 1936, avait appelés à former un comité à la tête du Français. Dullin encore, qui avait pris la direction de l'ex-théâtre Sarah-Bernhardt rebaptisé théâtre de la Cité. Seul Jouvet manquait à l'appel. Où était-il pendant la guerre ? Avait-il choisi une autre manière de faire vivre son art et de sauver l'honneur ?

Une ultime illustration attira son attention ; il s'accroupit et l'ampoule brûlante de la servante entra en contact avec la colle du mur. Tandis qu'au premier plan un groupe fixait l'objectif en souriant béatement, Jean-François, une flûte à la main lui aussi, se tenait un peu en retrait, de profil, presque de trois quarts, comme s'il cherchait à se dissimuler derrière le phénoménal chapeau à fleurs d'une actrice anonyme. C'était bien lui, épinglé sur cette paroi de la honte qui commençait à cramer et dégageait une odeur d'empois brûlé. C'était Santimaria qui avait dû l'amener là. Ensemble, ils avaient imaginé la renaissance de l'Olivier sous l'égide de la Révolution nationale. L'hiver 41 correspondait à leurs premières démarches pour obtenir l'autorisation de rouvrir. Quelle meilleure opportunité que ce cocktail où se pressaient artistes, collaborateurs français et haut gradés allemands ?

Nez au mur, pendant que la chaleur de l'ampoule lui brûlait la joue, le Danois scrutait cette image au grain grossier, essayant d'y déceler la clé du mystère Canonnier. C'était peut-être là, durant ce pince-fesses, que tout avait commencé. Les poignées de main, les présentations, l'engrenage de la compromission. Jean-François le miséreux, Jean-François le passionné avait-il entrevu la perspective du succès au milieu de ce parterre de comédiens et d'auteurs occupés à paraître, à s'entremettre, à se caser, à solliciter la bienveillance de la Propagandastaffel, à s'immiscer dans les petits papiers de monsieur l'ambassadeur ?

L'espace de quelques mois, Jean-François s'était enivré de cette vie-là. Le succès de sa première *Jeanne*. La complaisance de la presse et le public qui se pressait aux portes de l'Olivier dont il était le nouveau directeur. Puis il y avait eu le virage de 1942, quand tout ce beau monde avait saisi que cela ne durerait pas. Lui, il n'avait rien vu venir. Il avait tiré tout droit, dans une sortie de route spectaculaire. Ou bien était-il volontairement allé dans le décor ? Le mot rôdait dans sa mémoire – *suicidaire* –, Rasmussen ne parvenait pas à s'en affranchir, pas plus qu'à se détacher de cette photographie qui brunissait doucement. L'image de Jean-François se consumait à petit feu. Bientôt son visage ne serait plus qu'une tache noirâtre, parmi des centaines d'autres qui s'étaient eux aussi dissous dans l'air du temps.

Un coin de l'article brûlait pour de bon. La servante mettait le feu au mur ; des flammèches s'échappaient du point de contact avec l'ampoule. La muraille de la honte allait partir en fumée, puis le théâtre tout entier. L'Olivier, sa scène où trônait le bûcher, ses fauteuils d'orchestre et son unique balcon aux dorures défraîchies baignaient dans la pénombre. Rasmussen pensait aux trois pièces qu'il y avait montées, à Raymond Birault, à ce que Jean-François était avant la guerre, à la soirée à l'Athénée où il avait fait sa connaissance. Alors il écarta la lampe, se releva en titubant, puis sortit sa verge et se laissa aller, noyant le début d'incendie, le papier rougeoyant et la colle fondue, Son Excellence l'ambassadeur Abetz et les six cents artistes de théâtre parisiens sous un jet d'urine parfumé au champagne.

Il se rajusta et, se servant de la servante comme d'une béquille, il erra parmi les décors. Il s'emmêla dans le fil électrique, tourna sur lui-même pour s'en libérer et fut pris d'une irrépressible envie de vomir.

Il sortit de scène en faisant trembler les planches, fila à travers les coulisses et s'engouffra dans les loges. Il eut tout juste le temps d'atteindre le petit lavabo encastré dans un angle de la pièce.

Il resta là un long moment, le souffle court, le front luisant, penché au-dessus de l'entonnoir qui engloutissait son trop-plein d'informations et de souvenirs. Ses doigts s'agrippaient à l'émail craquelé par le temps, jauni par le fond de teint des comédiens qui y rinçaient leurs pinceaux et leurs éponges après chaque représentation.

Rivé à une cuvette, c'était précisément la position de Jean-François quand il l'avait retrouvé dans les toilettes de ce restaurant de Clermont-Ferrand où ses parents les avaient invités à dîner. Ils y étaient passés ensemble en 1937, un peu avant Noël, au détour d'une tournée qui les avait menés sur les routes une partie de l'hiver. Clermont-Ferrand, Puy-de-Dôme. Après la mort de son père au Chemin des Dames, encore enfant, Jean-François y avait déménagé lorsque sa mère s'était remariée avec un ingénieur de chez Michelin. Il y avait passé toute sa jeunesse. Son beau-père avait tenté de l'éduquer à sa manière, pour en faire à son tour un spécialiste du pneu.

Ce soir-là, ils jouaient *Krankenstein*. Une réécriture du mythe de Frankenstein créée à l'Olivier quelques semaines plus tôt. Au-delà de l'esthétique gothique et grand-guignolesque, l'auteur avait brossé un portrait de famille, celui d'une dynastie obsédée par la volonté de reproduire ses valeurs et de préserver son statut social. Victor K. était ainsi le produit d'une longue lignée, un clone ultime à l'éducation sans cesse affinée depuis des générations. Il laissait pourtant entrevoir les signes précurseurs de la dégénérescence, à moins qu'il ne manifestât ainsi le désir de s'affranchir de l'étau familial. Il sombrait dans l'obsession macabre de la chair et du sang; tournait le dos à l'amitié et à l'amour, s'enfermait dans l'imaginaire jusqu'à perdre tout contact avec la réalité. Il passait ses nuits dans les cimetières à déterrer les morts et concevait une créature, un fils constitué d'un assemblage de jambes et de bras minutieusement sélectionnés. Mais l'héritier idéal se révélait monstrueux.

La mère et le beau-père de Jean-François avaient assisté à la pièce en voisins. Après la représentation, ils les avaient emmenés dîner, Rasmussen et lui, dans une brasserie proche du théâtre. Le beau-père avait commandé du gigot brayaude pour quatre, puis coincé sa serviette dans son col avant de demander :

– Alors ? Ça va ? Qu'est-ce que vous faites à Paris ?

– Ce que je fais, vous venez de le voir, vous venez d'y assister.

– Alors c'est ça que vous faites ? Des comédies, du Grand-Guignol ?

– Vous avez trouvé ça drôle, monsieur ?

– Vous ne m'appelez plus papa ?

– Vous avez trouvé ça drôle, *papa ?*

– Modérément. Je ne suis pas certain d'avoir tout compris. Mais après tout, je ne suis pas un spécialiste.

– Qu'est-ce que vous n'avez pas compris ? C'est pourtant simple. Cette histoire, vous la connaissez par cœur, n'est-ce pas, papa ?

Un garçon avait apporté des apéritifs. Rasmussen avait été tenté de lever son verre pour détendre l'atmosphère mais la mère de Jean-François avait interrompu son geste :

– Alors tout va bien, à Paris ? Tu as de quoi manger ? Tu as besoin d'argent ?

Son fils ne lui avait pas accordé un regard.

– N'est-ce pas, *papa* ?

Après avoir dit le bénédicité et s'être signé, le beau-père avait goûté le vin blanc, puis avait reposé son verre dans une grimace.

– Il n'est pas assez frais. Je vais lui sonner les cloches, au serveur.

– Je n'écris pas que des comédies, vous savez.

– Ah non ? Et qu'est-ce que vous écrivez encore ?

– En ce moment, je travaille sur une pièce de guerre.

Rasmussen jouait avec ses couverts. La mère avait fini par lever son propre verre.

– Une pièce de guerre ? Mais qu'est-ce que ça veut dire, une pièce de guerre ?

– C'est pourtant clair, maman.

– Comment peut-on raconter la guerre au théâtre ? Ça ne se passe pas à l'intérieur, la guerre.

– Tu n'as qu'à venir, maman. Tu n'as qu'à quitter Clermont-Ferrand et monter voir ce que Niels et moi nous fabriquons.

– Oh, moi tu sais, je fais ce que dit ton père.

Le beau-père avait entamé le gigot puis avait reposé sa fourchette dans une grimace.

– Il est trop cuit.

La mère avait acquiescé.

– Et de quelle guerre parles-tu dans ton histoire ? La guerre de Troie ?

– La Grande Guerre, maman, celle où mon vrai père est mort.

Silence. Dehors la neige s'était mise à tomber. Le beau-père s'était tamponné les lèvres et une tache de sauce brayaude avait marqué la serviette blanche.

– Et vous vous concentrez sur une bataille particulière ? Un épisode particulier ?

– Le Chemin des Dames. Ma pièce raconte l'histoire d'un soldat français grièvement blessé. Défiguré. Le hasard fait qu'il est soigné en Allemagne où il devient un grand acteur de films d'horreur. Comment la trouvez-vous, mon histoire ?

– Grotesque.

Nouveau silence.

Rasmussen avait goûté le gigot. Trop cuit.

Jean-François s'était levé sans prendre la peine de s'excuser.

Ils avaient échangé quelques banalités sur le temps, le froid, l'hiver qui, cette année-là, semblait ne pas avoir de fin. Au bout de quelques minutes, Rasmussen avait demandé pardon et s'était levé à son tour pour retrouver Jean-François aux toilettes, aussi blanc que le lavabo auquel il s'agrippait et dont le robinet gouttait encore. Dans le fond de la cuvette, surnageant parmi la bile et les vomissures, une unique bouchée de gigot brayaude.

Rasmussen ouvrit le robinet et s'aspergea le visage. L'ivresse quittait son corps. Les nausées s'en étaient allées. Il y voyait plus clair.

N'était-ce que cela, alors ? La révolte vis-à-vis de son

beau-père, de son éducation, de son milieu, dont l'œuvre de Jean-François était imprégnée, ce sentiment-là s'en était-il allé pour céder la place au désir de respectabilité ? N'était-ce que cela, vraiment ? L'Occupation l'avait-elle ramené à ses origines en lui offrant la possibilité de devenir un notable du théâtre ? De collectionner les succès et les jolies critiques dans la presse comme d'autres collectionnent les médailles, les trophées, les femmes de vingt ans plus jeunes ou les voitures de sport ? N'était-ce que cela, l'explication ? Un simple retour au bercail. La fatigue de l'errance et le manque de reconnaissance. Le retour à ce que l'on connaît. Le statut conféré par l'argent. Les complets bien taillés et les chaussures cirées. Tout ce détour, cette quête identitaire sur le plateau de l'Olivier pour, au cours d'une guerre, s'en revenir au point de départ. Et au dégoût de soi qui, immanquablement, avait dû découler de ce renoncement, de cette salissure. Quitte à vivre dans le conformisme et la respectabilité, autant boire la coupe jusqu'à la lie, autant s'embourgeoiser à mort et finir en bon collabo devant le peloton d'exécution. *Suicidaire*…

Autour de lui pendaient les costumes des trois pièces consacrées à Jeanne d'Arc comme autant de condamnés à mort. Et sous les costumes, à même le sol, des masques, des perruques, des armures, des cottes de mailles en tissu pailleté, des hallebardes de carton, des épées factices. Toute une armée de pacotille équipée de protections dérisoires, de jouets pour les enfants. Qu'auraient-ils bien pu faire face aux panzers allemands ? En temps de guerre, les gesticulations des acteurs ne faisaient pas le poids face aux canons d'acier des militaires.

Sur le mur du fond, des coupures de presse avaient

été punaisées, qui résumaient à elles seules la trajectoire de Jean-François Canonnier telle que l'avait décrite le régisseur au long des quatre années d'occupation. En 41, sa première *Jeanne* était portée aux nues. *La Gerbe* évoquait « les élans du poète vers la pureté, marquant ainsi cette transition vers un théâtre sain, et fort, et noble, et épique, pour tout dire, le grand théâtre que nous attendions tous », le critique du *Matin* écrivait que « les spectateurs de l'Olivier, l'espace de quelques heures, ont communié aux mêmes sources ; voilà enfin un théâtre de la Nation, pour la Nation, non pas un théâtre de classe et de revendication mais un théâtre d'union et de régénération. »

En 43, l'accueil donné à *la Passion de sainte Jeanne* avait été beaucoup plus mitigé. Quant à *Gilles et Jeanne,* dernier volet de sa trilogie, elle avait clairement fait l'unanimité contre elle. Jean-François n'en avait pas moins affiché la désastreuse revue de presse parue à l'été 44, quelques semaines à peine avant la Libération et la fermeture définitive du théâtre. Alain Laubreaux, le critique de *Je suis partout*, qui deux ans plus tôt avait célébré la plume de Canonnier comme « l'une des plus prometteuses de la décennie », s'était fendu d'une page au vitriol en titrant : « Le théâtre de l'Olivier transformé en asile d'aliénés. » Un naufrage, avait dit Balard.

Sur une table de maquillage, entre les fards et les crayons, une brochure attendait en vain qu'un comédien la lise. Il s'agissait de l'exemplaire appartenant à l'unique actrice de la troupe ; celle qui, dans ce *Gilles et Jeanne* au funeste destin, tenait le rôle de Jeanne. Les marges étaient couvertes d'annotations accumulées au fil des répétitions et des consignes de jeu prodiguées par l'auteur en personne. Toutes témoignaient d'une obsession pour la violence et la mort. Ici il s'agissait de s'enduire le visage de sang, là d'assister impuissante à un massacre perpétré par Gilles de Rais. Et, à intervalles réguliers, soulignée dans la marge, revenait l'indication : *en pleurs*.

Rasmussen revint au commencement de la pièce et en déchiffra la première scène.

Une terrasse sur les remparts d'un château.

Une cheminée laisse s'échapper une abondante fumée noirâtre.

Entre Eustache Blanchet, confesseur de Gilles de Rais.

BLANCHET. – Le vent d'est a rabattu cette funeste fumée sur les fenêtres du prieuré. Et avec elle, l'insupportable odeur de chairs brûlées. Qu'est-ce encore ? Quel terrible péché a commis le seigneur Gilles de Rais ?

Soudain, par l'ouverture de la cheminée, on entend des cris d'enfants.

BLANCHET. – Mon Dieu ! Ces cris d'enfants qui s'échappent des remparts et s'envolent comme des âmes égarées dans les airs ! Mon Dieu ! Faites que ce ne soit pas encore…

Entre Gilles de Rais, hagard, les mains comme s'il les avait trempées dans un baquet de sang. Il saisit Eustache Blanchet par les épaules, souillant son aube blanche.

GILLES. – Mon père, sentez-vous cette odeur ? Vous, peut-être, pourrez enfin me dire ? Vous n'étiez pas à Rouen, bien sûr… Mais saurez-vous m'aider ? L'odeur… Parlez, mon bon Blanchet ! Derrière la fumée du fagot, ne sentez-vous donc pas l'odeur de sainteté que désespérément je cherche à retrouver ?

BLANCHET. – Mon seigneur et suzerain, qu'avez-vous fait ? Mais qu'avez-vous donc fait à ces enfants ?

De nouveau les cris s'échappent par la cheminée.

Rasmussen referma la brochure et le claquement sec du papier sur la table fit voler la poussière. Il se dévisagea dans la clarté blafarde du miroir lumineux. Ses yeux étaient marqués de cernes bleuâtres. Il avait le teint gris de ceux qui souffrent d'insomnie. Il avait tant vieilli.

Dans sa tête, l'enfant hurlait toujours.

Accrochée à la pointe d'une hallebarde, il vit le reflet d'une perruque d'un roux grotesque. Il n'avait quasiment pas pensé à Sarah de toute la journée. Il eut envie de monter lui téléphoner, de glaner quelques nouvelles, de laisser un message, dire qu'il serait bientôt de retour. Mais il renonça.

Dans sa tête, l'enfant hurlait encore.

Sarah pensait que le malaise s'était installé du jour où elle lui avait annoncé sa grossesse. Il le savait parce qu'elle le lui avait dit, à voix basse, un soir récent dans le grenier de Vesterbro, tandis que Munk ronflait sur le matelas à l'autre bout de la pièce. Elle lui avait demandé si cet enfant qu'elle attendait était désiré. S'il s'était imaginé père. S'il s'imaginait l'élever un jour. Lui transmettre son histoire, sa force vitale et ses valeurs. Il y avait eu un long silence, puis Munk avait toussé, ouvert les yeux, allumé une cigarette, et la conversation avait pris fin avant même d'avoir commencé.

Ce bébé qui sortirait bientôt à la lumière du monde, ils l'avaient conçu à la Maison sur la montagne, une nuit de septembre où déjà s'annonçait l'automne. C'est là qu'ils avaient fait l'amour pour la dernière fois. Elle avait fait tout le trajet depuis Copenhague, bravé les contrôles et les barrages ; un périple insensé, accompli sans prévenir quiconque, Munk pas plus que

Rasmussen, dans le seul but d'échanger une étreinte fugace. Depuis, ils ne l'avaient plus refait.

Rasmussen y avait été envoyé au début de l'été 44, après qu'une partie du réseau de Copenhague eut été dénoncée par un opérateur radio. La Gestapo avait investi l'une des planques de Holger Danske en pleine nuit, y avait mis le feu au lance-flammes. Un véritable enfer. Deux camarades avaient péri brûlés vifs quand le plancher s'était effondré. Trois autres avaient été capturés et conduits à la Shellhus, le siège de la compagnie pétrolière, dont la police secrète avait fait son repaire et où elle pratiquait les interrogatoires et la torture. Cette nuit-là, Rasmussen s'en était sorti de justesse en escaladant une gouttière. Et, devant le risque que les camarades arrêtés parlent, Munk avait jugé prudent de le mettre au vert, à trois cents kilomètres de là, au cœur du Jutland.

C'était un ancien chalet de plain-pied perdu en forêt. La montagne qui lui avait valu son nom n'était en réalité qu'une petite colline. Ses premiers propriétaires l'avaient creusée pour enrichir l'habitation d'une cave qui s'enfonçait dans la roche. La maison appartenait à présent à un dénommé Jørgen, chef de réseau pour la région de Silkeborg. Elle lui servait de base arrière. Lui et son commando de sept hommes y stockaient armes et explosifs, la plupart du temps livrés par les airs. Ils s'y faisaient oublier après chaque opération. Parfois ils y menaient aussi des interrogatoires.

Rasmussen y passerait l'été. Il mettrait ses compétences d'artificier au service de Jørgen en attendant que les choses se tassent à Copenhague.

Il y était resté onze longues semaines. Et durant tout ce temps, il n'avait pas une fois fait sauter une charge de plastic. Au lieu de cela, il s'était soumis aux consignes de Jørgen, était devenu un membre à part entière de la Division L, dont sept membres sur les huit qu'elle comptait au départ s'étaient suicidés avant la fin de la guerre.

Il plaqua ses mains sur son visage. Il ne supportait plus de se voir dans le miroir.

Dans sa tête l'enfant ne s'arrêtait plus de hurler.

Il se leva et sa chaise bascula en arrière.

Il quitta les loges sans éteindre la lumière.

Il passa en courant d'air à travers les coulisses, fendit le plateau, dégringola les marches. Les fauteuils d'orchestre naviguaient à l'unisson sur une houle lente et cadencée. Il se mit à hurler en face de la servante ; et ce qu'il alla chercher au fin fond de sa mémoire, ce furent des mots couchés trois siècles plus tôt par le poète anglais. *Life's but a walking shadow, a poor player that struts and frets his hour upon the stage and then is heard no more: it is a tale told by an idiot, full of sound and fury, signifying nothing*[1]. Et aussitôt, l'océan de sièges rouges s'ouvrit au détour d'une vague. Il fut englouti par les flots. Il coulait à pic. Déjà l'obscurité l'envahissait. Et tout là-haut, à la surface, le filament vacillant de l'ultime lumière s'éloignait à toute vitesse.

1. *La vie n'est qu'une ombre qui passe, un pauvre acteur qui s'agite et se pavane durant son heure sur scène et puis qu'on n'entend plus. C'est une histoire racontée par un idiot, pleine de bruit et de fureur, et qui n'a aucun sens.* Shakespeare, *Macbeth.* Acte V, scène 5.

ACTE III

1

Alors ils sont venus me chercher.

Toute une troupe en armes. Piétaille, lanciers et écuyers.

Et au milieu quelques curés en robe noire.

Le cliquetis de leurs épées dans le couloir m'a réveillée.

Et j'ai pensé : cette fois ça y est. Le Seigneur a voulu t'avertir.

Aujourd'hui petite Jeanne meurt…

Elle se tenait sur scène dans son habit immaculé. Un peu tremblante dans sa robe toute simple, comme taillée dans un sac grossier, aux doublures déchirées, craquée aux entournures. Ses deux pieds nus sortaient par en dessous, deux chevilles maigrichonnes, qui lui donnaient un air de moineau déplumé.

Les rideaux au plafond avaient été ouverts en grand, souvenir des restrictions de courant pendant la guerre. Sa présence relevait de l'apparition, curieuse et saugrenue, sous les rayons matinaux tombant de la verrière. Le soleil lui caressait le corps et faisait danser la poussière autour de sa tête comme des millions de paillettes d'or. Et c'était une auréole de lumière couronnant ses cheveux taillés court.

Rasmussen s'agrippa au dossier du fauteuil le plus proche et essaya de se relever; une douleur lancinante l'assaillit à l'arrière du crâne et l'obligea à s'asseoir.

Sur scène, la fille s'était interrompue. Elle demeura immobile, en plein milieu de sa réplique, derrière elle la muraille de carton-pâte et le bûcher intact, puis elle s'approcha tout au bord du plateau et plaça sa main en visière.

– Vous êtes là depuis longtemps ?

– Depuis le commencement.

– Depuis le commencement de quoi ? De ma répétition ?

– C'est ça.

– L'échauffement ? Les exercices de voix ?

– J'étais là bien avant.

– Vous n'avez tout de même pas dormi ici ?

– Ben si.

Il avait la bouche sèche. L'impression d'avoir mangé du plâtre ou du savon.

– Comment vous êtes rentré ?

– Je connais l'emplacement pour la clé. Le trou dans le mur. Je suis venu ici souvent.

– Vous n'avez nulle part où dormir ? Vous êtes clochard ?

– Balard n'est pas là ?

– C'est dimanche aujourd'hui. Je ne sais pas s'il viendra. Peut-être un peu plus tard.

– C'est lui qui m'a laissé rester ici.

– Vous connaissez Balard ?

– Nous avons travaillé ensemblc, avant la guerre.

– Comment vous vous appelez alors ?

– Mon nom ne vous dira rien. Je ne suis pas une célébrité. Je ne suis même pas français.

– Essayez toujours.

Elle avait maintenant les mains sur ses hanches étroites. Elle écarta un peu les pieds pour se donner l'illusion de la stabilité. Le moineau gonflait le peu de plumes dont il disposait.

Rasmussen donna son nom. Depuis la scène elle ne l'entendit pas. Il dut lui répéter en projetant sa voix comme font les comédiens ; aussitôt quelque chose se détendit dans le corps maigrelet.

– Je vous connais. Vous êtes metteur en scène. Vous avez monté plusieurs pièces ici, à l'Olivier.

– C'est Balard qui vous a parlé de moi ?

– Non. C'est Jean-François.

– Vous avez travaillé avec Jean-François ?

– Pendant trois ans. Presque quatre.

– Vous avez joué dans ses trois *Jeanne*, n'est-ce pas ?

– *Jeanne, La Passion de sainte Jeanne, Gilles et Jeanne*. Trois fois Jeanne, oui.

– Si souvent Jeanne que vous avez gardé ses cheveux courts.

– Non. Les cheveux courts c'est autre chose.

Ils s'observaient à distance. Entre eux deux le silence, et cette frontière infranchissable, entre ombre et lumière, qui sépare les spectateurs des acteurs.

– Je crois que je vous connais, moi aussi.

– Ça m'étonnerait. Je suis arrivée à l'Olivier après votre départ.

– C'est votre nom sur l'affiche, là-dehors dans la cour.

– Ou ce qu'il en reste.

– Mireille B..., c'est bien vous, n'est-ce pas ?

– Ou ce qu'il en reste, je vous dis.

Elle quitta sa position et erra au milieu du décor, offrant sa silhouette gracile au jour. On n'entendait que le léger craquement des planches sous ses pieds nus et menus.

– Il vous en a fait baver, Jean-François ?

– Qui vous a raconté ça ?

– Balard.

– Qu'est-ce que ça peut faire ?

– J'essaie de comprendre ce qui s'est passé ici pendant la guerre.

– Alors c'est lui, c'est Jean-François qui vous intéresse ?

– On peut dire ça comme ça.

– Il était votre ami, n'est-ce pas ?

– Il vous en a fait baver, alors ?

– En tant qu'actrice ?

– En tant qu'actrice.

– Disons que les choses se sont dégradées au fil du temps, au fil des pièces. À mesure que durait l'Occupation, aussi.

– Au début vous avez eu du plaisir ?

– Du plaisir ? Vous voulez rire ! Au début je ne touchais plus terre. Moi je sortais tout juste du Conservatoire après avoir quitté ma province. J'avais rejoint la troupe de Jeune France. C'est là qu'il est venu me chercher.

– Pour que vous soyez sa Jeanne.

– Sa Jeanne en armure, oui. Sa Jeanne triomphante. Sa toute première Jeanne. Vous n'imaginez pas ce que c'était. Le trajet de cette petite pauvresse de la campagne. La révélation. Les manifestations du divin. Les jeux de lumière. Les coups de tonnerre. La rencontre avec Charles à Chinon. Les luxueux costumes, les robes brodées, les décors insensés. La muraille d'Orléans. Les figurants. Et puis le couronnement à Reims. Vous n'imaginez pas ce que c'était. Et chaque soir la salle pleine à craquer. Et la presse enthousiaste. Des rappels à n'en plus finir. Et des invitations à dîner. Et des bouquets de roses à ne plus savoir qu'en faire… J'étais devenue le grand espoir du théâtre français. Il y a même eu un article sur moi dans *Signal*, et à Radio-Paris ils m'ont interviewée.

– Dites-moi, Mireille, où êtes-vous née ?

Elle eut un sourire triste.

– À Bar-le-Duc. C'est en Lorraine, à soixante kilomètres de Domrémy.

Un nuage passa au-dessus de la verrière. Autour d'elle, les poussières d'or avaient cessé de danser.

– Et ensuite ?

– Ensuite ?

– La deuxième pièce.

– *La Passion de sainte Jeanne ?*

– *La Passion*, oui.

– D'une pièce à l'autre il avait changé. Dans son comportement et dans son écriture aussi. Il était devenu tourmenté. Autoritaire. Cassant. Au début, j'ai pensé que c'était à cause des subventions qu'on lui avait retirées, des difficultés financières, des problèmes avec la censure, mais ce n'était pas ça.

– Qu'est-ce qu'il vous faisait faire ?

– Sur scène ?

– Sur scène.

– Des bizarreries. Il était obsédé par la pureté de Jeanne. Il voulait retrouver sa part d'enfance. Sans cesse à l'opposer à la violence, à la virilité des hommes qui la jugeaient. Il m'a demandé de me bander la poitrine. Il voulait que j'aie l'air d'une enfant prépubère. C'était très douloureux. Il m'obligeait à garder le bandage à longueur de journée. Sans cesse il répétait : « Jeanne a l'innocence d'un enfant de cinq ans. »

– Balard m'a parlé de Nicolas Loyseleur.

– Loyseleur, oui. Le chanoine passé aux Anglais. Finalement c'était lui le personnage central de *La Passion*. Il sombrait dans la folie au fur et à mesure du procès. Il devenait obsédé par Jeanne. Ou plutôt possédé. Il tentait désespérément de la piéger, passait ses nuits à l'espionner, à écouter le moindre murmure, le moindre bruit, le moindre cauchemar, l'oreille collée à la porte de sa cellule. Il y avait une scène où Jeanne et Loyseleur s'épiaient de part et d'autre du judas. Trois bonnes minutes sans le moindre dialogue. Les spectateurs se mettaient invariablement à tousser. Le silence leur était insupportable. Pour nous autres acteurs, c'était comme de jouer dans le noir.

– Vous avez une explication à ce changement de comportement chez Jean-François ?

– À l'époque, je ne le connaissais pas si bien que ça. Ce que j'ai compris ensuite, c'est que Loyseleur n'était qu'une esquisse en vue du personnage dément de Gilles de Rais. Si vous voulez mon avis, c'est en écrivant *Gilles et Jeanne* que Jean-François a vraiment basculé de l'autre côté.

– Vous voulez dire du côté des Allemands ?

– Non. Je veux dire du côté de l'égarement.

– C'est au moment de la troisième pièce que vous l'avez mieux connu ?

– Mieux connu ?

– Vous disiez qu'à l'époque de *La Passion* vous

ne le connaissiez pas si bien. C'est au moment de *Gilles et Jeanne* que vous l'avez connu plus personnellement ?

– Est-ce que j'ai couché avec lui, c'est ça votre question ? (Du bout du pied elle caressa les planches.) Vous ne le connaissez pas tant que ça, votre ami, dites-moi… J'ai passé du temps avec lui, c'est vrai, mais pas comme vous l'entendez. Et puis c'était encore après, plus tard, dans les jours qui ont suivi la fermeture de l'Olivier.

Il y eut un long silence et Rasmussen, à la façon des spectateurs désarçonnés devant la scène muette entre Jeanne et Loyseleur, ne put s'empêcher de tousser.

– Le texte que vous récitiez tout à l'heure, c'était du Canonnier ?

– C'était du Canonnier, bien sûr.

– *Gilles et Jeanne ?*

– Acte II, scène 4.

– Qu'est-ce que ça raconte ?

– La pièce ?

– La scène.

– Jeanne a été brûlée au bûcher. Elle revient hanter les nuits de Gilles de Rais pour lui raconter son supplice.

– Son procès ?

– Son supplice, je vous dis.

Nouveau silence. Rasmussen tousse.

– Vous ne voulez pas reprendre ?

– Pour quoi faire ?

– Pour vous entendre dire le texte.

– Ici je travaille pour moi. Ici on me fiche la paix.

– J'aimerais entendre le texte de Jean-François. J'aimerais l'entendre de la bouche de celle qui…

– Depuis le début, alors ?
– Depuis le début, oui.

Alors ils sont venus me chercher.
Toute une troupe en armes. Piétaille, lanciers et écuyers.
Et au milieu quelques curés en robe noire.
Le cliquetis de leurs épées dans le couloir m'a réveillée.
Et j'ai pensé : cette fois ça y est. Le Seigneur a voulu t'avertir.
Aujourd'hui petite Jeanne meurt.
Je te le dis tel que ça s'est passé : alors ils sont entrés,
Toute une troupe en armes. Et dans leurs mains les livres de la loi,
Celle qu'ils avaient écrite pour mieux s'absoudre du péché.
Et dans leurs bouches ce mot qui revenait sans cesse : hérétique !
Et dans leurs mains des ciseaux à bestiaux, des poignards, des couteaux
Froids comme la mort
Qui portaient tous la trace encore
Des coups portés à d'autres relaps, à d'autres condamnées.
Toutes des femmes, parfois de simples filles de la campagne,
Fermes, fraîches, appétissantes et malléables à souhait,
Comme peut l'être la chair sous la main du pouvoir…

– C'est Jean-François qui vous faisait faire tous ces mouvements avec les mains ?
– Il me l'avait demandé, il disait qu'elle devait

revivre la scène tout en la racontant, presque la mimer.

– Mais à qui parle-t-elle à ce moment de la pièce ?

– À personne. Jeanne est seule.

– N'est-elle pas en présence du seigneur Gilles de Rais ?

– Il est là dans la chambre. Mais Jeannette est morte brûlée vive depuis longtemps. C'est un fantôme qui se présente à Gilles au milieu de la nuit. Son corps de femme n'est plus que cendre et fumée.

– Comment incarne-t-on un ectoplasme ? Comment lui donne-t-on, en tant qu'actrice dotée d'un corps, de l'épaisseur ?

– Ne vous inquiétez pas pour ça. Je sais faire.

– Vous en avez discuté avec Jean-François ?

– Non. J'ai compris ça après.

Un temps.

– Pourquoi revenez-vous travailler ici ?

– Parce que j'en ai besoin.

– Qui vous paie ?

– Personne. En théorie je n'ai plus même le droit de mettre les pieds sur un plateau. Si quelqu'un d'autre que Balard me savait ici, je pourrais avoir des ennuis.

– Pourquoi interdire à une actrice de monter sur scène ?

– Vous ne me ferez pas d'ennuis, n'est-ce pas ?

– Bien sûr que non.

– Vous n'êtes pas membre du CES ou du CNT, n'est-ce pas ?

– Je ne sais même pas ce que c'est.

– Le Comité d'épuration du spectacle et le Comité national du théâtre.

– C'est vrai, j'oubliais ; pourtant Balard m'en a parlé pas plus tard qu'hier.
– Dans le temps on appelait ça l'Inquisition.

Silence encore.

– Vous n'avez pas joué depuis combien de temps ?
– 11 août 44. Le soir de la dernière. Quelques jours avant la Libération. Et vous ? Pourquoi me posez-vous toutes ces questions ? On dirait presque que vous avez envie de moi.
– De vous ?
– De me diriger. De me faire travailler.
– Peut-être bien.
– La mise en scène vous manque à ce point ?

Silence toujours.

– Elle me manque. Terriblement. Peut-être autant que le rire de ma petite sœur.

Soudain elle esquissa un pas de danse, un entrechat qui trahissait son besoin de bouger, de réveiller son corps, et c'était comme un sourire filant à toute vitesse sur le visage d'une fillette triste.

Rasmussen parvint enfin à se lever. Ses muscles souffraient de cette nuit d'inconscience passée à même le sol. Par-dessus tout il était affligé d'une phénoménale gueule de bois. Il rejoignit l'allée centrale et fit quelques pas vers la lumière, s'arrêtant à distance respectueuse de l'actrice-moineau perchée sur son plateau.

– Et ce soir-là, alors ?… Le dernier soir.
– Le soir de la dernière, vous voulez dire ?
– Balard m'en a parlé.
– Décidément Balard est bien bavard.

– L'irruption des FFI. La tentative d'arrestation. La course-poursuite à l'intérieur de l'Olivier.

– Ils ont mitraillé la façade avant d'entrer.

– Je sais.

– Déchiré les affiches.

– J'ai vu.

– Ensuite ils ont remonté l'allée centrale. Leur chef s'est arrêté au niveau où vous vous tenez. Il a dit : « Le spectacle est terminé. Nous venons chercher le traître Canonnier. » C'était un peu après l'entracte. Au tout début de l'acte IV. Pendant la pause, j'avais revêtu mon armure. J'apparaissais de cette façon à la mémoire de Gilles de Rais.

– Et qu'ont-ils fait ?

– Ils sont montés sur scène, ils ont fouillé les coulisses. L'un des FFI a demandé où était la régie pour rallumer les services.

– Où se trouvait Jean-François à ce moment-là ?

– Au balcon. Depuis des semaines c'était sa place. Il assistait aux représentations depuis là-haut, assis sans bouger. Il regardait son théâtre se vider soir après soir. Quand les FFI sont entrés, il n'y avait que six ou sept spectateurs dans la salle.

– Je sais tout ça aussi. J'ai votre dernière recette dans ma poche. Balard me l'a donnée pour acheter à manger.

Elle eut un petit rire de crécelle.

– Vous êtes vraiment clochard, alors ; décidément, le théâtre, ça ne nourrit pas son homme. Ni sa femme.

Rasmussen s'approcha encore, allant jusqu'à poser doucement sa main sur les planches lisses. Le moineau piétina quelque peu mais ne recula pas.

– Et qu'est-ce qui s'est passé ensuite ? Après qu'ils sont montés sur scène.

– Tout de suite, j'ai regardé au balcon. J'ai vu les yeux de Jean-François briller dans le noir. Souvent, pendant les représentations, je cherchais son regard. Je savais à quelle place il s'asseyait. Numéro 128. Alors je me suis avancée vers les FFI.

– Dans ton armure ?

– Dans mon armure, oui, l'épée à la main. J'ai dit à leur chef que Jean-François n'était pas là ce soir.

– Et ?

– Il m'a dit de la fermer. J'ai pointé l'épée et je lui ai demandé de sortir parce que nous avions une pièce à terminer.

– C'était courageux de ta part.

– De l'inconscience, voilà ce que c'était. Les FFI ont trouvé les gradateurs et Balard a dû rallumer les services. Là-haut j'ai vu Jean-François se lever dans la lumière. Il était pâle comme un mort. Dans son poing il serrait le programme de sa pièce. Ce soir-là nous jouions la verrière ouverte. Des bombardiers sont passés très haut dans le ciel. Tous, nous avons levé le nez en l'air, tous y compris les spectateurs, nous avons regardé les avions voler dans le soir. Et quand nous sommes revenus au théâtre, Jean-François enjambait la balustrade. Le chef des FFI l'a désigné et ses hommes se sont mis à courir. Alors j'ai hurlé. Hurlé à Jean-François de fuir par le toit. Il a rejoint l'échelle de service qui longe la cage de scène. Il a failli tomber. Une fois. Deux fois. Il s'est rattrapé. Une fois. Deux fois. Quand les FFI ont atteint le balcon, il était déjà dehors.

– Et ensuite ?

– Ensuite ils sont partis. Frustrés. Furieux. Revanchards. En disant que le théâtre resterait fermé jusqu'à nouvel ordre. Nous avons demandé aux spectateurs de sortir. Nous sommes allés nous démaquiller et ranger nos affaires. C'était le soir de la dernière.

– Partis, tu dis ? Juste comme ça ? Sans rien faire ?

– Non. Pas juste comme ça sans rien faire… Leur chef a dit qu'il n'en avait pas fini avec moi.

– C'est ce qu'il a dit exactement ?

– Il a dit… Il a dit… Il m'a traitée de pute à Boches.

Un rayon de soleil filtra à travers les nuages et frappa la verrière ; Mireille se retrouva en pleine lumière.

– Et ensuite ?

– Décidément tu n'as que ce mot-là à la bouche. *Ensuite.* Tu ne vis jamais dans l'instant présent, toi ?

– Excuse-moi.

– Ensuite j'ai rangé mon armure contre le mur. Je ne l'ai plus revêtue depuis. Elle est là dans les loges, à prendre la poussière.

La douleur à l'arrière de son crâne s'était réveillée. Rasmussen rêvait d'engloutir sa tête dans un baquet d'eau glacée, ou d'accueillir sur son front la douce caresse d'une main de femme.

– Je veux dire, après le soir de la dernière, qu'est-ce qui s'est passé ? Jean-François, tu l'as revu encore ?

Ses pieds nus s'agitèrent sous la robe. Elle fit le tour du bûcher. Saisit une brindille entre ses doigts fins, la brisa sans faire exprès, parut s'en étonner.

– C'est à ce moment-là que je l'ai mieux connu. À la Libération. Ces quelques jours où la ville s'est battue pour reconquérir sa liberté et un semblant de gloire. Ces quelques nuits aussi où elle a cédé à l'esprit de vengeance. C'était la chasse ouverte au collabo ici, tu sais.

– C'est toi qui t'es occupée de lui ?

– Personne n'est au courant, pas même Balard. Tu es le premier à qui je le dis.
– Jean-François est comme un enfant. Jamais il n'aurait pu survivre seul avec la Résistance à ses trousses. Il lui fallait quelqu'un pour l'aider.
– Ce quelqu'un, c'était moi. Je lui ai apporté à manger et à boire. Le temps de quelques jours, j'ai fait office de petite mère. Tu vois... Quand je te disais que je n'avais pas couché avec lui. Tout ce que j'ai fait, un soir, c'est poser ma main sur son front brûlant.

Au-dessus d'eux, les nuages avaient fini par se dissiper tout à fait. Le soleil, maintenant à son zénith, frappait la verrière à la perpendiculaire, faisant de la scène juste en dessous une véritable serre. Rasmussen essuya ses tempes luisantes du plat de la main.

– Tu l'as caché chez toi ?
– Non. Il était retourné chez lui.
– Chez lui ?
– Rue des Moines. Il avait une chambre de bonne. Peu de monde était au courant. Il y avait laissé quelques affaires quand bien même il restait dormir à l'Olivier.
– Je connais.
– Tu y es déjà allé ?
– Avant la guerre, oui. Je connais.
– C'est là qu'il a vécu la libération de Paris. C'est là qu'il s'est terré jour et nuit. Je lui apportais les nouvelles des barricades et des combats. Pour moi ce n'était pas si facile d'y aller. Il y avait la gare de marchandises tout à côté. On s'est beaucoup battu, là-bas, aux Batignolles.
– Tu l'as aidé jusqu'au moment de son arrestation ?

– Je l'ai aidé tant que j'ai pu. Je lui ai apporté à manger et à boire. Tous les jours. Vient un moment où il n'est plus possible d'aider quelqu'un comme lui.

– Qu'est-ce que ça veut dire, ça ?

– Je n'ai plus rien à t'apprendre. Comment exactement il s'est fait arrêter, je n'en sais fichtre rien. Je n'y étais pas. Je ne peux que supposer. Maintenant laisse-moi reprendre ma répétition.

– Qu'est-ce qui te prend tout à coup ?

– Laisse-moi tranquille, je te dis.

– Aide-moi encore. J'ai besoin de savoir.

– Tu ferais mieux de t'occuper des vivants que des morts.

– Qu'est-ce que tu racontes ?

– Tu ne sais pas qu'il est à Fresnes ? Tu ne sais pas qu'ils vont le fusiller ?

– Son procès n'a pas encore eu lieu. Rien n'est joué.

– Tu es allé le voir ?

– En prison ?

– En prison.

– Pas encore.

– Eh bien moi, j'y suis allée. C'est une ville entière réservée aux damnés. D'abord il y a l'immense porte de fer, et puis la cour pavée. Ensuite il y a les longs couloirs. Et puis la fouille, où les matons profitent de l'occasion pour tripoter les femmes, les jeunes, les vieilles, ils ne font pas la différence entre l'état de la viande. Un en particulier, un borgne, libidineux, qui vous déshabille de son œil unique avant de vous mettre ses sales pattes sur le corps en toute légalité. Celui-là laisse passer les hommes sans même les toucher. Enfin il y a le parloir, les cages blanches où les détenus sont exhibés. C'est là que je l'ai vu pour la dernière fois. Pas un mot. Ni bonjour ni au revoir. Il était pâle comme la mort, Jean-François. Je te dis qu'il sait : ils l'ont condamné d'avance. Va le voir aussi, va le voir, toi, son ami, et là tu comprendras qu'il n'y a plus rien à faire.

– Rien n'est joué, je te dis.

– Toi tu y crois encore ?

– Bien sûr.

– Tu vas tout faire pour le sauver ?

– Tout !

– Tu l'aimes tant que ça, alors ?

– Tout, je te dis !

– Mais tu ne réussiras qu'à te faire mal voir. Ils t'interdiront de mettre en scène comme ils m'ont interdit de jouer. Je te dis que Jean-François est promis à la mort.

– Tu dis cela parce que tu es amère. Parce que tu lui en veux de t'avoir compromise. Pourtant c'est lui qui est en prison. C'est lui qui risque sa peau. Toi tu n'as rien subi de bien méchant, tout au plus quelques mois de chômage.

– Qu'en sais-tu, toi, l'étranger, de ce que j'ai subi ?

– C'est toi qui l'as donné, n'est-ce pas ?

– Qu'est-ce que tu dis ?

– C'est toi qui leur as dit où il se cachait, pas vrai ? Tu pensais qu'ils te blanchiraient d'avoir joué pour un collabo ?

Elle baissa les yeux pour mieux encaisser l'accusation, se réfugier à l'intérieur d'elle-même. Une larme – une seule – gonfla dans un coin, grossit, grossit encore, jusqu'à devenir énorme, jusqu'à déborder pardessus la paupière, puis elle dégringola sur sa joue et vint éclabousser le plateau juste entre ses deux pieds. Alors Rasmussen comprit ce que le petit moineau avait essayé de lui confier.

– Je te demande pardon. Veux-tu reprendre encore ? Veux-tu bien me faire entendre le texte de petite Jeanne ?

Elle renifla bruyamment et se frotta le nez du bout des doigts.

– Non mais pour qui tu te prends ? Tu es bien metteur en scène, tiens. Les acteurs, pour vous, c'est rien que de la chair à canon.

– Je suis désolé. Veux-tu bien la refaire ?

– Depuis le début ?

– Depuis le début, bien sûr. Il faut répéter encore et encore afin de faire siens les mots de l'auteur. Afin que sa pensée soit tienne et que tu puisses t'exprimer tout à fait.

– Qu'est-ce que je fais de mes mains, alors ?

– Quel est ton avis là-dessus ? Crois-tu qu'elle se soit beaucoup débattue lorsqu'ils sont venus la chercher ?

– Elle n'a pas plus bougé qu'une morte.

– Je te crois. Essaie comme ça, alors. Laisse tes mains tranquilles. Laisse-les pendre le long de ce corps que tu ne possèdes plus.

Alors ils sont venus me chercher.

Toute une troupe en armes. Piétaille, lanciers, écuyers.

Et au milieu quelques curés en robe noire.

Le cliquetis de leurs épées dans le couloir m'a réveillée.

Et j'ai pensé : cette fois ça y est. Le Seigneur a voulu t'avertir.

Aujourd'hui petite Jeanne meurt.

Je te le dis tel que ça s'est passé : alors ils sont entrés,

Toute une troupe en armes. Et dans leurs mains les livres de la loi,
Celle qu'ils avaient écrite pour mieux s'absoudre du péché.
Et dans leurs bouches ce mot qui revenait sans cesse : hérétique !
Et dans leurs mains des ciseaux à bestiaux, des poignards, des couteaux
Froids comme la mort
Qui portaient tous la trace encore
Des coups portés à d'autres relaps, à d'autres condamnées.
Toutes des femmes, parfois de simples filles de la campagne,
Fermes, fraîches, appétissantes, et malléables à souhait,
Comme peut l'être la chair sous la main du pouvoir.
Ils sont entrés, te dis-je.
Et des dizaines de mains m'ont saisi les cheveux.
Une mèche par-ci, une mèche par-là.
Ils m'ont tirée de la paillasse tandis qu'autour tous hurlaient.
Certains chantaient aussi. « Alouette, alouette, je te plumerai. »
Et leurs couteaux sont passés sur ma tête.
J'avais de beaux cheveux, tu sais.
Quand le soleil passait dessus c'était comme une tiare de lumière.
Et leurs couteaux sont passés sur ma tête,
Et mes cheveux en ont dégouliné comme des filets de sang.
Ils sont tombés sur le dallage de ma prison.
Ils l'ont teintée de blond.
Une mèche par-ci, une mèche par-là.

« Alouette, je te plumerai. »
« Alouette, je te plumerai. »

Rasmussen s'assit sur les marches qui montaient au plateau. Il n'était plus qu'à quelques pas de la jeune actrice. Il pouvait voir les veines d'un bleu diaphane sur le dessus de ses pieds.

– Tu sais ce que disait Jouvet ?

– Jouvet parlait beaucoup. Je l'ai eu comme professeur au Conservatoire. Dis-moi ce que Jouvet disait.

– « Vient un moment où l'on ne joue plus le rôle. On se joue soi-même dans le rôle. »

Nouveau silence.
Plus lourd encore que tous les autres réunis.

– Quand t'ont-ils fait ça ?

– De quoi parles-tu ?

– Tu le sais bien. Tes cheveux. Quand te les ont-ils tondus ?

Elle eut un frisson involontaire. Ses bras, comme le lui avait demandé le metteur en scène, pendaient le long de son corps, parfaitement morts.

– Il y a huit mois. Huit centimètres ont repoussé depuis. Tu vois, maintenant je compte le temps qui passe en centimètres de cheveux. Tous les matins je tire dessus mais rien n'y fait. On ne peut pas forcer les jours à défiler. On ne peut pas se forcer à oublier.

Elle eut un instant de faiblesse. Le dos de sa main vint toucher son front dans un mouvement d'une grâce infinie, un geste dont on devinait qu'il avait été travaillé des centaines de fois et qui lui était devenu naturel à force de répétitions. Elle dut poser ses fesses sur les branches du bûcher et Rasmussen en profita pour la rejoindre sur scène.

– Ils étaient beaux, tu sais. Les soldats répétaient qu'ils ressemblaient à une rivière de soie. *Silk Fluss*, c'est comme ça qu'ils disaient. Quand il s'agit de faire des compliments, les hommes n'ont guère d'imagination. Sauf peut-être les écrivains. Ils usent de jolis mots. Parfois ils font des rimes avec votre nom.

– Ne me dis pas que c'est à cause de Jean-François ?

– Jean-François ?

– S'ils t'ont rasé la tête. Ne me dis pas qu'ils ont fait ça parce que tu as joué dans ses pièces.

– Ça n'a rien arrangé, bien sûr.

– C'est à cause du dernier soir ? Parce que tu as pointé ton épée vers ce FFI ?

– Ce ne sont pas les FFI qui m'ont tondue.

– Qui alors ?

– La foule. Des mains. Partout des mains qui veulent me saisir. Des hommes, des hommes qui sentent la vinasse et la sueur, et parfois quelques femmes. Dans le lot il y a ma bouchère. Celle-là je m'en souviens. Le voisin du dessus aussi. Il était dans le tas, je l'ai reconnu. Il m'a tracé une croix gammée sur les deux seins. Il en a profité pour les pincer bien fort. Maintenant quand il me croise dans l'escalier il fait mine de rien. (Elle parlait dans un souffle imperceptible, les yeux tournés vers les rangées de sièges vides.) S'ils m'ont fait ça, vois-tu, c'est à cause d'un lieutenant allemand. S'ils m'ont rasé les cheveux, c'est parce que j'ai cédé, au tout début, en 41. Je jouais dans *Jeanne*. C'était la première fois que je tenais le premier rôle. Je sortais juste du Conservatoire. Peut-être que je te l'ai déjà dit, je ne sais plus trop ce que je raconte et à qui. Des gens de la Continental étaient venus me voir. Ils m'avaient fait des propositions. M'avaient parlé d'un second rôle au cinéma, une espèce de tremplin vers la célébrité. Un film en costumes, avec perruques et crinolines. C'est ce soir-là qu'est apparu le beau lieutenant. Peut-être même était-il avec eux, avec les producteurs français de la Continental. Il est revenu me voir soir après soir. Il était si galant et élégant. Il m'attendait devant la sortie des artistes, les bras chargés de roses. Il avait une décapotable et un chauffeur en gants blancs. Je crois que c'était un aristo. J'ai cédé le soir de la dernière. J'ai quitté mon armure et j'ai mis ma plus belle robe. J'ai quitté mon armure et puis je suis allée dîner. J'ai bu beaucoup de champagne. Il m'a amenée à son hôtel. C'était il y a trois ans, mais tu vois, les inquisiteurs, eux, gardent tout en mémoire. Ils font des fiches qu'ils classent dans des classeurs. Collaboration horizontale, voilà le chef d'accusation. Maintenant je n'ai plus de cheveux et je n'ai plus le droit de jouer.

Elle s'allongea sur le bûcher. Il la dominait de toute sa hauteur, elle si minuscule, à tel point qu'il dut s'accroupir pour ne pas être pris de vertiges.

– Pendant un mois, je ne suis pas sortie de chez moi. Je ne me suis plus souciée de Jean-François, de lui apporter à manger, de poser ma main sur son front d'enfant inquiet. Je passais mon temps à regarder ma tête tondue dans la glace. Je passais mon temps à pleurer, à baigner dans ma honte, dans ma propre infamie. C'est Balard qui est venu me trouver. Il s'inquiétait de ne plus me voir à l'Olivier. L'Inquisition lui avait fait des ennuis aussi. C'est lui qui m'a appris l'arrestation de Jean-François. Je crois qu'il n'en sait pas plus que moi sur la manière dont ça s'est passé.

– Ne t'en fais pas pour ça. Moi je sais. Maintenant je sais comment ça s'est passé.

– Tu sais comment ils l'ont arrêté ?

– Hier soir, j'ai croisé par hasard un ancien acteur de l'Olivier. Un certain Lucien.

– Le petit Lulu ? Qu'est-ce qu'il devient ? Mais où l'as-tu croisé ?

– Par hasard, je te dis.

– Jean-François s'est séparé de lui la veille de la générale. Ça a fait du vilain. C'est lui qui devait jouer Gilles de Rais.

– Je sais.

– C'est lui, c'est Lulu sur l'affiche déchirée.

– C'est lui qui a arrêté Canonnier.

– Lucien ?

– Il fait partie des FFI. Il est tombé sur Jean-François au coin de l'avenue de Clichy.

– Lulu lui a rendu la monnaie de sa pièce, alors. Jean-François n'aurait pas dû mettre le nez dehors.

– Il a sûrement voulu se ravitailler.

Mireille eut un soupir sans fin. C'était à se demander comment un si petit corps pouvait renfermer pareille quantité d'air.

– Je l'ai laissé tomber.

– Bien sûr que non. Tu as fait tout ce que tu pouvais. Tu as risqué très gros pour lui.

– Je l'ai laissé tomber, je te dis.

Elle se tourna vers les coulisses, offrant sa nuque blanche. Pour Rasmussen c'était une tentation irrésistible. La courbe en était si pure. Il passa un doigt sur la peau éclairée d'un doux duvet. Juste au-dessus, ses cheveux repoussaient. Un centimètre par mois. Il la caressa encore, cette fois avec la paume entière. Il sentait les os sous ses doigts, cette nuque si fragile, si menue, qu'il aurait pu briser rien qu'en serrant un peu. Il savait comment faire. Il savait où peser, où faire levier. Il appuya un peu plus sa caresse ; il sentit qu'elle fermait les yeux et s'abandonnait tout à fait.

Elle se mit à parler. Elle articulait mal. Ne timbrait plus sa voix. Tout à coup elle avait égaré sa technique d'actrice.

– Tu n'aurais pas un petit rôle pour moi ? Tu es metteur en scène, toi.

– Un rôle ? Pour toi ?

Sa propre voix lui paraissait étrangère, surgie d'un autre corps. Mireille, elle, semblait ne pas déceler les fausses notes.

– Si tu es revenu à Paris, ici à l'Olivier, c'est pour monter une pièce, n'est-ce pas ? Tout va redevenir comme avant, n'est-ce pas ? Toi tu étais à l'étranger. Tu ne t'es pas compromis, n'est-ce pas ? Peut-être même étais-tu un héros tout là-bas d'où tu viens ? Grâce à toi, nous pourrons tous refaire du théâtre comme avant, n'est-ce pas ?

– Mais je n'ai aucun projet, Mireille. Je suis venu pour Jean-François.

Il continuait à lui masser la nuque. Il passait et repassait sur le léger creux qu'elle avait à la base du crâne. Elle semblait aimer ça. Elle soupira encore.

– Ça ne fait rien. Nous monterons une autre *Jeanne*, d'un autre auteur. Ce ne sont pas les *Jeanne* et les auteurs qui manquent. Quand bien même ils les enverraient toutes et tous au bûcher. Il y a celle de Schiller, celle de Kaiser. Non, non, idiote que je suis, ceux-là sont allemands, ça n'ira pas… Il y a celle de Péguy et celle de Shaw. Il y a celle de Claudel.

Il y a celle de Brecht. Brecht est allemand mais aussi communiste, alors je pense qu'ils ne feront pas de problème si nous jouons sa *Jeanne* à lui…

– Je suis navré de ce qui t'est arrivé.

– Tu vas plaider ma cause auprès du CNT ?

– Je suis navré, tu sais.

– Tu leur diras, toi, qu'il faut me rendre ma carte professionnelle, qu'il faut me redonner à moi aussi une autorisation de jouer. Tu leur diras, toi, que je suis une bonne comédienne. Que tu m'as vue répéter. Que je peux tout jouer, les soubrettes, les servantes, et même les figurantes ; tout, j'accepte tout, même les doublures, même les remplacements d'un soir. Pourvu qu'ils me laissent reparaître sur scène.

Il réalisa qu'il retenait son souffle ; depuis combien de temps, il n'aurait su le dire. Une kyrielle de poussières noires dansait devant ses yeux. Il inspira tout l'air que pouvaient contenir ses poumons et retira sa main. Elle se tourna, un peu surprise, et lui adressa son premier véritable sourire.

Alors un bruit de moteur gonfla derrière la porte réservée aux décors. Le ronron s'éteignit brusquement et des pas claudiquants résonnèrent sur le macadam. Le volet de fer coulissa dans un bruit de déchirure et la bouille hilare de Balard apparut dans l'embrasure.

– Alors, les enfants, on fait connaissance ?

L'une et l'autre se turent. Balard fouilla la salle et les coulisses du regard.

– Dis-moi, Niels, où qu'il est, mon vélo ? Tu ne me l'aurais pas échangé contre une paire de godasses, non ?

Rasmussen se frappa le front du plat de la main.

– Je l'ai oublié devant le Palais de justice.

– Tu l'as bien cadenassé, au moins ? Les tribunaux, c'est des repères à voleurs, tu sais.
– Je vais le récupérer de ce pas. De toute façon je vais en avoir besoin aujourd'hui.
– Comment que tu vas y aller ? Tu veux que je te dépose d'un coup de moto ?
– J'irai à pied. Tu as du boulot.
– T'en as pour une trotte.
– Moins d'une demi-heure.
– C'est vrai qu'avec ma patte folle, je calcule toujours large.
– Ou bien je prendrai le métro.
– Mais où tu files comme ça ?
– J'ai à faire. Le temps lui est compté.
– À qui ?
– À Jean-François.
– Mais attends une seconde ! Je voulais te prévenir...
– Quoi ? Dis vite.
– Tout à l'heure. Au Vieux-Colombier.
– Eh bien ?
– Jouvet donne une conférence. Ça t'intéresse ?
– Jouvet ? Personne n'arrive à me dire ce qu'il a fait pendant la guerre.
– Ben justement. C'est ce qu'il va expliquer.
– À quelle heure, cette conférence ?
– Quatre heures.
– Je te retrouve là-bas.
– Entendu, mon gars. Mireille, tu viens aussi ?
– Il y aura du monde ? Des acteurs, des actrices ?
– Je pense bien. Y aura même que ça.
– Alors mieux vaut pas.

Elle se tassa un peu plus sur son bûcher. Rasmussen l'imagina baignant dans la lumière d'un projecteur écarlate, entourée de flammes en papier et de fumée factice. Il sauta de la plateforme de chargement des décors et se retrouva sur le trottoir. Face à lui, en équilibre sur sa béquille, la rutilante motocyclette Enfield.

– Tu m'as l'air bien pressé, garçon. T'es sûr, tu ne veux pas que je te dépose ? Regarde, elle nous attend, toute chaude encore, la belle Anglaise.

– On se voit tout à l'heure, Balard.

– Mais où tu vas, comme ça ?

– Je te l'ai dit. Récupérer ton vélo.

– Et ensuite ?

– Voir l'Inquisition.

2

Il mit pied à terre au coin de la salle Richelieu. C'était dimanche. L'avenue de l'Opéra était quasi déserte et Paris tout entier semblait faire la sieste. Devant lui se dressait la maison de Molière ; durant deux siècles et demi, la vénérable institution avait été garante d'une certaine idée du théâtre à la française, gardienne d'un patrimoine constitué de rimes et de mots, que des générations entières d'acteurs s'étaient évertuées à incarner sur scène. Dans ce théâtre au cœur de la ville, les répliques de Racine, Corneille, Hugo ou Marivaux avaient résonné des milliers de fois, sans cesse répétées, sans cesse réinventées. Tout ce que la France comptait de grands auteurs avait passé l'épreuve du temps grâce à cette troupe constamment renouvelée, faite de célébrités et d'anonymes, à laquelle tout comédien, tout metteur en scène, tout écrivain ne pouvait s'empêcher de rêver.

Deutschfreundlich, avait dit Santimaria... La Comédie-Française, symbole national par excellence, avait été soumise à la pression de l'occupant pendant quatre ans. Et pendant quatre ans elle avait navigué à vue, faisant sans cesse l'objet de querelles d'influence. Sur ses planches on avait célébré la langue française, réaffirmé la puissance des classiques français, fait survivre un certain esprit à la française. La Propaganda veillait, maniant tour à tour le bâton ou la carotte, la censure ou l'autorisation de lever le rideau. On avait exclu les sociétaires et les techniciens juifs dès 1940, conformément aux desiderata exprès de Vichy et des nazis. On avait accueilli des troupes allemandes, célébré en grande pompe le gros acteur Heinrich George. Certains pensionnaires s'étaient rapprochés de la Résistance. D'autres, au contraire, avaient profité de l'air du temps en trempant dans de louches compromissions. Mais personne ne s'était sérieusement posé la question de savoir s'il aurait mieux valu s'arrêter de jouer. Avait-on eu le choix, arguaient la plupart ? Les Français sous l'Occupation avaient été à l'image de leur théâtre national. Pleins de contradictions, de bravoure autant que de lâcheté, d'opportunisme autant que d'abnégation. Jamais peut-être la devise du Français n'avait-elle été plus appropriée que durant ces quatre années où le pire avait côtoyé le meilleur, où l'esprit de sacrifice le plus pur avait cohabité avec l'individualisme de la pire espèce : *Simul et singulis – ensemble et soi-même*. Cette guerre, ils l'avaient traversée ensemble autant qu'ils l'avaient vécue seuls.

Rasmussen appuya sur les pédales et s'engagea dans la rue de Montpensier. Il stoppa peu après une arcade donnant sur les jardins du Palais-Royal et cadenassa le vélo de Balard. Cette adresse, il l'avait trouvée en appelant les renseignements téléphoniques. L'opératrice des PTT la lui avait communiquée comme elle l'aurait fait de n'importe quel commerce, de n'importe quelle boutique.

L'immeuble était cossu. L'escalier habillé d'un tapis de velours rouge. Tendu aux murs, on retrouvait le même tissu. Le tout rappelait les couleurs et les matières des théâtres à l'italienne. C'était comme de s'élever vers un troisième ou quatrième balcon ; à mesure qu'il montait, le décor allait s'appauvrissant. Le prix des places aussi, ou plus exactement celui des loyers. Lorsqu'il parvint au cinquième et dernier étage, les falbalas en étaient réduits à leur plus simple expression et les tentures râpées jusqu'à la corde. Il se trouvait sous les combles, là où logeaient les domestiques.

Il longea un couloir sombre et labyrinthique troué de portes anonymes. Enfin, après avoir tourné en rond, il déboucha sur un petit palier baigné par une lumière blafarde tombant d'un vasistas. Au mur se trouvait accrochée une échelle de service ; à l'un des barreaux, un panonceau à moitié effacé pointait vers la minuscule ouverture en indiquant : *Issue de secours*.

Rasmussen faisait face à une énième porte, surchargée de quatre plaques de cuivre soigneusement astiquées : *Front national du théâtre*, *Comité d'épuration du spectacle*, *Comité national du théâtre*, *La Scène française – rédaction*.

Il frappa. Attendit. Frappa encore. Frappa à de multiples reprises et de plus en plus fort. Faillit partir. Colla son oreille à la porte. Entendit un véritable vacarme à l'intérieur. Enfin frappa trois coups distincts.

MIRO ET LECACHEUX

Tragi-comédie burlesque en un acte.

Un bureau mansardé d'allure défraîchie. Paperasses et dossiers disséminés aux quatre coins de la pièce.

Une lumière sale tombe du plafond par quatre vasistas.

Porte d'entrée à jardin.

À cour, punaisées au mur, des listes de noms indistincts, tapées à la machine, entourent une affiche publicitaire pour une lotion antiparasitaire : « MARIE-ROSE, LA MORT PARFUMÉE DES POUX. »

Au centre, derrière son bureau, le Greffier, grisâtre, sans âge, classe des journaux et des papiers. Fine moustache. Visage très blanc. À ses côtés, trônent une vieille machine à écrire et un antique téléphone à cornet.

Derrière lui, mitoyennes, deux étroites portes. Au-dessus, deux affiches de théâtre, accrochées à la même hauteur : à gauche, Les Frénétiques *d'Armand Salacrou; à droite,* Les Mouches *de Jean-Paul Sartre.*

Le greffier examine un document puis tire un petit escabeau de sous son bureau, le transporte jusqu'au mur côté cour, le déplie, y monte, consulte en grommelant une des listes punaisées, trouve le nom qu'il cherche, le coche, redescend, replie l'escabeau, le range sous son bureau, se rassoit et se replonge dans sa paperasse.

Un nouveau nom attire son attention.

Il se redirige vers le mur, escabeau sous le bras, quand il est interrompu par des coups frappés à la porte d'entrée. Il se fige, partagé entre la liste qui l'attend côté cour et le visiteur à jardin.

Les coups se sont tus. Pressé, il va à son mur, monte, coche sa case, redescend, replie l'escabeau, rejoint son bureau.

Le greffier a repéré un troisième nom. L'angoisse crispe son visage. Il quitte son bureau à toute berzingue, en oublie son escabeau, revient le chercher, repart vers le mur. Coups frappés à la porte, très insistants. Il se fige, rejoint le mur, monte en quatrième vitesse, manque se casser la gueule, coche une case au hasard, dégringole, rejoint le bureau, retourne chercher l'escabeau qu'il a oublié, le range n'importe comment, se rassoit, épuisé.

LE GREFFIER. – Entrez...

Entre Rasmussen. Il porte un sac à dos de toile écrue et ses bas de pantalon sont serrés par des pinces à vélo.

LE GREFFIER. – Quelle chaleur, vous ne trouvez pas ? Les jours de beau, la température grimpe à faire gicler le mercure ; à la fin on en vient à préférer la pluie, la neige, les longues soirées d'hiver et les nuits obscures... Vous êtes venu à vélo ? Par cette canicule ?

RASMUSSEN. – Dehors il ne fait pas si chaud.

LE GREFFIER. – C'est pour quoi ?

RASMUSSEN. – Le Comité d'épuration du spectacle ?

LE GREFFIER *(sortant un formulaire vierge et l'insérant dans la machine à écrire)*. – C'est ici. Nom, prénom, adresse, profession.

RASMUSSEN. – Je vous demande pardon ?

LE GREFFIER. – C'est pour le fichier. Routine administrative. Nom, prénom, adresse, profession.

RASMUSSEN. – Rasmussen, Niels.

Le greffier fait crépiter sa machine à écrire.

LE GREFFIER. – Qu'est-ce que c'est, ça, Rasmussen, comme nationalité ?

RASMUSSEN. – Danois.

LE GREFFIER. – Ça ne serait pas plutôt allemand ?

RASMUSSEN. – Pourquoi voudriez-vous que ce soit allemand ?

LE GREFFIER. – C'est mon travail de vérifier. Adresse ?

RASMUSSEN. – 34, rue Richer, Paris 9e arrondissement.

LE GREFFIER. – Vous êtes sûr ?

RASMUSSEN. – Je n'en ai pas l'air ?

LE GREFFIER. – Vous avez hésité avant de me la donner.

RASMUSSEN. – Mon adresse principale est à Copenhague.

LE GREFFIER. – Copenhague… Danois… Après tout pourquoi pas.

Le greffier fait crépiter sa machine à écrire.

LE GREFFIER. – Artiste ou technicien ?

RASMUSSEN. – Un peu des deux…

LE GREFFIER. – C'est-à-dire ?

RASMUSSEN. – Metteur en scène.

LE GREFFIER. – Artiste, donc. Vous avez déjà rempli le questionnaire ?

RASMUSSEN. – Le questionnaire ?

LE GREFFIER. – Alors nous le remplirons ensemble. Primo : « Avez-vous fait des dénonciations pendant l'Occupation ? »

RASMUSSEN. – Quel genre de dénonciations ?

LE GREFFIER. – Avez-vous dénoncé des Français aux Allemands ?

RASMUSSEN. – Non.

LE GREFFIER. – Des bons Français aux mauvais Français ?

RASMUSSEN. – Qu'est-ce que vous appelez bon ou mauvais ?

LE GREFFIER. – C'est pourtant clair. Les résistants contre les collabos.

RASMUSSEN. – Et les autres, alors ?

LE GREFFIER. – Quels autres ?

RASMUSSEN. – Ceux qui n'étaient ni l'un ni l'autre ?

LE GREFFIER. – Je ne vois pas de quoi vous parlez.

RASMUSSEN. – C'est pourtant clair.

LE GREFFIER. – Répondez à ma question, ne noyez pas le poisson.

RASMUSSEN. – Je n'ai dénoncé personne durant l'Occupation.

Le greffier fait crépiter sa machine à écrire.

LE GREFFIER. – Secundo : « Avez-vous joué ou mis en scène pendant l'Occupation des pièces susceptibles de servir l'idéologie fasciste et hitlérienne, ou de desservir la cause de la Résistance ? »

RASMUSSEN. – Je n'ai rien monté de toute la guerre.

LE GREFFIER. – Pas même une piécette en un acte ? Pas même un petit boulevard ?

RASMUSSEN. – Rien de rien.

Le greffier fait crépiter sa machine à écrire.

LE GREFFIER. – Tertio : « Avez-vous été partisan de la Collaboration, *petit a :* avant 1942, *petit b* : après 1942 ? »

RASMUSSEN. – Quelle différence cela fait-il ?

LE GREFFIER. – Pour la catégorie *petit a*, nous accordons le bénéfice du doute.

RASMUSSEN. – Et pour les *petit b* ?

LE GREFFIER. – Le dossier est transmis à la Commission disciplinaire.

RASMUSSEN. – Et que se passe-t-il alors ?

LE GREFFIER. – Nous effectuons certaines vérifications.

RASMUSSEN. – Et une fois les vérifications faites ?

LE GREFFIER. – La personne est convoquée devant la Commission…

RASMUSSEN. – Et ensuite ?

LE GREFFIER. – La Commission lui donne une chance de s'expliquer…

RASMUSSEN. – Et si la Commission n'est pas convaincue ?

LE GREFFIER. – Sanctions disciplinaires.

RASMUSSEN. – Quel genre ?

LE GREFFIER. – Interdiction de jouer ou d'être joué. Parfois pour une durée indéterminée.

RASMUSSEN. – Je vois.

LE GREFFIER. – Alors ?... Qu'est-ce que j'inscris sur le formulaire ?... *Petit a* ou *petit b* ?

RASMUSSEN. – Je n'ai jamais été partisan de la Collaboration. Ni avant ni après 42.

LE GREFFIER. – *Petit c*... Je vous inscris pour la prochaine session ?

RASMUSSEN. – Quelle session ?

LE GREFFIER. – Mais pour siéger à la Commission, bien sûr.

RASMUSSEN. – En quoi cela consiste-t-il ?

LE GREFFIER. – Je viens de vous l'expliquer. Dresser des listes, vérifier les déclarations, assister aux auditions, décider des sanctions. C'est ce qui s'appelle faire la chasse aux embochés. Alors ? Lundi, huit heures, ça vous convient ?

RASMUSSEN. – Je crois qu'il y a un malentendu.

LE GREFFIER. – Malentendu ?

RASMUSSEN. – Je ne suis pas venu ici pour m'inscrire à quoi que ce soit.

LE GREFFIER. – Qu'est-ce que vous fichez ici, alors ?

RASMUSSEN. – J'aimerais avoir accès à un dossier particulier.

LE GREFFIER. – Un dossier ?

RASMUSSEN. – Ou plutôt deux dossiers.

LE GREFFIER. – Deux dossiers ?

RASMUSSEN. – Mais pour le second, je ne connais pas le nom complet. Je n'ai qu'un prénom et une initiale. Mireille B.

LE GREFFIER. – Actrice ? Costumière ? Maquilleuse ? Ouvreuse ?

RASMUSSEN. – Une actrice. Environ vingt-cinq ans. Sortie

du Conservatoire en 39, ou peut-être 40. Classe de Louis Jouvet.

LE GREFFIER. – Où a-t-elle joué ?

RASMUSSEN. – Essentiellement à l'Olivier.

LE GREFFIER. – Je vois. Et le premier dossier ?

RASMUSSEN. – Jean-François Canonnier. Auteur. Il dirigeait le théâtre pendant l'Occupation. J'aimerais tout simplement savoir ce qui leur est reproché.

LE GREFFIER. – *Tout simplement ?... (Il décroche le cornet du téléphone, tourne la manivelle.)* J'ai quelqu'un qui cherche à se renseigner sur Jean-François Canonnier... Juste là, devant moi...

Il raccroche. Temps prolongé.

RASMUSSEN. – Est-ce que quelqu'un va venir ? C'est que je suis un peu pressé.

Derrière le greffier, la petite porte de gauche s'entrouvre en grinçant. Un filet de fumée filtre par l'ouverture. Dans l'embrasure apparaît la tête entièrement chauve d'un homme d'une quarantaine d'années. Pâleur extrême. Visage fardé. De la pipe qu'il tient entre ses dents gâtées monte un épais nuage de fumée.

LECACHEUX *(observant les bas de pantalon de Rasmussen).* – Vous êtes venu à vélo ? Par cette chaleur ?

RASMUSSEN. – Dehors il ne fait pas si chaud.

LECACHEUX. – Bien sûr que si. Regardez-vous. Vous êtes tout transpirant.

RASMUSSEN. – Mais c'est chez vous que j'ai attrapé chaud.

LECACHEUX. – Pourquoi ? Vous avez quelque chose à vous reprocher ?

RASMUSSEN. – Je vous demande pardon ?

Le greffier insère un formulaire vierge dans sa machine.

LE GREFFIER. – « Avez-vous fait des dénonciations pendant l'Occupation ? »

RASMUSSEN. – J'ai déjà répondu à cette question.

LECACHEUX. – Mieux vaut deux fois qu'une.

RASMUSSEN. – J'étais sûr de moi dès la première fois. Je n'ai dénoncé personne.

Le greffier fait crépiter sa machine.

LE GREFFIER. – « Avez-vous joué ou mis en scène pendant l'Occupation des pièces susceptibles de servir l'idéologie fasciste et hitlérienne, ou de desservir la cause de la Résistance ? »

RASMUSSEN. – Absolument pas.

Le greffier fait crépiter sa machine.

LE GREFFIER. – « Avez-vous été partisan de la Collaboration, *petit a :* avant 1942, *petit b* : après 1942 ? »

RASMUSSEN. – C'est tout vu : *petit c.*

Le greffier fait crépiter sa machine.

LECACHEUX *(au greffier).* – Des contradictions entre les deux versions du questionnaire ?

LE GREFFIER. – Pas pour le moment.

LECACHEUX. – Faites voir. *(Il examine les fiches.)* « 34, rue Richer. »

RASMUSSEN. – C'est une adresse provisoire. Je suis d'origine étrangère.

LECACHEUX. – C'est l'adresse du théâtre de l'Olivier. Vous l'ignoriez ?

RASMUSSEN. – Évidemment non. J'y ai dormi cette nuit.

LECACHEUX. – Vous étiez un ami de Jean-François Canonnier ?

RASMUSSEN. – J'ai monté trois de ses pièces avant-guerre.

Lecacheux décroche le cornet du téléphone, tourne la manivelle.

LECACHEUX. – J'ai quelqu'un qui déclare être un ami de Jean-François Canonnier... Juste ici, face à moi...

Lecacheux raccroche. Temps prolongé.

RASMUSSEN. – J'aimerais pouvoir consulter son dossier.

LECACHEUX. – Quel dossier ?

RASMUSSEN. – Le dossier Canonnier.

LECACHEUX. – Qui vous dit que nous avons un dossier Canonnier ?

Derrière le greffier, la petite porte de droite s'entrouvre en grinçant. Un filet de fumée filtre par l'ouverture. Dans l'embrasure apparaît la tête d'un homme d'une quarantaine d'années. Pâleur extrême. Visage fardé. Strabisme prononcé derrière d'épaisses lunettes rondes en écaille. De la pipe qu'il tient entre ses dents serrées monte un épais nuage de fumée.

MIRO *(observant les bas de pantalon de Rasmussen)*. – Vous êtes venu à vélo ? Par cette température ?

RASMUSSEN. – Dehors il ne fait pas si chaud.

MIRO. – Vous plaisantez ? Le thermomètre est au plus haut.

RASMUSSEN. – C'est une question d'appréciation.

MIRO. – Absolument pas. Tous les hommes ont la même perception du chaud ou du froid ; c'est, entre autres choses, ce qui fait qu'ils sont hommes ; de même qu'ils ont une unique perception du bien et du mal. Le reste est une affaire de choix personnel. Le courage ou la lâcheté, l'engagement ou la neutralité.

LECACHEUX. – Et Dieu sait si vous vous y connaissez en la matière, mon cher...

MIRO. – Vous parlez de philosophie ?

LECACHEUX. – Non, de météo. N'avez-vous pas passé la drôle de guerre à faire voler des ballons captifs dans le ciel ?

MIRO. – C'était en 40, c'était il y a un siècle. C'était

avant de faire le choix de la vie contre la mort, de la Résistance contre la collaboration. *(À Rasmussen.)* Et vous ?

RASMUSSEN. – Moi ?

MIRO. – « Avez-vous fait des dénonciations pendant l'Occupation ? »

RASMUSSEN. – J'ai déjà répondu deux fois à cette question.

LECACHEUX. – Jamais deux sans trois.

Le greffier insère un formulaire vierge dans sa machine.

La fumée sortant des pipes de Miro et Lecacheux envahit peu à peu la pièce.

MIRO. – Ici nous conservons tous nos dossiers en trois exemplaires. Un pour le FNT, un pour le CES, un pour le CNT. Or nous manquons cruellement de papier carbone. Certaines restrictions datant de la guerre sont toujours en vigueur. Nous posons donc trois fois les mêmes questions.

LECACHEUX. – « Avez-vous fait des dénonciations pendant l'Occupation ? »

RASMUSSEN. – N'était-ce pas vous, avant-guerre, qui formiez cet espèce de duo comique, dans je ne sais quel cabaret, en sous-sol, à Pigalle ?

LECACHEUX. – Cabaret ?

MIRO. – Sous-sol ?

LECACHEUX. – Nous nous sommes rencontrés sur les barricades de la Libération, pas plus tôt que l'année dernière.

MIRO. – Boulevard Bourdon précisément.

LECACHEUX. – Il faisait chaud déjà. Par mégarde nous avions échangé nos chapeaux.

MIRO. – Nous étions au mois d'août, mon cher. Et nous ne portions pas de chapeau.

LECACHEUX. – Bien sûr que si. Vous m'avez fait remarquer que nous avions tous deux noté nos noms à l'intérieur. Trois jours plus tard, nous nous sommes retrouvés à la Comédie-Française, au milieu des combats, à soigner les blessés qui tombaient comme des mouches. Ce n'était pas beau à voir.

MIRO. – C'est là, sous les balles qui sifflaient, que nous avons conçu notre projet pour un nouveau théâtre français.

LE GREFFIER. – « Avez-vous fait des dénonciations pendant l'Occupation ? »

RASMUSSEN. – Comment m'avez-vous dit que vous vous appeliez, déjà ?

MIRO. – Vous ne savez donc pas qui nous sommes ?

LECACHEUX. – Vous ne nous reconnaissez pas ?

MIRO. – Vous ne lisez jamais les journaux ?

LECACHEUX. – Vous n'écoutez pas la radio ?

MIRO. – Enfin nous sommes auteurs.

LECACHEUX. – De célèbres auteurs.

MIRO. – Je rentre tout juste d'Amérique.

LECACHEUX. – Mais de quelle planète débarquez-vous ?

MIRO. – Là-bas j'étais la voix de la France autant que celle de la Résistance.

LECACHEUX. – De quel système solaire ?

RASMUSSEN. – Pardonnez-moi. J'étais ailleurs pendant la guerre.

MIRO. – Ailleurs ?

LECACHEUX. – À Copenhague, c'est écrit sur sa fiche.

RASMUSSEN. – Je viens tout juste d'arriver en France.

MIRO. – Du Danemark ? Ce Danemark-là qui, en 40, s'est lâchement laissé envahir ?

LE GREFFIER. – « Avez-vous fait des dénonciations pendant l'Occupation ? »

MIRO. – Ce Danemark-là qui a constitué un gouvernement de collaboration et s'est laissé dicter sa politique par les Allemands ?

LE GREFFIER. – « Avez-vous fait des dénonciations pendant l'Occupation ? »

LECACHEUX. – Eh bien nous, nous sommes restés.

MIRO. – Nous sommes restés et nous avons résisté.

LECACHEUX. – Nous avons embrassé la vie clandestine.

MIRO. – Les réunions secrètes…

LECACHEUX. – Les tracts interdits…

MIRO. – Les messages codés…

LECACHEUX. – Les pseudonymes…

MIRO. – Tout le monde sait ce que nous avons fait.

LECACHEUX. – Demandez donc qui sont *Miro* et *Lecacheux*.

MIRO. – Quelle bonne idée, mon cher. Amusons-nous un peu.

LECACHEUX. – Ce sont nos noms de code, nos pseudos de résistants.

MIRO. – Demandez donc autour de vous.

LECACHEUX. – Tout le monde nous connaît.

MIRO. – Dans cent ans on se souviendra de nous comme de grands résistants.

LECACHEUX. – Tout le monde sauf vous, visiblement.

LE GREFFIER. – « Avez-vous fait des dénonciations pendant l'Occupation ? »

RASMUSSEN. – Si tout le monde vous connaît, sans doute n'étiez-vous pas si clandestins que cela…

LECACHEUX. – Qu'est-ce que ça signifie ?

MIRO. – Qu'est-ce que vous lui voulez, exactement, à Canonnier ?

RASMUSSEN. – C'est vous qui l'avez mis sur la liste d'épuration du spectacle ?

LECACHEUX. – C'est nous.

RASMUSSEN. – Et sur la liste d'épuration de l'édition ?

MIRO. – Aussi.

LECACHEUX. – Nous faisons partie de ces deux commissions.

MIRO. – Et de quelques autres encore.

RASMUSSEN. – C'est vous qui avez transmis son dossier à la justice ?

MIRO et LECACHEUX *(de concert)*. – C'est nous.

RASMUSSEN. – Pourquoi lui en vouloir à ce point ?

LECACHEUX. – La trilogie de Canonnier sur Jeanne d'Arc est ignoble. C'est l'œuvre d'un Waffen-SS qui ne mérite qu'une chose : qu'on l'abatte sur le champ comme un chien.

RASMUSSEN. – Vous parlez de lui comme d'une bête.

LECACHEUX. – Ce n'est qu'un parasite. Un petit opportuniste qui n'a pas eu la force de se taire pendant la guerre, alors que l'honneur le plus élémentaire lui intimait de le faire. C'est une lente qu'il faut éliminer dans l'œuf. Approchez-vous un instant. Observez cette réclame sur le mur ?

RASMUSSEN *(lisant)*. – « Marie-Rose : la mort parfumée des poux. »

LECACHEUX. – Je suis l'heureux propriétaire de la marque Marie-Rose. Avant-guerre j'ai développé la petite entreprise familiale en me basant sur deux ou trois slogans simples et clairs. Eh bien sachez ceci : je traque et je traquerai les écrivains collabos de la même haine vigilante que les lentes et les poux.

RASMUSSEN. – Vous êtes donc pharmacien ?

LECACHEUX. – Je suis auteur avant tout. Si je développe mes affaires commerciales, c'est pour que mon théâtre n'en soit pas une. Que trouvez-vous à y redire ?

RASMUSSEN. – Rien du tout. Je constate simplement que vous n'avez pas eu besoin de faire jouer vos pièces sous l'Occupation. Les poux se sont chargés de subvenir à vos besoins. Jean-François, lui, n'a jamais eu cette liberté.

MIRO. – Vous avez tort. Jamais nous n'avons été plus libres que sous l'Occupation.

RASMUSSEN. – Je vous demande pardon ?

MIRO. – Nous avions perdu tous nos droits et d'abord celui de parler; on nous insultait en face chaque jour et il fallait nous taire; on nous déportait en masse, comme travailleurs, comme juifs, comme prisonniers politiques; à cause de tout cela, nous étions libres. Puisque le venin nazi se glissait jusque dans notre pensée, chaque pensée juste était une conquête; puisqu'une police toute-puissante cherchait à nous contraindre au silence, chaque parole devenait précieuse comme une déclaration de principe; puisque nous étions traqués, chacun de nos gestes avait le poids d'un engagement. Voilà précisément pourquoi votre Canonnier est l'un des plus coupables de tous.

Cette liberté, il n'a pas su en faire usage. Tout au contraire, durant quatre ans il n'aura fait que la pervertir.

RASMUSSEN. – « Nous », dites-vous ?

MIRO. – Comment ?

RASMUSSEN. – « On *nous* déportait en masse, puisque *nous* étions traqués » ? Vous avez personnellement connu la déportation ou la torture ?

MIRO. – Je parlais des Français, en général.

RASMUSSEN. – Moi, vous savez, je me méfie de ceux qui réclament la tête d'un homme sans jamais avoir risqué la leur.

LECACHEUX. – Mais vous, mon cher, qu'avez-vous fait pendant la guerre, là-haut, dans votre Danemark collaborateur ?

LE GREFFIER. – « Avez-vous fait des dénonciations pendant l'Occupation ? »

RASMUSSEN. – Ce que j'ai fait ne vous concerne pas.

LE GREFFIER. – « Avez-vous fait des dénonciations pendant l'Occupation ? »

LECACHEUX. – Je vois. Vous êtes de ceux qui se sont contentés d'attendre, bien tranquilles, que la guerre touche à sa fin. Que la tyrannie fût en passe de l'emporter ne vous faisait ni chaud ni froid. Ce qui importait à vos yeux, c'était d'avoir assez de charbon pour vous chauffer les pieds, n'est-ce pas ?

RASMUSSEN. – Quoi que j'aie pu faire durant la guerre, je ne suis en position de juger personne ; Jean-François pas plus qu'un autre.

MIRO. – Comprenez bien que nous ne lui en voulons pas personnellement. Simplement le parcours de ce Canonnier est à proprement parler exemplaire. Il est l'un de ces collaborateurs typiques, en marge du corps social, en marge du succès, qui se recrutent parmi les ratés du journalisme, des arts, de l'enseignement. Canonnier hait cette société où il n'a pu jouer de rôle. S'il cherche à lui passer le mors fasciste, c'est pour mieux l'asservir. En somme il se rapproche du criminel ou du suicidaire…

RASMUSSEN. – Suicidaire ?

MIRO. – Absolument. Le collaborateur est avant tout un inadapté qui n'a pas su s'assimiler.

La fumée des pipes a maintenant totalement envahi la pièce. Les quatre personnages ne sont plus que des silhouettes qui parlent dans le smog.

RASMUSSEN. – Et, pour cela, il mériterait le châtiment suprême ?

LECACHEUX. – L'épuration n'est pas un châtiment mais une précaution. Lorsqu'un explorateur prépare une expédition, il ne s'entoure ni de faibles ni de lâches. Pour le voyage de résurrection que la France doit accomplir, il nous faut des hommes forts, capables d'y voir clair dans le brouillard.

RASMUSSEN. – Et vous, messieurs, avez-vous été forts pendant la guerre ?

LECACHEUX. – Mais nous vous l'avons dit. Nous avons fait le coup de feu pendant la libération de Paris. Nous avons fréquenté les barricades et nous nous sommes battus.

RASMUSSEN. – Le fusil à la main ?

MIRO. – Nous avions mieux à faire que de tenir un fusil. Notre arme, c'était notre stylo ; nos balles, c'étaient nos mots.

LECACHEUX. – Absolument, mon cher, les mots bien pesés valent un déluge d'acier.

RASMUSSEN. – C'est donc ainsi que vous vous êtes battus pendant la guerre ? À coups de mots ? Vous avez libéré la France de cette manière ?

MIRO. – Absolument. Chaque intellectuel qui se dressait contre l'oppresseur valait bien dix saboteurs.

RASMUSSEN. – Je vous demande pardon ?

MIRO. – Notre tâche était de dire à tous les Français que nous n'accepterions pas la domination allemande. Celle de la Résistance n'était que de faire sauter ça et là quelques trains et quelques ponts.

LE GREFFIER. – « Avez-vous fait des dénonciations pendant l'Occupation ? » *(Un temps.)* « Avez-vous fait des dénonciations pendant l'Occupation ? »

Avec une lenteur extrême, Rasmussen ôte le sac qu'il porte sur le dos, y plonge la main, en sort un pistolet Luger, le pointe sur Miro.

RASMUSSEN. – Pour la troisième et dernière fois, je n'ai dénoncé personne pendant la guerre. Mais si j'avais été amené à vous croiser alors, sur la tête de ma sœur, sur la tête de ma mère, peut-être l'aurais-je fait.

La fumée est à ce point épaisse qu'on ne distingue plus rien ni personne. On entend le greffier répéter deux ou trois fois, d'une voix à chaque fois plus lointaine : Qu'est-ce que je mets sur le formulaire ?

3

Et lorsqu'il voulut détacher le vélo de la grille, il s'aperçut qu'il tenait encore le Luger dans son poing.

Des pas résonnèrent sous les arcades, d'abord lointains. Une femme déboucha depuis les jardins du Palais-Royal, la quarantaine élégante, ses talons clic-claquant sur le trottoir, sous son bras une pochette en croco. Elle portait un chapeau à voilette d'où s'échappaient deux ou trois boucles d'un roux trop tapageur pour être vrai. Rasmussen la fixa sans la voir. Leurs regards se croisèrent. Elle leva le menton, ce qui eut pour effet de cambrer sa silhouette et d'allonger la ligne de ses mollets. L'instant d'après, elle baissait les yeux, et ce fut comme si son corps se liquéfiait. Son port hautain, sa démarche assurée, tout s'effaça à la vue du revolver. Il n'eut pas la présence d'esprit de le dissimuler. Elle ralentit le pas, hésita, lança un regard en arrière, se décida finalement à changer de trottoir. Rasmussen l'entendit s'éloigner, martelant le bitume sur un rythme staccato.

Il ouvrit sa main, libérant le Luger. Ses doigts étaient gourds de l'avoir trop serré. Le guillochage de la crosse s'était imprimé sur sa paume. Miro se trompait. Les mots ne valaient pas une arme pour susciter la peur et intimer le silence. Rasmussen le savait, lui le taiseux, qui tant de fois avait tenu le Luger dans sa main, là-haut, à la Maison sur la montagne, et tant de fois l'avait pointé vers un visage figé par la panique, et tant de fois en avait fait goûter le froid canon à une nuque luisante de transpiration. Lecacheux avait tort. Les armes avaient toujours le dernier mot. Leur vacarme couvrait la voix des peuples. C'était le principe même de la guerre, qui triomphait toujours de la diplomatie. C'était le rôle même de l'armée – la Grande Muette : faire taire les beaux parleurs et faire parler les armes.

Il enfourcha le vélo de Balard et s'engagea sur l'avenue de l'Opéra. Le pédalier grinçait. Il avait le palais Garnier en ligne de mire, pourtant il se sentait perdu, désorienté, dans cette ville qu'il connaissait si bien. La galerie de bavards rencontrés au cours des trente-six dernières heures lui revenait en mémoire ; à chaque coup de pédale un visage supplémentaire. Munk, Turnbull, Balard, Bianchi, Santimaria, Anne-Cha Chenonceau et ses littérateurs, le Comité national du théâtre et ses inquisiteurs... Chacun, quels qu'aient été son camp, ses opinions, son comportement pendant la guerre, surnageait à la surface d'une espèce de soupe rance. Il avait sombré dans une mer noire de mots, où chacun s'exprimait à tort et à travers, où chaque nouvelle vague venait recouvrir la précédente, où tout s'annulait, où tout perdait son sens. Pendant quatre ans, la collaboration s'était enivrée de sa propre logorrhée haineuse. Elle avait perverti les mots – honneur, nation, travail, famille, patrie. Maintenant que la liberté, l'égalité et la fraternité avaient été rétablies au fronton des écoles et des mairies, certains ne trouvaient rien d'autre à faire que de se les épingler à la boutonnière pour mieux se pavaner sur les trottoirs. L'humain était-il jamais à la hauteur de sa rhétorique ?

Il contourna l'Opéra par la gauche et remonta la rue Auber. Il passa le théâtre de l'Athénée sans lui accorder un regard. Il n'avait pas besoin de le voir pour stimuler sa mémoire. Cette soirée-là où son amitié pour Canonnier s'était scellée un peu par hasard, au gré d'un numéro de fauteuil inscrit sur un billet, Rasmussen passait son temps à la convoquer parmi ses souvenirs. C'était le véritable point de départ de son itinéraire, et il n'avait de cesse de revenir à la source de ses envies, de ses rêves de jeunesse, comme si les choses s'étaient ensuite ternies, comme si rien n'avait jamais été à la hauteur de cette nuit-là où tout – y compris le sens du mot amitié – lui avait semblé clair.

Il refaisait le même trajet que ce soir de novembre 1935. Rue du Havre. Rue d'Amsterdam. Ils les avaient remontées à pied sans sentir le froid et le grésil qui leur tombait sur les épaules. Ils causaient théâtre, écriture, jeu d'acteur, mise en scène, et plus rien n'avait d'importance.

Il pédalait à toute vitesse, en chasse de son passé, de ses vingt ans, alimentant les muscles de ses cuisses au carburant de la nostalgie. Il avala la côte et déboucha face à la brasserie Wepler. C'est là qu'ils avaient bu, et mangé, et ri, et parlé jusqu'au bout de la nuit. En quittant les lieux au petit matin, ils avaient échangé leurs tickets. Ensuite, le temps d'une guerre, l'endroit avait été reconverti en *Soldatenheim*, un foyer pour soldats boches.

Ses poumons manquaient d'air, sa poitrine le brûlait. Il sentait les crampes gagner ses mollets. Pourtant il continuait de pédaler comme si toute l'armée allemande avait été à ses trousses. Il dévala l'avenue de Clichy, faillit percuter une camionnette des postes au moment de tourner dans la rue des Moines, l'évita de justesse, roula sur le trottoir, contourna un landau que poussait une grand-mère. Enfin il mit pied à terre et leva le nez. Ce chien-assis à la peinture écaillée, cette fenêtre grisâtre sous la toiture en zinc, c'était la chambre de son ami. Il délaissa le vélo de Balard et s'engouffra dans l'immeuble, gravissant l'escalier à toute vitesse, s'agrippant à la rampe, la faisant s'agiter du rez-de-chaussée jusqu'au cinquième.

Il était parvenu au terme de son périple à travers Paris et ses souvenirs. Face à cette porte d'un rouge flétri à laquelle il avait frappé tant de fois, il retrouvait enfin le fil de son destin. Pour la première fois depuis longtemps, il eut le sentiment que le défilement du temps allait repartir dans le bon sens – vers le mûrissement, la vieillesse, peut-être même une forme de sagesse ; ainsi la porte rouge s'ouvrirait-elle non sur un passé ressassé à l'infini mais bien sur l'avenir ; le sien autant que celui d'une nation, la France.

Il frappa une première fois, puis se rappela que Jean-François inventait toutes sortes de systèmes pour se couper du bruit et du monde extérieur. Il frappa encore, plus fort. Silence total. Au-dehors, la ville entière semblait se taire. Au-dessus, une verrière crasseuse, occultée de feuilles mortes à moitié décomposées, éclairait la cage d'escalier d'une lumière blafarde. Il se mit à bourrer la porte de coups de pied. Il lui semblait avoir saisi Jean-François par le col pour lui faire avouer ce qui s'était passé, lui faire dire ce qu'il avait fichu de leur jeunesse et de leur amitié. Il se mit à hurler sans se soucier des voisins, sans savoir s'il gueulait en danois ou en français. Et tandis que le panneau de bois rouge se cabossait d'impacts comme autant de questions assénées à l'ami d'avant-guerre, une voix venue depuis le rez-de-chaussée, nasillarde, autoritaire, affligée d'un accent des faubourgs, gonfla dans la cage d'escalier et emplit l'air jusqu'à s'interposer entre la porte rouge et sa colère.

Des pas montèrent, d'une lenteur exaspérante, lourds et gras, s'arrêtant à chaque palier, accompagnés de halètements rauques, d'épuisement ou d'exaspération, on ne savait. La concierge atteignit enfin le dernier étage, sorte d'immense vaisseau gîtant à droite, à gauche, barrique gréée d'un phénoménal tablier à carreaux qui lui descendait jusqu'aux pieds. Agrippée à la rambarde et scrutant Rasmussen de ses yeux hagards, elle reprit son souffle avant de parler.

– Vous ne savez pas qu'il n'est plus là ? Qu'il est en prison ? Vous ne lisez pas les journaux, non ?

Il considéra la porte, mutique, stupide, fixa ses godillots à la manière d'un gosse pris en faute, finit par acquiescer.

– Alors à quoi ça sert de m'esquinter la peinture si vous êtes au courant ? Qui c'est qui va payer ? Hein ? Qui c'est qui va payer, maintenant ?

Il marmonna qu'il prendrait en charge les dégâts, ou mieux encore, qu'il repasserait lui-même une couche de rouge, ainsi toute trace de sa fureur serait effacée.

Elle lui jeta un regard de travers avant de pencher la tête par-dessus la rambarde. Qu'y avait-il en bas ? Un mari, préposé quelconque dans un bureau, ou peut-être poinçonneur dans le métro, qui préparait son café en maillot de corps parce que c'était dimanche et qu'il n'y avait pas lieu de rester en habit une fois la messe ou le service passé ? Un mari, aussi sec que sa femme était grasse, qui aurait tôt fait de gravir les cinq étages pour donner de la voix aux côtés de sa matrone ? Rasmussen sentait regonfler sa colère. Combien d'efforts lui en coûterait-il pour la précipiter dans le vide ? Combien de temps faudrait-il à cette masse phénoménale pour s'écraser cinq étages plus bas ? Il prit conscience qu'il soufflait lui-même comme un buffle.

– Depuis combien de temps est-il absent ?

– Je viens de vous le dire, il est en prison.

– Je veux dire, pendant l'Occupation.

– Eh bien, l'Occupation ?

– On m'a dit qu'il avait déménagé ses affaires. Qu'il dormait ailleurs. Dans son théâtre. Le théâtre de l'Olivier dont il était le directeur. J'aimerais savoir à quel moment il a cessé de venir.

– Ici ?

– Ici.

– Mais vous êtes qui, d'abord ?

– Un ami. Je cherche à lui venir en aide. Je suis venu souvent avant la guerre.

– Si vous êtes son ami, pourquoi vous défoncez sa porte, alors ?

– C'est demain, son procès.

– Je sais. Peut-être bien que j'irai.

– Vous ne pouvez pas me renseigner ?

– Non.

– Vous ne pouvez pas m'ouvrir ?

– Et puis quoi encore ? Pour que vous alliez fouiller dans ses affaires ?

– La police a déjà dû le faire de toute manière.

– La police ? Quelle police ?

– La police d'aujourd'hui, celle qui enquête pour son procès. Pas celle d'hier, pas celle de Vichy, je veux dire.

– Personne n'est venu ici.

– Vous êtes sûre ?

– Personne n'est jamais venu, je vous dis. Ni aujourd'hui, ni hier.

Elle avait repris son souffle et lâché la rambarde, s'imposant en terrain conquis. Rasmussen fit un pas en arrière et sentit la porte rouge dans son dos.

– Vous saviez qu'il était revenu ici au moment de la libération de Paris ?

– Et alors ? Après tout c'est chez lui.

– Vous étiez au courant ?

– Peut-être bien.

– Vous saviez qu'il s'était caché ici ?

– Peut-être bien.

– De quoi avait-il l'air ?

– Qu'est-ce que vous voulez dire ?

– Je ne sais pas... Avait-il l'air déprimé ? Peut-être... Je ne sais pas comment dire... Suicidaire ?

La concierge fronça les sourcils, le mot n'avait jamais fait partie de son vocabulaire. Il comprit qu'il ne tirerait rien de sa visite.

Le Danois s'apprêtait à descendre lorsque la porte voisine s'entrouvrit. Et dans l'embrasure, comme en gros plan sur un écran, apparut le visage hâve d'un homme. La silhouette à la maigreur effarante était en tout point semblable aux fantômes de la gare de l'Est, à cette différence qu'elle n'était pas vêtue d'un uniforme rayé mais d'un costume de ville, au moins trois tailles trop grand. L'homme, sans âge, finit par glisser sur le palier à la manière d'un courant d'air. Ses orbites creusées paraissaient immenses, ses yeux suspendus dans le vide à l'entrée d'une grotte noire. Un souffle finit par sortir de sa poitrine, pas tout à fait une voix, fragile, éreinté, sur le point de rompre à chaque mot.

– Pardonnez-moi, madame, je profite de votre présence à l'étage, j'ai quelques difficultés à remettre l'électricité.

Il s'exprimait avec un accent, hongrois, ou polonais peut-être, et sa manière de rouler les r accentuait le tremblement de sa voix.

– Mais vous n'avez qu'à lever le levier, monsieur Chlomo. Le compteur est dans le placard.

– Pardonnez-moi, madame, mais je n'y arrive pas. J'ai pourtant essayé. Mais le levier semble bloqué.

– Bloqué ?

– C'est ma femme qui s'occupait de ces choses-là, vous comprenez.

– Alors ça, c'est bizarre. Personne n'a rien touché depuis votre départ.

L'homme vacilla. Il dut saisir le bouton de sa porte pour ne pas tomber. Les jointures de sa main blanchirent.

– Je n'en doute pas. Les trois assiettes sont encore sur la table.

– Bon ben je vais venir voir ça. De toute façon, avec monsieur, nous en avions terminé, n'est-ce pas ?

Rasmussen ne répondit pas.

Ledit Chlomo rentra chez lui comme il en était sorti, en courant d'air, suivi par la concierge qui peina à passer l'embrasure. Une fois à l'intérieur, elle se tourna une dernière fois vers le Danois.

– On vous a mal renseigné.

– À quel sujet ?

– Il n'est jamais vraiment parti.

– D'ici ?

– D'ici. Peut-être bien qu'il dormait ailleurs. Ça, je peux pas dire. Mais il a continué de venir. Tous les jours. Et pendant toute la guerre.

Il mit son pied en travers de la porte lorsqu'elle voulut la refermer.

– Vous ne voulez pas m'ouvrir à côté ? Vous êtes sûre ?

Elle regarda de nouveau vers la cage d'escalier.

– Foutez-moi le camp ou j'appelle mon mari.

À travers la porte, il l'entendit demander à Chlomo s'il avait trouvé le courrier qu'elle lui avait laissé sur le buffet. L'autre ne répondit pas. Et Rasmussen se demanda alors lequel des deux locataires du cinquième, du dramaturge collabo ou de son voisin juif polonais, la concierge du rez-de-chaussée avait bien pu dénoncer.

*
**

Deutschland siegt an allen Fronten [1]. C'était l'intitulé de la banderole tendue par les nazis sur le palais Bourbon. La photo de propagande avait fait le tour de l'Europe occupée. Rasmussen se rappelait l'avoir vue en première page d'un quotidien danois au tout début des hostilités. Il en avait pleuré. Depuis, Paris avait été libéré et la façade de la Chambre des députés débarrassée de sa banderole. L'Allemagne n'avait, en définitive, vaincu sur aucun front. Pourtant la ville

1. L'Allemagne vainc sur tous les fronts.

entière semblait avoir gardé les stigmates de son occupation, visibles ou invisibles.

Il laissa le pont de la Concorde derrière lui, remonta les boulevards Saint-Germain et Raspail, stoppa au coin de la rue de Sèvres. Le théâtre du Vieux-Colombier, où devait se tenir la conférence de Jouvet, n'était qu'à trois cents mètres. Cependant il restait là, un pied ancré sur le trottoir, l'autre encore calé dans la pédale. Était-ce le fantomatique locataire de la rue des Moines ? Ou la suggestion de Bianchi avait-elle fait son chemin ? Inconsciemment ou non, ses mains, qui tenaient le guidon par les cocottes de frein, l'avaient conduit à l'hôtel Lutetia. Devant la porte à tambour, une foule se pressait, contenue par des barrières blanches, formant une haie jusqu'au boulevard. Un panneau encadré d'un bandeau tricolore avait été collé sur une vitre du palace : *Renseignements aux familles.*

C'était le même espoir que la veille, à la gare de l'Est, la même attente un peu lasse qui se lisait dans les regards. Les mêmes mères, les mêmes sœurs, venues chercher un fils ou un frère ; cependant, celles et ceux que l'on rapatriait là n'étaient pas des prisonniers de guerre mais des déportés, raciaux ou politiques, juifs ou résistants, tout juste libérés des camps dont on commençait à saisir toute l'horreur.

Un petit monsieur d'une cinquantaine d'années, au crâne dégarni et au regard clair, vêtu d'un costume du dimanche au tissu poli par le temps, fit signe à Rasmussen.

– C'est un bien joli cycle que vous avez là, monsieur.

– Il n'est pas à moi. Quelqu'un me l'a prêté.

– C'est un Alcyon, ça, de 37 ou 38, équipé d'un

dérailleur Super Champion. Mais attention, c'est pas le dérailleur classique à fourchette. Ce que vous avez là, c'est un dérailleur à détention de chaîne. Plus rare. Plus cher. Surtout plus efficace en montée. Un bien beau cycle de compétition, monsieur.

– Vous m'avez l'air d'un spécialiste.

– C'est mon fils. C'est lui le champion. Moi, vous comprenez, je n'ai fait que l'accompagner sur ses courses. C'est comme ça que j'en suis arrivé à partager sa passion.

– Votre fils est coureur ?

– Amateur. Il fait les critériums. S'il n'y avait pas eu la guerre, peut-être bien qu'il aurait fait le Tour de France. Dans la région d'où nous venons, le vélo est une religion.

– Vous n'êtes pas parisien ?

– Ma femme et moi nous venons d'Yssingeaux, Haute-Loire.

– Je n'y suis jamais allé.

– C'est près de Saint-Étienne. Les cycles Manufrance, vous connaissez ?

– Vous avez de la famille à Paris ?

Le petit monsieur si disert sembla pris au dépourvu. Il montra l'entrée du palace.

– Je viens aux nouvelles... Un peu comme tout le monde ici... Vous aussi, je suppose ?

Il dévisageait Rasmussen en silence. Le Danois serra un peu plus son guidon et détourna les yeux en direction du Vieux-Colombier. Il se sentait comme un badaud devant un accident de la circulation.

– Et vous ? Vous attendez qui ?

L'autre plongea la main sous sa veste et en tira une photographie. Elle représentait un jeune homme en tenue de cycliste, posant fièrement au bord d'une route, sa bicyclette rutilante à ses côtés.

– C'est mon fils. C'est Léopold. Lui aussi avait une Alcyon. Je la lui garde. Elle est à Yssingeaux, bâchée dans mon garage.

– Vous savez où il a été envoyé ?

Le petit monsieur remua la tête sans quitter la photographie du regard.

– Il s'est fait prendre à Saint-Étienne. Bêtement. En sortant d'un café. Ma femme et moi sommes sans nouvelles depuis près de deux ans.

– Votre femme est ici ?

– Non. Elle est rentrée à Yssingeaux. Moi je reste encore un peu. J'ai loué une chambre juste à côté. Il en arrive encore, vous comprenez. Il en arrive tous les jours. Hier une mère a retrouvé sa fille. Cela a pris du temps pour qu'elle la reconnaisse. La petite avait tellement maigri. Peut-être mon Léopold fera-t-il partie des derniers, qui sait.

– Vous venez ici tous les jours ?

– Tous les jours que Dieu fait. Du matin jusqu'au soir. J'attends, accoudé aux barrières. Comme avant-guerre, pour l'arrivée des courses.

La porte à tambour du palace se mit à tourner, et expulsa un scout qui rejoignit le boulevard pour héler les voitures.

– Ils arrêtent les automobilistes. Ils leur demandent s'ils veulent bien raccompagner ceux qui se sentent prêts à retourner chez eux. Ils sont encore nombreux, là-dedans. Certains ne sont pas en état de rentrer. D'autres n'ont plus personne chez qui aller. Ils raflaient des familles entières, vous comprenez. Ma femme et moi, on a eu cette chance-là de leur échapper.

Au coin de la rue de Sèvres, le scout agitait les bras.

– À l'intérieur, ils ont monté de grands panneaux. D'après ce qu'on m'a dit, c'étaient des panneaux électoraux qu'ils ont piqués sur les trottoirs. Maintenant on y punaise les avis de recherche et les photos des disparus. En général, les gens ont bien changé. Ils ne ressemblent plus du tout à ce qu'ils étaient sur les clichés. De temps en temps, quelqu'un en reconnaît un ou deux. Il donne alors des renseignements. Il dit ce qu'il sait, ou ce qu'il peut. Dans quel camp, à quel moment.

Le scout était parvenu à immobiliser une auto ; le conducteur abaissa sa vitre.

– La semaine dernière, nous pouvions entrer dans le grand hall pour y punaiser nos portraits. Depuis, le médecin chef du Lutetia a fait poser un panneau d'interdiction. Certains sont revenus avec le typhus. La contagion, vous comprenez.

L'automobiliste gara sa Peugeot flambant neuve à cheval sur le trottoir et coupa son moteur. À travers le pare-brise, Rasmussen aperçut l'extrémité incandescente d'une cigarette. Un filet de fumée monta vers le ciel.

– C'est un costaud, mon Léo, plutôt du type sprinteur, on le voit bien sur la photo. Grosses guibolles, gros cœur. Alors je crois qu'il a pu s'en sortir. D'après les journaux, c'était comme une compétition, là-bas. Ce qu'il fallait, c'était s'accrocher, tenir jusqu'à la cloche du dernier tour. Mon Léo, vous comprenez, il finit toujours bien ses parcours. C'est vers la fin qu'il produit son effort.

La porte du Lutetia pivota à nouveau ; le tambour semblait tourner sur une roulette de casino. Le prochain à sortir serait l'un des très rares vainqueurs dans ce jeu de hasard et de mort.

Un pauvre hère déboucha sur le trottoir et marcha vers la voiture, escorté par le scout. Derrière les barrières blanches le silence régnait. Il avança au milieu de cette haie constituée de parents dans l'attente et l'espoir, qui le scrutaient, le déshabillaient, l'accablaient. Et il baissa les yeux, incapable de soutenir le poids de tous ces regards.

L'adolescent ouvrit la portière et l'aida à s'installer à bord. Côté conducteur, la cigarette vola par l'embrasure et termina sa chute sur la chaussée. Les secondes s'égrenaient. Enfin le moteur toussota. Le scout referma la portière. La voiture fit demi-tour sur la rue de Sèvres puis s'éloigna en direction du Bon Marché.

Parmi les implorants du Lutetia, chacun s'enfermait en soi, reformulant une énième prière à l'égard d'un Dieu qui s'était fait porter absent trop longtemps. Et comme pour exaucer cette supplique muette, un autobus vert et blanc apparut à l'angle des boulevards Raspail et Saint-Germain. Le brouhaha gonflait à mesure qu'approchait le véhicule. Une femme lâcha un cri qui survola le murmure : « Ils les ramènent avec les mêmes autobus ; ce sont les mêmes qui sont venus les chercher il y a trois ans. Qu'est-ce qu'ils peuvent bien penser, là-dedans ? Qu'est-ce qu'ils peuvent bien penser ? » Le poids lourd vint se ranger contre le trottoir avec la lenteur d'un paquebot de croisière ; sur ses flancs, en lettres majuscules : *Prisonniers, déportés et réfugiés*. Le chauffeur coupa son moteur ; les conversations s'éteignirent.

Un premier fantôme descendit de la plateforme arrière, vêtu d'un uniforme rayé, que les spectateurs des actualités cinématographiques avaient appris à identifier, que les voisins immédiats du palace parisien s'étaient habitués à croiser et que toute la capitale surnommait les *pyjamas*.

Le premier passager fut suivi d'un second, puis d'un troisième. Ils descendaient au compte-gouttes, spectres incapables de se mouvoir autrement qu'au ralenti.

Une femme, surgie de nulle part, s'approcha de l'autocar sans que personne ne songe à l'arrêter. Un cabas pendait au bout de son bras. Elle en tira un sac en papier qu'elle brandit vers les fenêtres. Des mains décharnées en sortirent, circonspectes, prudentes, pour y piocher. Les mains prirent le chemin des bouches qui, dans la pénombre de l'autocar, paraissaient d'immenses trous noirs. Les lèvres blanches remuèrent. Les mâchoires s'ouvrirent puis se fermèrent. Quelques larmes coulèrent sur les joues mal rasées. On se passa le mot : la ménagère venait d'offrir aux revenants de l'autocar les premières fraises de l'année.

Le bus vert et blanc s'était vidé. Un essaim de scouts les invita à se mettre en marche. Pour rejoindre leur refuge, il leur faudrait traverser la foule de celles et ceux qui attendaient leur retour depuis des semaines, des mois, des années. Et les cris éclatèrent de l'autre côté des barrières. Des noms fusèrent. Des photos s'agitèrent. Des doigts s'agrippèrent aux manches des pyjamas.

Le petit monsieur au costume élimé s'était mis au diapason. La photo de son fils brandie vers les rescapés effarés, il lançait à qui voulait l'entendre :

– Boberski Léopold ! Boberski Léopold ! Est-ce que quelqu'un connaît Boberski Léopold ? Un type costaud qui aime faire du vélo. Boberski Léopold! Tenez, regardez voir sur la photo!

Les crânes rasés des déportés tournaient et se retournaient au cœur de cette forêt de mains et de photos hérissées dans leur direction. Certains, terrorisés, fonçaient cahin-caha vers le Lutetia et s'engouffraient par la porte pour tomber sur la cohue des médecins chargés de les examiner, des infirmières chargées de les désinfecter, des volontaires chargés de les interroger. D'autres, au contraire, demeuraient là, figés, entre les deux rangées de balustrades, examinant les portraits qu'on leur tendait pour tenter d'y associer l'un des innombrables visages qu'ils avaient vus marcher vers la mort.

Un spectre s'approcha du petit monsieur qui répéta le nom de son fils. L'autre, émacié au point qu'on se demandait comment il tenait debout, fixait la photo du jeune cycliste, s'attardait sur chaque détail – le visage souriant, les dents blanches, les cheveux passés au Pento, mais aussi le corps d'athlète, les muscles saillants, les mollets et les cuisses dessinés sous le cuissard noir, le maillot clair frappé d'une réclame pour les cycles Alcyon, jusqu'à la bicyclette que tenait le garçon –, à tel point que Rasmussen crut qu'ils allaient tous les trois – le père, le déporté et le résistant danois – s'engager dans une conversation sur les modèles de dérailleurs. Mais sans même lever le nez du portrait, l'homme en pyjama rayé dit :

– Léo.

La voix, aussi vacillante que la main, souffla :

– Vous le reconnaissez ?

– C'est Léo.

Le père esquissa un sourire.

– Boberski Léopold. C'est mon fils.

– Je l'ai connu pendant la première marche. En janvier.

– La marche ?

– Entre Auschwitz et Buchenwald.

– Vous connaissez mon fils Léopold Boberski ?

– C'est Léo. C'est Léo sur la photo.

– C'est Léopold, oui. Il est avec vous quelque part ? Il est encore dans l'autocar ?

– Il est mort. Il y a un mois. Peut-être moins.

– Il est encore dans l'autocar ?

– Il est mort pendant la deuxième marche. Il est mort à la fin. Dans le train. En quittant Theresien.

Le père retira vivement sa main et la photo disparut dans sa poche intérieure, juste au niveau du cœur.

– C'est impossible, monsieur. Vous devez faire erreur.

L'homme en pyjama leva les yeux, et pour la première fois les regards se croisèrent. Le père débordait de colère, toisant son interlocuteur squelettique comme s'il était l'assassin de son fils.

– C'est impossible, je vous dis. Pas à la fin. Pas dans les derniers jours. Mon fils a toujours été le plus fort sur la fin du parcours. (L'autre lui retourna des prunelles vides.) Rentrez vous reposer, monsieur. Vous en avez sûrement besoin. À l'intérieur vous trouverez des infirmières. Pardonnez-moi de vous avoir importuné. Vous êtes très fatigué et l'erreur est humaine. Et puis, bien sûr, mon Léopold ne doit plus ressembler au Léopold de la photo. Il a dû bien maigrir. D'ailleurs, le reconnaîtrais-je moi-même ? Peut-être est-il déjà à l'intérieur, peut-être est-il en train de se faire soigner à l'heure qu'il est, peut-être ne l'ai-je tout simplement pas vu passer…

Le petit monsieur se détourna, puis il interpella un autre revenant, l'un des tous derniers encore dehors, réitérant inlassablement sa litanie, la même qu'il ressassait depuis des jours, d'autobus en autocar, depuis son arrivée à Paris en provenance d'Yssingeaux, Haute-Loire.

4

Prestiges et perspectives du théâtre français, ainsi s'intitulait la conférence que donnerait Jouvet. Le sous-titre du programme indiquait plus clairement ce que le metteur en scène développerait au cours de sa causerie – comme il l'avait lui-même nommée : *Quatre ans de tournée en Amérique latine, 1941-1945.*

Rasmussen retrouva Balard dans le hall du Vieux-Colombier. Dans la salle principale il y avait déjà foule; la presse s'était fait l'écho du grand retour de Jouvet dès le mois de février, et le célèbre interprète du docteur Knock n'en était plus à sa première conférence.

Ils trouvèrent deux places en bout de rangée, dont un strapontin que Rasmussen déplia avec difficulté. Sur ce siège bien trop petit pour sa carcasse, les bras ballants entre ses genoux haut perchés, il détailla le plafond voûté, l'implantation des projecteurs, tandis qu'autour de lui le Tout-Paris garnissait le parterre. Par deux fois il dut se lever, la première pour laisser passer une actrice pomponnée qui l'effleura du derrière; la seconde devant l'injonction polie d'un officier qui se glissa en crabe à travers la rangée. Le Danois crut reconnaître, assis au premier rang, la nuque de

Cocteau, mais il n'en fut pas sûr. Enfin les gamelles perchées en l'air s'allumèrent en cliquetant sous l'effet de la chaleur, dans la salle les conversations s'éteignirent, et Rasmussen bascula son attention du plafond à la scène. Jouvet venait de faire son entrée.

L'acteur, vêtu d'un complet sombre, rejoignit un pupitre, y disposa une liasse puis plongea son regard dans l'obscurité de la salle. Il avait dessiné un fin trait noir à la lisière de ses paupières. Ses yeux, étonnamment mobiles, semblaient vouloir balayer chaque rangée et nouer un lien privilégié avec chaque spectateur. Plusieurs secondes s'écoulèrent. Jouvet ménageait ses effets. Un silence d'église régnait à l'intérieur du Vieux-Colombier. Enfin, il prit une courte inspiration, et de sa voix métallique à la diction si particulière, cueillit son auditoire.

– Ces confidences que je vous apporte aujourd'hui sur notre tournée en Amérique latine, ce n'est pas la première fois que je les fais. Pendant quatre années, il ne s'est pas passé une journée sans que nous pensions à vous, à ceux qui étaient restés ici.

C'était retomber en enfance et se retrouver aux côtés de sa mère, au Théâtre royal de Copenhague, à écouter pour la première fois ce timbre qui avait le don d'envahir l'espace, ce phrasé musical qui s'envolait sur la portée et s'autorisait d'étonnantes libertés, avant de redescendre staccato jusqu'à son point final pour y fermer le sens. Jouvet parlait, et sa causerie s'inscrivait dans les mémoires comme dans le marbre. Un orateur hors pair, un magistral conteur. La quintessence même de l'acteur. Et cet acteur-là, parfaitement raide et immobile derrière son pupitre de bois, faisait paraître sur la scène toute une galerie de paysages et de portraits. Par le simple pouvoir de sa voix, par ce curieux vibrato qu'il mettait dans certains de ses mots, Jouvet emmenait le théâtre entier vers le Brésil, vers l'Argentine, vers l'Équateur, vers l'Uruguay. À Quito, l'altitude rétrécissait le souffle et allongeait bizarrement l'alexandrin. Ce même alexandrin, soumis à la chaleur humide de Mexico, se faisait poreux et insonore, mettant au supplice la technique vocale des acteurs. Jouvet s'enivrait d'énumérations – 67 000 kilomètres parcourus, 47 décors, 34 paniers pour 395 costumes, 34 tonnes de matériel, 376 représentations d'un répertoire comptant 20 pièces, devant près de 700 000 spectateurs. À Las Palmas, le décor du *Médecin malgré lui* s'était retrouvé couvert d'une épaisse couche de poussière de charbon ; à Santos, le matériel d'*On ne badine pas avec l'amour* avait été pétrifié par un chargement de ciment ; à Barranquilla, c'était une cargaison de mélasse qui avait enduit les châssis d'*Ondine* d'un sirop brun ; à Guadalajara, les fourmis, les souris et les *cucarachas* s'étaient invitées dans les paniers de costumes de La *Guerre de Troie* ; à São Paulo, il avait fallu affronter tout à la fois un froid sans précédent, une épidémie de grippe et une grève des transports... Jouvet parlait et le public écoutait. Partout en Amérique du Sud on avait célébré la France, ses bons mots, sa poésie, ses acteurs. La troupe de l'Athénée s'était jouée des innombrables difficultés logistiques, climatiques, financières, pour célébrer soir après soir la grandeur de la culture française et le génie de ses auteurs. Jouvet avait été reçu par les chefs d'État et les ambassadeurs. Soir après soir, la salle s'était levée en un interminable encore, pour l'inviter, lui et sa troupe, à revenir saluer.

Et pourtant, passé le premier quart d'heure de bonheur, Rasmussen sentit le malaise l'envahir. L'inconfort du strapontin s'était rappelé à lui et il avait commencé à se tortiller sur ses fesses. Jouvet célébrait la grandeur de la France et ses propres succès face à l'adversité. Jouvet parlait de l'importance de sa mission, sans cesse réaffirmée, ovation après ovation, pendant ces quatre années d'exil. Mais au fond, de quelle mission d'importance parlait-il ? Avait-il seulement conscience de ce qui s'était passé en France en son absence ?

Rasmussen s'absentait du Vieux-Colombier. Il reprenait son voyage intérieur, à travers ses pensées et ses souvenirs, à travers sa propre réalité, interrogeant le sens des mots *mission* et *exil*, tandis que sur les planches l'homme aux yeux cernés de noir devenait un peu plus, à chaque minute qui passait, un inconnu.

Jouvet était parti à l'autre bout du monde. Rasmussen était rentré chez lui. Là, il avait pris le chemin de traverse de la Résistance. Résister, c'était d'abord désobéir. C'était en assumer les conséquences. Accepter l'exil, le vrai, celui qui faisait de vous un étranger dans votre propre pays. Renoncer à voir votre famille. Vos amis. Instaurer cette curieuse familiarité avec la mort, changer sa proximité permanente en routine quotidienne. Envisager le pire, chaque matin et chaque soir. La torture. La déportation. La mort par pendaison. La mort au pied d'un poteau, douze balles dans la peau. La mort, brûlé vif. La mort, noyé dans une baignoire. Voir vos camarades massacrés sous vos yeux, par votre faute, parce que vous n'avez pas voulu parler, ou au contraire parce que vous en avez dit trop. Accepter l'éventualité de la lâcheté, de la trahison, celle des autres mais aussi la vôtre. Se méfier des mots. Se méfier des gens. Se méfier de votre prochain, se méfier de vos amis. Se méfier du lendemain.

Et dire qu'il avait embrassé la cause par amour, sur un coup de tête, comme on part à la pêche à la baleine ou à la chasse au tigre.

Sur sa droite, Balard marmonnait dans sa barbe.

– Monsieur le grand acteur s'en va avec les subventions du Maréchal, puis s'en revient avec la bénédiction du Général. Tu parles, Charles…

Jouvet poursuivait son interminable monologue. La gloire. Les ovations encore. Avoir quitté Paris parce qu'on lui proposait d'échanger Jules Romains et Giraudoux contre Goethe et Schiller. Ça non, ça jamais ! Les aventures exotiques qui s'enchaînaient. Un camion de costumes qui versait dans la pente en pleine cordillère des Andes. *Pensez ! Si votre compagnie ne part pas, il n'y aura pas, là-bas, de saison française cette année !* Et parfois le silence du public sud-américain, si poignant qu'il en devenait inquiétant, si profond qu'il en devenait angoissant. Eh bien ! ce silence redoutable, Jouvet l'avait compris ensuite, n'était fait que d'une vive émotion, émotion de retrouver l'esprit français, émotion dans la chaleur des applaudissements, émotion d'affirmer son amour et sa fidélité à la nation française.

L'exil, le vrai, c'était aussi l'exil intérieur. C'était se comporter en salaud et en avoir conscience. Devenir un étranger non seulement aux yeux de son père, de sa mère, de sa sœur, mais à ses propres yeux. Ne plus pouvoir se regarder dans un miroir.

L'itinéraire de Paris à Jérusalem a demandé plus de trois cents pages à M. de Chateaubriand. Son voyage fut moins long que le nôtre. Il était seul avec son valet de chambre. Nous étions vingt-sept et notre odyssée dura quatre années. Ainsi parlait monsieur Jouvet.

Balard continuait de marmonner dans la pénombre :

– Histoire drôle parue dans *Le Canard enchaîné.* Jouvet débarque à Marseille, sa valise à la main, après quatre ans d'absence. Il tombe sur une jeune femme en bonnet phrygien, des bleus et des cocards plein la gueule. Quelles nouvelles ? demande Jouvet. Et Marianne de répondre : *Le petit chat est mort...*

L'exil, c'était partir pour le Jutland, intégrer la Division L de Jørgen avec pour mission de faire sauter des trains. C'était accepter de les accompagner un soir à Silkeborg pour interroger un fabriquant de tuiles un peu trop proche de l'occupant. C'était faire le guet dans la voiture tandis que les autres entraient par l'arrière du restaurant. C'était les voir traverser les cuisines à travers les carreaux embués. C'était voir le fabriquant se lever dans la salle et renverser sa bière à l'arrivée du commando.

À Buenos Aires, le théâtre où la troupe de l'Athénée devait jouer avait brûlé une heure avant la représentation. Les comédiens avaient vu leurs costumes s'envoler en fumée.

C'était voir Jørgen dégainer son revolver, c'était entendre son juron étouffé parce que son arme s'était enrayée. C'était voir le fabricant de tuiles sortir dans la nuit, par la porte principale. C'était le regarder courir dans sa direction, à la lueur d'une rampe d'ampoules multicolores illuminant la devanture du restaurant. L'exil, c'était les huit hommes de la Division L lancés à ses trousses.

À Santiago du Chili, à la dernière représentation, quand le rideau s'était fermé, le public tout entier s'était levé pour entonner en cœur *La Marseillaise*.

C'était ouvrir la boîte à gants et armer le Luger, c'était sortir de la voiture, c'était fixer le marchand de tuiles droit dans les yeux et y saisir, le temps d'un éclair, la lueur de la peur.

En Martinique, à minuit dans la rue, les Noirs déclamaient du Vigny, du Lamartine et du Victor Hugo.

L'exil, le vrai, c'était entendre hurler Jørgen juste derrière, c'était entendre ses mots se détacher dans la nuit, avec la même précision, la même perfection maniaque qu'un professeur de diction au Conservatoire : « Mais qu'est-ce que tu branles, bordel, mais tire ! »

En apercevant les quais ruinés du Vieux-Port, jamais la France ne nous a semblé plus stable ni plus rassurante. Tel fut notre voyage. Telle est notre réussite.

Délaissant sa liasse sur le pupitre, Jouvet s'interrompit. Ce fut un orage d'été, de ceux qui gonflent et menacent près d'une heure avant d'éclater. Le public pouvait enfin rendre à son idole ce qu'il venait de lui offrir. Du rêve, des bons mots, de l'exotisme, surtout une vision conquérante et glorieuse de la France. Les premiers battements de mains crépitèrent comme les gouttes de pluie sur un trottoir. Puis très vite, l'averse gagna en intensité, et ce fut un déluge d'applaudissements qui s'abattit sur la scène du Vieux-Colombier. Le visage grave encore marqué par l'odyssée verbale qu'il venait d'accomplir, Louis Jouvet saluait.

Quelque part dans la salle, tandis que les rappels et les acclamations se succédaient, un homme avait quitté son strapontin et remontait l'allée centrale à grandes enjambées.

***

D'abord il voulait boire.

Il fouilla le trou dans la pierre et en tira la clé. Puis il déverrouilla la porte et avança dans le foyer. Il alluma la lumière pour mieux voir l'alignement de bouteilles derrière le bar. Il n'y avait que du champagne tiède et rance qui datait de la guerre. Certaines bouteilles étaient restées ouvertes depuis le soir de la dernière. C'était à vomir. Dans ces crus éventés macéraient quatre années de compromissions, de courbettes, de poignées de mains moites, de contorsions obscènes, pour conquérir ou conserver sa place au soleil, avoir sa photo dans les journaux, recevoir sur scène, soir après soir, sa dose d'applaudissements et de bravos.

Il évacua les placards, envoya valser flûtes et coupes, ballons et verres. Réussit à mettre la main sur un flacon à moitié plein de Pinet Castillon millésimé et consentit à s'asseoir. Dans un silence de mort, Rasmussen leva l'eau-de-vie aux reflets dorés, trinqua à la santé du major Turnbull, puis, rasade après rasade, transvida le cognac dans son corps.

Un téléphone sonna, lointain, dans le bureau en entresol où Jean-François avait fini par installer un lit pour abriter ses insomnies. Le grelot cessa. Rasmussen avala deux ou trois gorgées d'affilée. Le grelot reprit. Peut-être cinq ou six sonneries.

Enfin, la bouteille était vide. Là-bas, les hurlements du téléphone avaient repris. Il se leva, décida de les ignorer et poussa la porte qui menait à la salle. La servante n'y brillait plus. Balard avait dû la débrancher. Ou c'était le filament de tungstène emprisonné dans l'ampoule qui avait rendu l'âme. Le théâtre de l'Olivier avait été passé au cirage noir.

L'alcool produisait son effet. Il progressait dans

l'allée centrale, de fauteuil en fauteuil, dans un équilibre précaire qui le faisait osciller entre les rangées paires et impaires. Il se hissa sur le plateau, s'enfonça en coulisses. Après s'être égaré dans le dédale des pendrillons de velours, il trouva le variateur de lumière.

Le décor de *Gilles et Jeanne* s'étalait sous ses yeux. Alors, comme il s'était soûlé de cognac quelques instants plus tôt, méthodiquement il entreprit de tout détruire.

Il commença par le bûcher ; de toutes ses forces, il pesa sur le poteau des condamnés, qui se fracassa au milieu des fagots qui volèrent en éclats. Puis il passa à l'infâme anthologie d'articles collabos. Il attaqua la muraille de papier mâché avec ses poings, mais la qualité du matériau était telle – Balard n'avait lésiné ni sur l'épaisseur de la paperasse ni sur la quantité de colle – qu'il ramassa la poutre des condamnés et s'en servit comme d'un bélier. Le pont-levis fut réduit en pièces, les meurtrières élargies au point d'en devenir des portes béantes ; marche après marche, il pulvérisa l'escalier qui menait au chemin de ronde. Il secoua si fort l'échafaudage sur lequel reposaient les parties hautes des remparts que les tubulures finirent par jouer. L'ensemble vacilla, puis s'effondra dans une clameur de ferraille, emportant une partie du mur. L'odieuse logorrhée des *Je suis partout* de Brasillach et Rebatet, *La Gerbe* d'Alphonse de Châteaubriant, *Au Pilori* de Céline et d'Alastor gisait maintenant à terre, vaincue, masse informe d'appels à la collaboration et au massacre des juifs que Rasmussen pilonna du pied, disloquant le verni cartonneux, réduisant les phrases en mots, les mots en lettres et les lettres en poussière.

Hors d'haleine, ruisselant de sueur, il s'effondra parmi ses ruines et éclata en sanglots. Tout cela n'avait servi à rien. L'ivresse était passée, les souvenirs et la colère ne l'avaient pas quitté.

Dans sa tête l'enfant hurlait toujours.

Après l'exécution du fabricant de tuiles, ils prennent la direction de la Maison sur la montagne. Deux autos dans la nuit – celle de Jørgen ouvre le chemin, celle de Rasmussen deux cents mètres plus loin – longent la succession de lacs à l'est de Silkeborg. Le halo jaune des phares fend l'obscurité, caresse la surface lisse de l'eau lorsque la route l'enlace. Muet, Rasmussen conduit, sa main gauche sur le volant tandis que l'autre, posée sur sa cuisse, garde la mémoire de la crosse du Luger, la sensation du recul au moment du coup de feu.

Il gare la voiture à l'arrière, entre la maison et la colline, face à la porte métallique de la cave. Le chef du réseau pour la région de Silkeborg a allumé une cigarette et la lui tend.

Rasmussen fume sous le regard de ses compagnons. La voix de Jørgen filtre dans l'obscurité, calme, ferme.

– Ça va ? (Rasmussen acquiesce.) C'était nécessaire, tu sais. Ce type était un mouchard. Si nous ne l'avions pas fait, il aurait fini par nous dénoncer, nous ou d'autres camarades. (Rasmussen acquiesce.) Tu sais ce qu'ils nous font quand ils nous prennent.

– Je sais.

– À quoi tu as pensé en pressant la détente ?

Rasmussen jette sa cigarette au loin. Un vague dégoût le saisit quand il réalise qu'elle est passée entre les lèvres de Jørgen.

– À rien.

– C'est bien. C'est ce qu'il faut. Ne pas penser.

Dans les jours qui suivent, ils mènent une opération similaire, à cette différence qu'elle se déroule en plein jour, et dans une autre ville du Jutland. C'est un camarade policier qui a fourni les renseignements. La cible est un *Sven Stoll*, ainsi surnomme-t-on les flics passés à la solde de la Gestapo. L'homme roule à bicyclette. Il rentre chez lui. Une femme, trois gosses. Deux membres de la Division L lui filent le train ; le plus grand n'a pas trouvé machine à sa taille devant la gare, dans le lot de vélos parmi lesquels ils ont volé les leurs ; il pédale en crapaud, les genoux vers l'extérieur. Rasmussen suit derrière, dans la voiture. Dans son dos, Jørgen fume, affalé sur la banquette en cuir.

Celui qui pédale en crapaud accélère, arrive à la hauteur de la cible, lance un pied dans sa roue avant ; l'autre verse dans le fossé tandis que Rasmussen se range sur le bas-côté. Le *Sven Stoll* ne tente même pas de se relever, il sait qui sont ces quatre-là, les deux cyclistes et la seconde paire dans la voiture. Ils lui nouent les chevilles et les poignets, l'enfournent dans la malle arrière. Cela n'a pas duré plus de trois minutes.

Ils le conduisent à la Maison, sous la montagne précisément, dans la cave. Ils le bâillonnent, l'attachent à une chaise, puis le laissent macérer une douzaine d'heures, sans lumière, sans manger et sans boire. Vers quatre heures du matin, ils allument l'unique ampoule qui pend du plafond. La Division L au complet fait cercle autour de lui.

L pour liquidation.

L'un des membres de l'équipe filme l'interrogatoire dont Jørgen a la responsabilité. Les autres, bras croisés, se taisent. Ils sont là pour impressionner. Neuf hommes en tout.

Ni coups ni torture. Pas de baignoire. Pas d'électricité. Pas d'ongles arrachés. Le *Sven Stoll* garde intactes ses parties génitales. Jørgen lui montre seulement la caméra de marque américaine et lui explique qu'il va être extradé vers la Suède. Qu'il y aura un procès, au cours duquel le film sera projeté. S'il se confie à la caméra, sa peine sera allégée une fois la guerre achevée.

L'homme attaché sur sa chaise se met à parler, se vide telle une bassine percée. Il donne les noms de deux autres informateurs. Deux anciens policiers comme lui, auxquels s'ajoute un membre des commandos Schalburg, le corps des volontaires danois ralliés à la SS, qui luttent contre la Résistance en usant des mêmes moyens : le sabotage et l'enlèvement.

Il est six heures passées. Le caméraman va ouvrir la porte de la cave et sa Keystone 8 mm s'arrête de ronronner. La lumière du matin pénètre par l'embrasure. Le prisonnier s'est pissé dessus. Jørgen annonce un départ immédiat pour la Suède. L'homme demande à boire et Jørgen dit :

– Bien sûr.

Ils le font asseoir dans la voiture. Le *Sven Stoll* se laisse faire. La perspective d'un procès en Suède semble le soulager. Il attend sur la banquette arrière, les poignets liés, en observant la Maison sur la montagne dont il a entendu parler, sur laquelle il a essayé de glaner quelques informations auprès des villageois, histoire d'offrir ses occupants à la Gestapo ou aux Hipo danois. En vain.

Jørgen fait quelques pas pour se mettre à l'écart. Il étudie ses hommes, sonde les regards.

– Qui y va ?

Le caméraman allume une cigarette, en fait rougeoyer l'extrémité, et sans un mot va s'asseoir à la place du passager. La fumée filtre en un filet grisâtre par la fenêtre entrouverte. Quelques secondes s'écoulent. Peut-être dix. Peut-être cent. Impossible d'estimer le temps qui passe.

– J'y vais aussi.

C'est Rasmussen qui a parlé.

Jørgen acquiesce.

Ils roulent une dizaine de kilomètres. Ou peut-être bien trente. Difficile d'estimer les distances. À un moment donné le caméraman fait signe à Rasmussen de stopper sur le bas-côté, en bordure d'un petit bois. On entend le chant des oiseaux.

Ils font descendre le *Sven Stoll* qui demande la raison de cet arrêt. Le caméraman allume une autre cigarette.

– Pour pisser, le voyage est encore long jusqu'au bateau. Tu veux fumer ?

– L'autre hésite puis secoue la tête. Ils s'enfoncent entre les arbres. La végétation est dense. Le soleil n'y pénètre qu'à de rares endroits, formant des taches claires et irrégulières sur les troncs, la mousse, les feuilles sèches.

L'informateur de la Gestapo s'arrête face à un arbre, demande à ce qu'on lui délie les mains. Impossible, sinon, de se soulager seul.

– À moins que tu préfères me la tenir ?

Une lueur d'ironie dans ses yeux. Un vague sourire. Le caméraman répond :

– Sans façon. Je te détache, bien sûr.

Rasmussen tire le Luger de sa poche intérieure, fait jouer la culasse, pose le canon sur la nuque du *Sven Stoll*.

Le corps s'affaisse, sans bruit, dans les feuilles.

La détonation a fait taire les oiseaux.

Le caméraman écrase sa cigarette contre un arbre sans en avoir fumé le tiers.

Rasmussen se penche au-dessus du tas de chair, tente de s'abstraire du bruit de la forêt, la brise dans les feuilles, au loin le glouglou d'une rivière ; la blessure à l'arrière de la tête laisse échapper un liquide épais, noirâtre, ou plutôt confiture de cerises ; le sang s'en va dans l'humus, digéré par la terre ; de temps en temps une bulle s'expulse du trou sanguinolent, éclate à l'air libre ; la vie s'en va. Il en reste pourtant, il en reste encore, suffisamment pour que le corps se mette à remuer par saccades ; les pieds s'agitent en un mouvement désordonné, épileptique ; les mains se crispent ; les doigts fouillent la terre, donnent l'impression de vouloir seuls s'y enfouir. Rasmussen applique de nouveau le Luger sur la nuque, un peu en dessous du premier orifice ; tire encore. La boîte crânienne explose. Il s'en est mis plein les chaussures. Déjà les mouches volettent au dessus du festin qui s'annonce.

La Division L exécute depuis l'été 43, depuis les premières arrestations de résistants. La Gestapo a une pratique quasi systématique de la torture ; elle rend les gens bavards ; il faut éviter de tomber entre ses mains ; il faut donc s'attaquer aux délateurs. En un an, la Division a liquidé une douzaine de personnes. Mais le rythme s'accélère à mesure que la guerre se durcit. Le débarquement allié en France a rendu les Boches plus hystériques. Il faut sans cesse se hausser à leur niveau de barbarie.

Durant l'été 44, Rasmussen participe à cinq autres assassinats. Parfois il tient le Luger. Parfois il reste spectateur.

Vient septembre. Les jours sans fin du Nord commencent à raccourcir. À la Maison sur la montagne, on vit au rythme de la nature et de la mort. On se terre en attendant la prochaine proie. On ne voit plus personne, sauf pour cueillir renseignements et nourriture. On ne sort guère, hormis pour kidnapper ou tuer. Parfois, oui, il faut aller en ville pour accomplir un simple repérage, et les cœurs se font plus légers l'espace de quelques heures.

Cette fois-ci, il s'agit d'une femme. Elke Larsen. Vingt-six ans. Une Allemande mariée à un Danois. Enfin, l'information n'est pas claire à ce sujet. On la soupçonne de cacher des armes dans son appartement. Pour le compte de qui ? Les renseignements ne sont pas sûrs là-dessus. Un commando Schalburg, probablement. Il faudra interroger la femme Larsen et fouiller. Il faudra faire vite aussi. Elle n'est pas souvent seule, chez elle il y a beaucoup de passage.

Ils ne seront que trois. Jørgen et le caméraman sont de la partie. Rasmussen en est aussi.

Le stratagème pour entrer est éculé. Une livraison, peut-être. Ou le prétexte d'une adresse erronée pour sonner à sa porte. Les souvenirs de Rasmussen ne sont pas des plus nets à ce sujet.

Ils l'emmènent à l'étage, évoquent le recel d'armes au profit des Schalburgkorps. Elke Larsen nie tout en bloc. Ce n'est pas parce qu'elle est allemande que... Vous vous prenez pour... Fichez-moi le... Le ton monte. Jørgen n'aime pas qu'on lui résiste. Qui plus est, une femme. Le caméraman, impassible, déplie son trépied et y fixe sa Keystone américaine. Qu'est-ce que c'est que ce truc ?... Ne vous occupez pas de ça, répondez plutôt aux questions... Rasmussen commence à ouvrir les placards, ce qui met la femme Larsen hors d'elle. Ce jour-là, il joue le rôle du taiseux, de l'ombrageux, du type qui peine à contenir sa violence. C'est l'emploi qu'il préfère. Celui qui lui ressemble le plus. Lorsqu'il s'approchera d'elle, la peur montera d'un cran et elle crachera tout ce qu'elle sait avant même qu'il ait à lever la main. Du moins, c'est ce qu'il espère.

L'opérateur n'a pas chargé sa caméra. La pellicule est-elle restée à la Maison sur la montagne ? Est-il à court de stock ? Ou bien la Keystone n'est-elle là que pour mettre la femme Larsen un peu plus sous pression ? Achever de la déstabiliser ? Une simple mise en scène, en somme.

Il force une commode dans un coin de la pièce. Elke Larsen se précipite. Laissez ça… Ce sont les affaires de mon mari… Qu'est-ce que vous pensez trouver là-dedans, trois douzaines de grenades, peut-être ?… Elle s'accroche à sa manche. Il sent son odeur, une odeur un peu bizarre, un mélange de lait aigre et de sueur. Il la repousse une première fois, sent l'élasticité de son sein sous sa main. Elle revient aussitôt à la charge. Elle lui crache au visage. Il peine à se contenir. Enfin, sa mémoire n'est pas des plus limpides sur ce moment précis de la mission.

La femme Larsen est tombée en arrière. Sa tête a heurté le coin de la commode, ou peut-être était-ce le tiroir entrouvert. Elle est sur les fesses, un peu hagarde, les jupes relevées jusqu'à mi-cuisses. Elle se touche le cuir chevelu, ressort une main tachée de sang.

La suite ? Il ne s'en souvient pas précisément. Seuls certains détails émergent du brouillard, la pomme de pin qui orne le haut de la rampe, le motif fleuri d'un rideau qui les sépare de la pièce voisine, un stylo publicitaire pour un restaurant chic de Silkeborg, échoué au fond d'un tiroir. Elke Larsen se relève. La morve lui coule du nez mais ses yeux sont secs comme deux pierres. Des hurlements. Le bruit de pas lourds sur le parquet. Et aussitôt un nouveau choc, plus violent que le premier, sans qu'il puisse savoir si le coup vient de lui, ou de Jørgen, ou du caméraman qui a délaissé son instrument pour se précipiter dans la mêlée.

La femme Larsen s'effondre. Bientôt un liquide noirâtre, ou plutôt confiture de cerises, apparaît sous son crâne, forme un cercle visqueux sur les lattes cirées, s'agrandit sans cesse pour envahir la maison tout entière.

Et de derrière le rideau fleuri filtrent des cris d'enfant. Jørgen dévoile la pièce voisine : le voilà assis dans ses langes souillés, entre ses jambes un canard à roulettes. Ou bien est-ce un ourson en peluche ? Quel âge peut-il avoir, ce gosse ? Un an ? Peut-être deux ? Le bébé blond aperçoit la tête blonde de sa mère, échouée sur le parquet. Il s'interrompt, entre surprise et désarroi, repart de plus belle. Vagissements. Il tente de se lever mais retombe. Il ne sait pas encore marcher. Peut-être parviendra-t-il à enchaîner trois ou quatre pas d'affilée, guère plus. L'équilibre et, surtout, la confiance lui manquent. L'odeur un peu aigre qui émanait d'Elke Larsen, c'était celle du lait, ce repas que le gamin réclame à cor et à cri, et qu'il ne goûtera jamais. Il ira en orphelinat. Et son père, au nom de la légende que devra bâtir la Résistance après la guerre, sera prié de ne rien dire.

Debout sur la scène de l'Olivier, il faisait face à la salle vide. Cette fois il n'y aurait pas d'applaudissements. Seuls les fantômes qui hantaient sa mémoire quitteraient leurs fauteuils rouges de spectateurs et se prononceraient comme des jurés dans un procès, inscrivant leur verdict sur un morceau de papier. Bien sûr, il y aurait des circonstances atténuantes, quelque chose à voir avec la guerre et la nécessité de combattre la violence par la violence. Mais pas pour Elke Larsen. Pour elle, il n'y avait pas d'excuse.

Dans sa tête l'enfant criait encore.

Le soir même, non pas le lendemain ou le surlendemain mais bien le même soir, Sarah débarque à la Maison sur la montagne au guidon d'une impressionnante Nimbus noire. La Division se regroupe au pied de la bâtisse pour voir ce petit bout de femme aux cheveux de feu, le visage souillé par les kilomètres, descendre de sa grosse cylindrée et retirer ses lunettes de route. Rasmussen est rappelé à Copenhague. Elle vient le chercher sur ordre de Munk. Là-bas, on a besoin de ses talents d'artificier. Elle vient de traverser la moitié du Danemark occupé, déjouer les barrages et les contrôles d'identité pour croiser son regard, sentir la chaleur de son corps. Il s'en est fallu de quelques heures pour qu'il s'épargne le meurtre de la femme Larsen, qu'il ne soit pas de cette mission-là. À quoi tient la façon de se regarder dans la glace pour le restant de sa vie ? Héros ou meurtrier, justicier ou assassin ? Ils partiront dès le lendemain matin, de bonne heure, Rasmussen au guidon et Sarah sur le siège arrière. Elle le serrera fort tout le temps que durera le trajet de retour. Sous la veste de cuir elle pourra sentir l'excroissance formée par la crosse du Luger.

En attendant, elle passera la nuit ici, à la Maison

sur la montagne, entourée de tous ces hommes armés jusqu'aux dents.

Elle et lui s'écartent d'une centaine de pas tandis que les autres prétextent le repas à préparer, les pommes de terre à faire bouillir, les œufs à faire durcir. Il fait nuit déjà. Derrière la maison, un chemin s'enfonce dans le sous-bois, à flanc de colline.

Il est étrangement silencieux et froid. Elle demande : « Mais tu n'es pas heureux de me voir ? » Elle rit comme une chipie qui vient de faire une farce. « Sais-tu ? La moto, je l'ai volée à la gare. J'ai choisi la plus puissante et la plus rutilante. À vingt mètres de moi, il y avait un policier. Il n'y a vu que du feu quand j'ai scié le cadenas. J'avais tellement envie de te voir. Sais-tu ? Je serais allée te chercher jusque dans le bunker d'Hitler. »

Dans sa tête l'enfant hurle toujours.

Il se contente de hocher la tête. Dans la pénombre elle n'est pas sûre de son geste, de la teneur de sa réponse. La Maison sur la montagne a disparu au détour du chemin. L'unique lumière filtrant à travers une lucarne s'en est allée dans l'obscurité.

Elle s'allonge sur le talus et les feuilles mortes crissent sous elle ; elle frissonne, pourtant elle retire sa veste, dégrafe son corsage, l'attire contre sa poitrine qu'elle a toute menue. Rasmussen fouille sous sa robe, s'immisce en elle. Sent sous ses doigts la douceur de sa peau, la soie de sa toison, la tendreté de son sexe. Peine à s'en émouvoir. Va et vient dans la nuit. Il entend son souffle à elle dans le silence, et pense alors : *reçois en toi mon sperme noir*.

Elke Larsen le fixait depuis le troisième rang, place 39. Les autres aussi se trouvaient là, tous sans exception, disséminés dans l'Olivier, bourreaux et victimes mélangés, leurs visages pâles aux contours nets et précis dans sa mémoire comme au jour de leur mort, vidés de ce sang qu'ils avaient abandonné dans l'humus d'une forêt, entre les lattes d'un parquet, sur le sable d'une cave ou l'émail d'une baignoire. En l'espace de six mois, sept parmi les huit membres de la Division L s'étaient donné la mort. Par arme à feu ou pendaison. Jørgen se trouvait là, à l'avant-dernier-rang. Non loin de lui le caméraman dont les yeux en avaient trop vu. Une représentation pour une douzaine de spectateurs. Tout du moins au début.

Car ensuite les rangées se garnirent de retardataires, arrivés de plus loin encore. Ils surgissaient du noir dans leurs habits rayés, leurs pyjamas crasseux, squelettes parmi les morts, fantômes parmi les fantômes, sur leur peau blafarde un numéro, qu'ils consultaient sans cesse dans l'espoir insensé de le voir correspondre à une place, un rang, un fauteuil d'orchestre. Ils finissaient par s'asseoir au hasard, fixant cet homme seul sur scène au milieu d'un décor en ruine. Parmi eux – place 28 –, il reconnut Léopold Boberski, en tenue de cycliste.

La salle était maintenant pleine à craquer. Les strapontins grinçaient. Rasmussen s'accroupit. Quelques brindilles égarées du bûcher craquèrent sous ses pieds. Autour de lui les articles de presse datant de la guerre, enduits de colle, brillaient sous la lumière. Il puisa dans son sac de toile écrue et sortit le Luger. Il pensait frémir au contact du canon glacé sur sa tempe mais il le trouva, au contraire, à la température de son corps, comme si le métal avait été tiédi à la chaleur des projecteurs. Il mit son doigt sur la détente et baissa la tête. Il ne supportait plus le regard de ses accusateurs. Le sien tomba sur le contenu du sac, qu'une douche, juste au-dessus, éclairait par hasard. À l'intérieur il vit son couteau suisse, la lampe de poche, la boussole militaire. Il pensa à Jean-François, il pensa à son père. Enfin il aperçut son carnet ligné et le stylo Parker que lui avait offert Sarah pour son anniversaire.

Il prit le carnet dans sa main gauche, en feuilleta les premières pages. Il y avait là, codées, ses notes préparatoires au sabotage du croiseur Nürnberg. Et avant cela d'autres opérations encore, trains, usines, installations portuaires. Le résumé chiffré de ce qu'avait été sa vie durant la guerre. Il avait tout noté, tout consigné, à l'exception de son passage à la Maison sur la montagne.

Il posa le Luger sur les planches et saisit le Parker à la place. Dans les ruines du décor, sous la lumière des projecteurs et l'œil des spectateurs revenus d'entre les morts, il se mit à écrire, traçant ses lettres avec application, dans le souci d'être lu et compris, de cette écriture d'écolier aux boucles rondes, aux pleins et aux déliés réguliers, qui ne l'avait jamais vraiment quitté depuis l'enfance.

ACTE IV

1

Ils s'étaient regroupés dans l'immense vestibule de Harlay comme au fond d'une coulisse ou d'un foyer, personnages costumés et masqués tantôt d'intransigeance, tantôt de compassion et de clémence, sous le visage impénétrable de la Justice. D'ici quelques instants, ils entreraient en tant qu'acteurs ou simples visiteurs dans ce théâtre des assises où se jouerait la vie d'un homme. En attendant, ils conversaient de choses et d'autres, de la pluie et du beau temps, du prochain match à Colombes, des derniers spectacles à voir, de tout sauf de ce collabo que l'on s'apprêtait à juger tout là-haut. Ils l'avaient côtoyé de près ou de loin, l'espace de quelques mois ou de quelques heures, en tant qu'ami, en tant que compagnon de scène ou en tant que spectateur, mais aucun ne savait qui il était vraiment, quelle avait été sa trajectoire durant ces quatre années d'Occupation. Or c'était précisément ce que ces gens en robe rouge ou noire ambitionnaient de faire à l'intérieur – la lumière sur les agissements de Jean-François Canonnier pendant la guerre –, puis ils décideraient, en conséquence, de lui laisser la vie ou de l'envoyer à la mort.

Mireille avait fait le déplacement, tassée sur un banc de pierre, un peu à l'écart, la tête prise dans un foulard pour mieux soustraire sa chevelure encore trop courte aux regards inquisiteurs ; dans cet essaim bourdonnant qui attendait la sonnerie pour monter au spectacle, peut-être s'en trouvait-il qui l'avaient applaudie en costume de Jeanne, du temps de son éphémère gloire ; peut-être étaient-ce les mêmes qui, quelques mois plus tard, avaient acclamé le bourreau qui lui avait tondu la tête en place publique.

Balard l'avait rejointe. Il se tenait debout au-dessus d'elle, l'air pataud, faisant tourner sa casquette entre ses grosses paluches pour se donner une contenance. Lui aussi avait eu des ennuis à la Libération. Bien sûr, ce n'avait pas été le Palais de justice mais simplement la Commission d'épuration professionnelle. Pourtant il paraissait peu à son aise dans ce vestibule aux allures de purgatoire, comme si le procès Canonnier avait été l'occasion de redemander des comptes au régisseur de l'Olivier.

Santimaria occupait le centre du hall, sanglé dans son uniforme de pacotille, le képi sous l'aisselle, tâchant d'accrocher le regard de celles et ceux qu'il pourrait saluer, auprès desquels il aurait tout loisir de se faire mousser, choisissant invariablement les têtes de vainqueurs, laissant de côté les vaincus, celles et ceux qui, à l'image de Mireille et Balard, restaient à la périphérie.

Les conversations baissèrent d'un ton lorsque Anne-Charlotte Chenonceau traversa le vestibule dans un invraisemblable ensemble prune. Son chauffeur suivait trois pas derrière, traînant en laisse sur le marbre lisse une paire de levrettes terrorisées par cette forêt de jambes entre lesquelles on les forçait à circuler.

Anne-Cha avait visiblement préféré se rendre au Palais accompagnée de ses chiens flambant neufs plutôt que de ses littérateurs. Pas un ne s'était déplacé pour assister au procès d'un auteur de seconde zone. Il y avait des endroits où il valait mieux ne pas s'afficher.

Les deux inquisiteurs de la rue de Montpensier brillaient également par leur absence. Eux qui s'étaient évertués à faire comparaître Canonnier devant cette cour d'assises semblaient tout à coup se désintéresser de son sort. Souhaitaient-ils éviter d'endosser, aux yeux de l'opinion publique, le masque ingrat du bourreau ? *Ecclesia abhorret a sanguine,* « l'Église a horreur du sang ». C'était, par le passé, la raison invoquée par la Très Sainte Inquisition pour confier le sale boulot d'exécution à la justice des hommes. Pour Miro et Lecacheux, il serait toujours temps de connaître le verdict du procès Canonnier dans les journaux du soir, à la rubrique épuration ou faits divers.

Santimaria vint au devant d'Anne-Cha et lui fit un baisemain des plus cérémonieux. Il y eut quelques éclats de voix, quelques rires forcés, quelques postures outrées qui captèrent un instant l'attention, puis le brouhaha reprit et finit par absorber leurs bruyants apartés.

Rasmussen, en marge, observait tout cela depuis la dalle estampillée *Justitia.* Il s'y était posté, comme l'avant-veille, en attendant le début du procès. C'était un soir de première, ou tout comme. On venait se montrer, s'afficher, serrer des mains ; par-dessus tout, on se demandait si le spectacle serait de qualité, si celui ou celle qui se présenterait en pleine lumière serait à la hauteur.

Une porte s'ouvrit sous l'escalier qui menait aux

assises et maître Bianchi, déjà paré de sa robe noire, s'avança dans le vestibule. Il parut marcher au hasard, délivrant les tapes dans le dos et les sourires enjôleurs, comme si son véritable but à quelques instants de son entrée en scène avait été de sentir la température, le degré d'hostilité ou d'empathie du public. Il fit mine de repartir vers la salle d'audience, aperçut Rasmussen, vint lui serrer la main. Sa paume était curieusement moite, son col blanc légèrement de travers.

– Alors vous êtes venu. Ce n'est pas la foule des grands jours.

– Est-ce bon ou mauvais signe pour Jean-François ?

– Ni l'un ni l'autre. Il faudra simplement veiller à ne pas trop cabotiner. Mes effets oratoires risquent de tomber à plat, en particulier si la salle est en majorité composée d'acteurs. Les professionnels du spectacle sont le pire des publics, ce n'est pas à vous que je vais l'apprendre. J'ai essayé de vous joindre plusieurs fois à l'Olivier, hier soir.

– La ligne devait être en dérangement.

– Vous avez réfléchi à ce que je vous ai demandé l'autre jour ?

Rasmussen tira le carnet de son sac et le tendit à l'avocat. Celui-ci le feuilleta brièvement et le fit aussitôt disparaître dans sa manche.

– J'aurai moi-même une enveloppe à vous remettre après le procès.

– De la part de Jean-François ? Et pourquoi pas maintenant ?

– Je ne fais que respecter la consigne de mon client.

Rasmussen laissa errer son regard vers l'entrée des assises. Le trac l'avait pris tout d'un coup.

– L'allégorie de pierre, là-haut, au-dessus de l'escalier…

– Eh bien ?

– Pourquoi la Justice n'a-t-elle pas les yeux bandés ? Et pourquoi a-t-elle replié sa balance sous son bras ? Quelle sorte de procès va-t-on lui faire, à Jean-François ?

L'avocat laissa filtrer un sourire.

– Ce n'est pas la Justice, Niels, mais l'Équité qu'ils nous ont fichue là. Elle seule a la capacité de voir au-delà du droit en vigueur. Elle seule sait adapter les conséquences de la Loi aux situations particulières. Espérons qu'elle saura conseiller les jurés tout à l'heure comme elle vous a conseillé cette nuit… Et maintenant, mon cher, en piste !

Rasmussen resta planté sur la dalle.

– Il ne me reste plus qu'à faire une prière, alors.

Bianchi prit un air outré.

– Où vous croyez-vous, mon vieux, à l'église ? En quinze ans de carrière, j'ai évité la mort à davantage de justiciables que votre Dieu en quelques millénaires. Votre ami n'est pas entre les mains du Seigneur, très cher, mais bien entre les miennes.

Il rajusta son col blanc en s'exerçant à son sourire éblouissant puis, dans un mouvement soigneusement étudié, esquissa un demi-tour.

Rasmussen fixa la porte par laquelle l'avocat venait de s'éclipser. *Témoins de la cour d'assises*, était-il mentionné au fronton. Il fut tenté d'y lire : *Entrée des artistes*.

Une sonnerie retentit et les spectateurs s'amoncelèrent au pied des marches. Le Danois s'apprêtait lui aussi à entamer son ascension lorsqu'il avisa un vieux monsieur sur un banc, au coin de la galerie

Lamoignon. Le vieillard prit tout son temps pour se lever. Une fois debout, il parut mesurer le chemin qui le séparait de l'escalier. C'est alors que leurs regards se croisèrent. Ils s'observèrent un instant en chiens de faïence, puis un sourire illumina leurs deux visages sans que l'on puisse savoir lequel s'était ouvert à l'autre le premier. Il s'était tassé un peu plus en l'espace de cinq ans, ses lunettes en cul de bouteille avaient encore gagné en épaisseur, mais il restait reconnaissable entre tous, précisément par cette façon qu'il avait de porter son âge comme un habit de noblesse. Ce serait assurément le dernier rôle de Raymond Birault, peut-être le plus beau de tous : l'incarnation de la vieillesse.

S'aidant d'une canne à pommeau d'argent, le fondateur de l'Olivier marcha à petits pas vers Rasmussen ; le vestibule de Harlay était un océan à traverser.

– De loin, je n'étais pas sûr de vous avoir reconnu. Ma vue ne s'est pas améliorée avec les années. Venez là, Niels, que je vous serre dans mes bras.

Le frêle vieillard disparut un instant sous la carcasse du colosse Danois. Il sentait l'eau de Cologne et le linge empesé. L'étoffe de son costume était un peu cartonneuse, mais sous le tissu raide on devinait les os fragiles, le dos voûté, les muscles rabougris. Rasmussen se sentit gagné par l'émotion ; tenir ainsi Raymond Birault contre soi, c'était vouloir saisir, sans aucune chance de succès, le temps qui passait.

– Balard m'a dit que vous vous étiez illustré à Carcassonne dans la Résistance.

– Oh, la Résistance, mon garçon, c'est vite dit. J'ai imprimé à mes frais une feuille de chou où l'on célébrait la liberté au détour d'un vers, j'ai permis à quelques jeunes gens de passer en Espagne. Voilà à quoi se sont limitées mes activités de résistant.

– D'autres paradent dans tout Paris pour beaucoup moins que ça, vous savez.

– C'est leur problème. Je ne suis certes pas mécontent de ce que j'ai fait, mais je n'ai pas grand mérite : avec mes allures de grand-père gâteau, on me donnerait le Bon Dieu sans confession.

Il considéra le Danois derrière son sourire et ses épaisses lunettes, puis une ombre passa sur son visage. Il s'agrippa à sa canne comme s'il avait craint de perdre l'équilibre.

– Dites-moi, Niels, vous avez fait tout ce chemin depuis le Danemark pour assister au procès ?... Moi aussi, à dire vrai, je suis remonté de Carcassonne exprès. Que lui est-il arrivé, à notre Jean-François ?

Rasmussen garda le silence. Il avait certes deux jours d'avance sur Birault, deux jours durant lesquels il avait pu se consacrer à son enquête, pourtant il était incapable de répondre à la question du vieillard.

– Vous allez reprendre la direction de l'Olivier ?

– Pour tout vous dire, je l'ignore. J'ai pris contact avec Balard pour qu'il remette la salle en ordre de marche mais je n'y suis pas encore passé moi-même. Le courage m'a manqué. Voyez-vous, Niels, j'ai besoin de savoir. Je dois d'abord comprendre ce que Jean-François a fait de mon théâtre pendant cette fichue guerre. (Il pointa sa canne vers les marches puis attrapa le bras du Danois.) Je dois vous avouer une chose : j'espérais vous trouver ici. Sans vous, je n'aurais peut-être pas eu la force de gravir cet escalier.

Agrippés l'un à l'autre, ils entamèrent l'ascension

vers la salle d'audience. Un curieux silence semblait s'être emparé du Palais de justice, si bien que l'on n'entendait que le bruit de leurs pas, clopin-clopant, marche après marche. Quiconque les aurait ainsi croisés bras dessus bras dessous y aurait vu un petit-fils et son grand-père. En réalité, à mesure qu'ils s'approchaient de l'arène, Rasmussen se sentait faiblir, repris par ses vertiges, et ce fut finalement le vieux Birault qui lui fit passer le seuil des assises.

La vaste pièce n'était qu'à moitié pleine; le banc réservé à la presse aux trois quarts vide. Jean-François ne faisait pas recette. Ils prirent place dans le public. Mireille et Balard s'étaient assis au dernier rang, adossés au bois des lambris. Le régisseur de l'Olivier, comme captivé par les caissons d'or au plafond, prenait bien soin de ne pas croiser le regard de son ancien directeur. Santimaria et Anne-Cha Chenonceau avaient au contraire investi le premier rang comme on occupe une loge de concert, pour s'y faire voir. Les deux levrettes et le chauffeur s'en étaient retournés dans la Bugatti, garée sur le trottoir en plein devant le Palais.

On annonça la cour, et la salle se leva. Le président fit son entrée, accompagné des quatre jurés et de leurs deux remplaçants. La robe rouge bordée d'hermine eut un regard pour le commissaire de la République puis pour l'avocat de la défense ; à ses pieds, le greffier faisait le tri dans ses paperasses. Le tableau était presque complet. Ne manquait plus que Canonnier pour permettre au spectacle de débuter. Le président demanda que l'on fasse entrer l'accusé. Sous l'immense fresque historique qui occupait le mur de droite, une petite porte s'ouvrit et un gendarme parut. Dans sa main il tenait une espèce de laisse. Les cous se tendirent dans les rangs clairsemés de l'assistance et chacun fit silence. Enfin la silhouette d'un homme en costume sombre se détacha dans l'embrasure. Il avait les poignets menottés, et son col fermé jusqu'au dernier bouton était dépourvu de cravate.

Ce fut le moment choisi par une spectatrice retardataire pour chercher une place. On se leva pour la laisser passer, d'autant qu'elle avait le volume d'une baleine et déplaçait les gens comme une onde autour d'elle. La concierge de la rue des Moines s'arrêta à hauteur du Danois, lui lança un regard noir et s'assit juste devant lui, colossal pilier de chair. Rasmussen étouffa un juron avant de se décaler sur son banc. Lorsqu'il put à nouveau voir le box des accusés, Jean-François avait été débarrassé de ses menottes.

Certes, sa détention l'avait amaigri, pourtant c'était bien lui. Il avait toujours son air un peu propret, petit-bourgeois, comme au soir de leur rencontre au théâtre de l'Athénée dix ans plus tôt, à cette différence qu'il avait terriblement vieilli. Il se tenait voûté, au sommet de son crâne un épi de cheveux donnait l'impression qu'il sortait de son lit ; il ne cessait de se gratter le cou, qu'il avait, tout comme ses joues, négligé de raser. Sa jeunesse l'avait abandonné, cédant la place aux rides, aux rougeurs, aux poils gris, aux chairs ramollies. Jean-François Canonnier allait sur ses trente-quatre ans.

Il gardait les pieds en dedans et les mains coincées entre ses cuisses à la manière d'un écolier attendant la sanction, le blâme du proviseur, le bonnet d'âne à enfiler devant la classe entière. Il observait tantôt les hommes en robe rouge, tantôt les jurés qui bientôt décideraient de son sort ; parfois il avait un regard pour le décor richement orné, pour les rangées de spectateurs, sans que l'on puisse déceler une véritable angoisse, le moindre indice permettant d'affirmer avec certitude : *Oui, il est conscient de l'enjeu, il sait que ce matin il joue sa vie.* En somme, c'était l'ennui qui semblait dominer chez lui. L'ennui et l'indifférence, comme si son seul message aux quatre jurés avait été : *Décidez-vous, qu'on en finisse, et que je puisse m'en retourner dans ma cellule à Fresnes.*

Le Danois se tourna sur sa gauche. À un mètre de lui – c'était la portion de banc qu'occultait la phénoménale concierge –, Raymond Birault fixait lui aussi ce garçon trop vite vieilli qu'il avait connu au zénith de sa jeunesse. Et lorsque le vieil homme croisa le regard de Rasmussen, celui-ci vit, dernière les lunettes en cul de bouteille, gonfler deux larmes qui creusèrent sur ses joues deux ruisseaux de tristesse.

Le président déclara la séance ouverte et demanda à Canonnier de se lever.

– Vous vous appelez Canonnier, Jean-François, né à Courbevoie le 4 août 1911. Vous êtes homme de théâtre et vous habitez Paris.

C'était donc ainsi qu'on le définirait aux yeux de la Justice et du peuple français. Non pas *écrivain*, ni *homme de lettres*, ni même *dramaturge*, mais bien *homme de théâtre*. Comme si sa vie s'était réduite à ces quatre murs tendus de velours rouge, où l'on cernait son œil d'un trait noir, où l'on déambulait avec un parfait naturel en haut-de-chausses et en armure moyenâgeuse.

Jean-François marmonna un « Oui, monsieur le président » quasiment inaudible, à tel point que celui-ci dut lui faire répéter sa réponse. Et le magistrat d'ajouter, l'air contrarié :

– En tant qu'*homme de théâtre*, vous devriez pourtant avoir l'habitude de parler fort et clair. (Après avoir jeté un œil en contrebas sur son greffier, il se tassa dans son fauteuil et posa sa nuque sur le dossier :) Canonnier, soyez attentif à ce que vous allez entendre. Monsieur le greffier, veuillez donner lecture de l'exposé des faits.

Le greffier s'éclaircit la voix. C'était son tour de se lancer dans le monologue d'ouverture, à la manière du Chœur dans les pièces de Shakespeare ; les personnages, la situation, les enjeux, peut-être même, si le temps le permettait, une adresse au public ; c'était son petit moment de gloire, son bref passage dans la lumière avant de céder la place aux acteurs de plus grande envergure. La représentation allait démarrer pour de bon. Il commença de lire l'acte d'accusation, et Rasmussen pensa : *Le Procès, acte I, scène 1.*

Ce qui fut égrené sur un ton monocorde, il le connaissait par cœur. C'était un compte rendu complet de ce qu'il avait appris au cours des dernières quarante-huit heures. La détention au camp de prisonniers dans la Beauce. La libération en récompense de sa participation aux moissons de 40. Le retour dans la capitale. Un hiver de chômage et de misère. La réouverture de l'Olivier. La création des trois *Jeanne*, la fréquentation des cocktails de l'ambassade, les sollicitations auprès de la Propaganda pour mieux outrepasser la censure française. Surtout, à partir de 44, la rédaction d'articles proallemands dans *Le Matin*. Enfin, pour conclure cette spirale destructrice, sa signature au bas de l'appel à un sursaut nazi, réunissant les pires collabos de Paris, tandis qu'au même moment les Alliés débarquaient en Normandie. L'exposé s'acheva en résumant comment Canonnier avait contribué à faire progresser les thèses soutenues par la propagande du Reich, comment il avait développé et entretenu des liens avec les organismes officiels d'occupation. Il comparaissait donc au titre de l'article 75 du Code pénal pour « intelligence avec l'ennemi ».

Le greffier referma son dossier et il y eut un moment de silence. La salle d'audience semblait s'être assoupie. Drôle de point d'orgue pour une histoire. Dans le public clairsemé, on sentait une forme de déception. L'affiche à sensation du jour, c'était en fin de compte l'itinéraire presque banal d'un opportuniste au jugement émoussé par le succès et les applaudissements. Était-ce l'effet de répétition ? Après tous ces procès, tous ces salauds passés entre les mains de la Justice, un de plus, un de moins, quelle différence cela pouvait-il faire ? Non, décidément, en attendant d'avoir Laval et Pétain sur le banc, il n'y aurait rien de bien croustillant à se mettre sous la dent.

À moins que le procureur et l'avocat ne se décident à faire le spectacle à la place d'un accusé décidément trop blafard. Les habitués des assises connaissaient désormais les stratégies des uns et des autres, les techniques d'estocade, les parades juridiques ; ils espéraient les inévitables escarmouches de début de procès qui rajoutaient du piment aux débats parfois trop techniques et permettaient ainsi de dissiper l'ennui. L'avocat dénoncerait à coup sûr un vice de procédure. Chacun, d'ailleurs, vit le procureur se raidir en attendant l'assaut de la partie adverse ; mais face à lui maître Bianchi ne pipa mot, tranquille et immobile, presque distrait, et l'on perçut dans la salle un soupir de déconvenue, comme si l'un des acteurs principaux avait eu un moment d'absence, sautant une réplique censée faire mouche, privant son public d'une occasion d'applaudir.

Le président, lui-même surpris par l'apathie de l'avocat, laissa s'écouler quelques secondes avant de débuter son interrogatoire. Il finit par demander à Canonnier de se lever. Celui-ci posa ses mains à plat sur la rambarde du box ; sa veste était trop grande, seules ses phalanges dépassaient des manches.

On débattit des conditions de sa libération en 1940. Sa participation aux moissons beauceronnes constituait-elle un premier acte de collaboration avec l'occupant ? On aborda aussi les conditions de la réouverture de l'Olivier. Comment Canonnier s'en était-il retrouvé directeur ? Jean-François se faisait systématiquement rappeler à l'ordre tel le mauvais élève devant le tableau noir. *Veuillez préciser. Veuillez donner des détails. Veuillez parler plus fort.* Ses réponses dépassaient rarement les quelques syllabes. *Oui. Non. Peut-être. Je l'ignore, monsieur le président.* Il était transparent.

Santimaria, imperturbable, écoutait le magistrat asséner ses questions. Avaient-ils seulement conscience, eux tous dans leur habit de cérémonie, que celui qui avait tout organisé, tout facilité, ouvert les portes des cabinets ministériels à Vichy et obtenu les premières subventions se trouvait là, tranquillement assis parmi les spectateurs, sanglé dans sa tenue de vainqueur, bardé de médailles à ne plus savoir qu'en faire ? Rasmussen brûlait de se lever, de désigner d'un doigt accusateur le premier rang afin que l'on convoque le complice à la barre. Mais le président laissa l'officier en paix. Bianchi ne s'y intéressa pas davantage, laissant son client s'enferrer dans sa propre maladresse. Et lorsque le président évoqua la fin du soutien financier de Vichy à l'Olivier et les liens tissés par Jean-François avec la Propaganda, Santimaria, en un geste éminemment théâtral, leva les yeux au ciel.

La cour ne convoqua qu'un seul témoin : Lucien P., comédien, que Rasmussen reconnut pour l'avoir croisé chez Anne-Cha. Comme il l'avait fait avenue Foch, le garçon se présenta comme artiste de théâtre et résistant FFI, et c'est sous cette double casquette que le président l'interrogea. Il parla de son expérience à l'Olivier, décrivit de quelle manière Canonnier menait sa troupe d'acteurs, tout à la fois autoritaire et peu sûr de lui. Il parla de la dérive de ses pièces vers la violence et le vulgaire. Il parla de leur différend au sujet du personnage de Gilles de Rais, comment il avait quitté la production avec pertes et fracas à quelques jours de la première. « C'est vrai, j'aurais dû partir bien plus tôt, monsieur le président. C'était intenable. » Et encore : « Moi, résistant de la première heure, j'ai joué une partie de la guerre dans un théâtre collabo. Je sais. C'est contradictoire. L'amour de la scène m'aura fait tenir. » Il revint sur les conditions de l'arrestation de Canonnier. L'avenue de Clichy. Le barrage FFI au milieu de la nuit. Et Jean-François marchant droit vers l'ennemi, venant buter sur la barricade comme un aveugle sans canne blanche.

Au fond de la salle, Mireille et Balard s'agitaient sur leur banc. Lucien prenait des libertés avec les faits. Il n'avait rallié la Résistance qu'au tout dernier moment, pendant l'insurrection de Paris, deux mois après avoir quitté l'Olivier. Il n'en était pas parti de sa propre initiative mais bien parce que Canonnier l'avait évincé. Mais après tout, qu'est-ce que cela changeait ?

Lucien P. quitta la barre et le président en arriva au cœur même de l'affaire : il fut donné lecture des articles proallemands parus dans *Le Matin* ainsi que du fameux appel au sursaut nazi en plein débarquement américain. Tout, le style, le vocabulaire, les analogies, y était outré, théâtral, grotesque. Au fil des débats, le mystère Canonnier allait s'épaississant et la question principale restait entière : pourquoi ?

Jean-François s'était muré dans le silence. Bianchi passait son temps à fixer ses chaussures. Dans le public on commençait à tousser, ce qui, au spectacle, n'est jamais bon signe. Sur sa droite, la voisine de Rasmussen se moucha bruyamment.

– Vous étiez là en février ? Brasillach s'était mieux défendu. Celui-ci ne vaut même pas le prix du ticket de métro pour venir jusqu'ici. C'est scandaleux.

Là-bas, sur scène, le commissaire de la République venait de prendre le relais du président. Le procureur se leva, sûr de lui, drapé dans sa toge écarlate, comme en terrain conquis. Vu l'atonie de la défense, son réquisitoire serait une pure formalité. Il ne lui restait plus qu'à finir d'enfoncer Jean-François. Il démarra pour ainsi dire en mode mineur, évitant d'attaquer l'accusé de front, allant jusqu'à louer son talent prometteur et ses pièces d'avant-guerre. Mais il enchaîna en arguant qu'un professionnel des mots – à plus forte raison s'il était pourvu d'un certain talent – avait l'entière responsabilité de ce qu'il écrivait. On ne pouvait invoquer l'excuse d'un vocabulaire mal maîtrisé, d'un dérapage sémantique. Lorsque l'écrivain décidait de franchir le Rubicon en soutenant ouvertement l'occupant, c'était en toute connaissance de cause et l'on pouvait exclure d'emblée toute espèce de circonstance atténuante.

L'air de rien, le procureur dressait le portrait moral de l'accusé. Et la dérive progressive de ses textes vers la violence et l'obscénité ne faisait qu'étayer l'hypothèse selon laquelle Jean-François Canonnier avait sacrifié, en même temps que son talent d'auteur, sa probité et sa morale d'homme. Au profit de quoi ? Mais d'un opportunisme de bas étage qui l'avait fait directeur de théâtre, puis auteur à succès dans la France de Vichy, et pour finir soutien à part entière de l'occupant nazi. Le magistrat, lui aussi professionnel des mots, glissait vers l'analyse psychologique et les sous-entendus sexuels. Canonnier s'était couché avec délice, comme tant d'autres collabos, face à la force allemande ; il avait satisfait son goût pour la soumission et y avait visiblement trouvé du plaisir.

Au premier rang des spectateurs, Santimaria opinait du chef. Le magistrat poursuivait sur sa lancée. Bien sûr, Jean-François Canonnier n'était qu'un auteur de théâtre, quelqu'un dont la mission sociale était de divertir. Or, précisément, il convenait de se méfier de celles et ceux dont le métier avait consisté, durant la guerre, à manipuler les sentiments, à tromper l'ennui et les heures noires de l'Occupation en faisant tantôt rire, tantôt pleurer. L'emprise des professionnels du divertissement sur les esprits était plus forte qu'il y paraissait ; le danger était en réalité immense quand l'artiste s'engageait en politique, car par son art il avait déjà conquis les cœurs. Il ne lui restait plus, en somme, qu'à manipuler les esprits.

Un murmure réprobateur gagna la salle. Le commissaire venait de commettre son premier impair. Tout ce qu'il y avait de comédiens, de techniciens et de metteurs en scène lui faisait savoir son ressentiment. Sur la droite, maître Bianchi, toujours aussi impassible, décroisa les jambes, et Rasmussen voulut y voir le signe de son réveil. Au-dessus de l'avocat, tassé dans son box, Jean-François paraissait suivre le réquisitoire à distance, comme s'il n'avait été qu'indirectement concerné.

Le procureur prit la mesure de ce faux pas, et tenta de prévenir toute contre-attaque en se tournant vers la défense. « Vous ferez comme à l'accoutumée, cher confrère. Vous soutiendrez que ce tribunal n'a pas de légitimité, que les magistrats du Palais avaient fait allégeance au Maréchal… Je vous le dis solennellement, vous n'êtes pas digne de cela, vous qui vous êtes battu aux côtés de la France libre, de la France vraie. La magistrature, celle qui juge aujourd'hui votre client, s'est aussi dressée contre l'occupant, et vous en êtes, Maître Bianchi, l'exemple vivant. »

Engoncé dans sa robe noire, l'avocat ne pipa mot. Le commissaire de la République haussa son menton vers l'étage supérieur et pour la première fois cibla Canonnier du regard. « Vous êtes seul, Jean-François, seul avec vous-même, seul avec votre jeunesse perdue, seul avec votre talent gâché. Vous n'avez plus un seul ami. Vous êtes seul face au peuple français qui s'apprête à vous juger. » Puis, se tournant vers les jurés tout proches, il conclut son réquisitoire sur le ton de la confidence. « Ne vous laissez pas berner par cet air d'enfant contrit. Jean-François Canonnier a bel et bien appelé à la victoire totale de l'Allemagne nazie ; il a offert ce qu'il avait de plus précieux à l'ennemi : ses mots, sa sensibilité, son intelligence. Oui, messieurs les jurés, Jean-François

Canonnier a bel et bien vendu son âme au diable. Et pour cette faute impardonnable, je requiers la peine de mort. »

Il y eut un silence. Pas un spectateur ne vint le troubler. Les toussotements, les bruits de banc qui grince avaient cessé. Cette réplique-là, ils l'attendaient depuis le commencement, ils étaient même venus exprès pour l'entendre, et quand bien même elle avait pris son temps pour poindre, il convenait désormais de la laisser résonner dans toute la salle d'audience.

Alors Bianchi se leva, lourd et lent tel un vieillard, presque épuisé d'avance par la plaidoirie qui l'attendait. Il considéra l'immense toile accrochée au-dessus de l'accusé, fit face aux jurés, l'air vaguement embarrassé.

Le silence se prolongeait. L'avocat avait fourré les mains dans ses poches. Il y eut quelques toussotements. Enfin il se mit à parler, fixant le bout de ses chaussures, et les spectateurs avertis comprirent qu'il s'attaquerait pour commencer au procureur.

« J'observais ce tableau qui nous domine tous : *La Prestation de serment du jeune Louis XIII*. Son père vient à peine de mourir. Le voici déjà roi. L'enfant a tout juste neuf ans. Il ne sait rien de la vie. Il est seul. Seul et terrorisé. Cette fresque historique, c'est l'État français qui l'a commandée. Vous le savez aussi bien que moi, monsieur le commissaire de la République, c'est Vichy qui l'a clouée là. Si l'on s'en approche de trop près, on sent à l'odeur un peu âcre que la peinture n'est pas tout à fait sèche. Voyez. La France veut faire peau neuve et sa justice avec. Pourtant, personne ici n'a songé à ôter cette toile marquée du sceau de la collaboration… Rassurez-vous, monsieur le commissaire, je ne vous ferai pas aujourd'hui le reproche d'avoir été le parquet de la collaboration. Pendant quatre ans vous avez jugé que si ce n'était pas vous qui condamniez les résistants et les communistes alors ce seraient les Allemands, et qu'il y aurait davantage de morts. En somme, vous avez fait ce que vous pouviez ; vous vous êtes débrouillé avec les moyens du bord. Vous avez essayé, non sans un certain succès, de faire survivre l'institution à laquelle vous apparteniez. C'est exactement ce qu'a fait Jean-François Canonnier. Ni plus, ni moins. Rouvrir le théâtre de l'Olivier et le maintenir en état de fonctionner, tant bien que mal, le temps d'une guerre. »

Bianchi avait maintenant sorti les mains de ses poches. Il ne cherchait plus ses mots. Au contraire, son débit staccato semblait vouloir pénétrer les esprits à la manière d'un marteau-piqueur. Il fit un pas en direction des jurés et les fixa tour à tour.

« Le président de la Cour le rappelait en personne, Canonnier est un homme de théâtre. Un de ces types qui écrivent des histoires pour mieux nous faire pleurer ou rire, pour mieux nous émouvoir. Certes, il ne s'est pas investi dans la Résistance. Loin de là. Mais il n'a pas été le seul gratte-papier dans ce cas. Au mieux, dans ce milieu, aura-t-on rédigé quelques vers en faveur de la liberté. En vérité, peu se sont engagés dans la lutte armée. Une poignée de poètes tout au plus, peut-être parce que la nature confidentielle de leurs quatrains les avait en quelque sorte préparés à la clandestinité. Je vous le dis en toute simplicité : mon client est un médiocre, un lâche peut-être bien, mais il n'a rien d'un assassin. Il a manqué de courage quand le courage faisait défaut à la majorité, il a manqué de clairvoyance dans un pays qui, durant quatre ans, n'aura jamais été à court de borgnes et d'aveugles. Il n'est coupable que d'un délit d'opinion. Il a fini par soutenir l'Allemand. Lourde erreur, certes, mais pour quelles véritables conséquences ? Car à l'inverse des acharnés de *Je suis partout*, Canonnier n'a pas de sang sur les mains, Canonnier n'a dénoncé personne, Canonnier n'a livré personne, Canonnier n'a tué personne. Pointez mon client du doigt, désignez-le à la vindicte populaire, et je vous montrerai cent, deux cents, trois cents collaborateurs, mille fois plus coupables que lui, et qui pourtant n'ont pas eu les honneurs des assises. De qui parle-t-on ici ? Mais des industriels, des entrepreneurs, des patrons qui, pendant quatre ans, ont fait tourner leurs usines au service du Reich et soutenu l'effort de guerre d'Hitler. Ceux-là, ces hommes au cigare entre les dents, marchent aujourd'hui le plus tranquillement du monde sur les boulevards de Paris, ils sont libres comme l'air… »

Maître Bianchi ne lâchait plus les jurés du regard. Là-haut, derrière la table, l'un d'eux opina imperceptiblement. Lequel était-ce qui, sans le vouloir, venait d'ouvrir à l'avocat, non pas la porte de sa raison, mais bien celle de son cœur ? Était-ce l'électricien, le maraîcher, l'ouvrier métallo, ou bien était-ce l'imprimeur ?

« Canonnier, lui, n'a pas eu cette chance-là. Tout à l'heure, quel que soit votre jugement, il s'en retournera à Fresnes. Parce qu'il n'est qu'un petit, un sans grade, qui n'a jamais véritablement connu le succès, ou bien sur le tard, au détour d'une guerre dont il n'aura profité que quelques mois, et jamais pour s'enrichir personnellement. Jean-François Canonnier n'aura volé, en tout et pour tout, que quelques applaudissements. Trois fois rien. L'équivalent, en somme, d'un pain pour un affamé, d'un boulon ou d'une chute de métal pour un ouvrier tourneur. Oui, messieurs les jurés, Jean-François Canonnier n'est pas l'un de ces capitaines d'industrie qui, quelle que soit la direction du vent, parviennent invariablement à se maintenir à flot. Il n'est pas même l'un de ces bourgeois qui jouent aux artistes, ou l'un de ces artistes qui jouent aux bourgeois – on ne sait jamais trop avec eux –, qui traversent les guerres en toute tranquillité, protégés par leurs rentes confortables, leur carnet d'adresses et quelques richissimes patrons des arts. J'en veux pour preuve ceci : au cours des mois passés, plusieurs écrivains et journalistes ont été jugés dans cette même salle d'audience ; à cette occasion, nombreux ont été les intellectuels et les artistes qui, soit parce qu'ils éprouvaient du respect ou de l'amitié pour les prévenus, soit parce qu'ils jugeaient en leur âme et conscience qu'un auteur ne mérite pas la peine capitale, ont signé une pétition en leur faveur. Je vous le dis ici, pas un de ces intellectuels, souvent prompts à donner des leçons d'humanité, n'a signé au bas de la pétition visant à sauver Jean-François Canonnier. Mon client aurait-il commis des crimes bien plus graves que ses autres confrères ? Certainement pas. Alors quoi ? Pourquoi pareille solitude dans ce petit monde des lettres et du théâtre ? C'est que, voyez-vous, Jean-François Canonnier n'est pas un écrivain prestigieux. Il ne fait pas partie de l'élite. Il n'a jamais été auréolé que de succès poussifs. Il n'est qu'un modeste ouvrier de l'écriture. Pas un bourgeois. Un ouvrier. Comme vous, messieurs les jurés. »

Dans la salle, une poignée d'acteurs, reconnaissables à leurs manières, s'insurgeaient de ce portrait en bons rentiers que l'avocat avait esquissé d'eux. Bianchi n'en avait cure. Peut-être même était-ce l'effet recherché. Ce qui comptait, c'était de convaincre les quatre banlieusards assis à la droite du président de la cour. Et, pour ce faire, il avait décidé de rejouer la lutte des classes en pleine salle d'audience. Un second juré remua les lèvres et Rasmussen, de là où il se trouvait, crut y lire un signe d'assentiment. Petit à petit, Bianchi grignotait le terrain perdu sur le commissaire de la République.

« L'attitude si maladroite de mon client durant son procès, enfermé dans son silence, est suffisamment parlante : il ne se sent aucune légitimité à témoigner. Il n'est pas de ceux qui se servent d'un tribunal comme d'une tribune. Jean-François Canonnier est un discret, un grouillot de service. Il est coupable de s'être trompé. Il s'est laissé grisé par le succès, lui qui, avant-guerre, jouait devant des salles vides. C'est humain. Cela n'a rien à voir avec le diable. Croyez-moi, il n'y a pas eu de signature au bas d'un parchemin. Il n'y a pas eu de sang versé. Ni le sien, ni celui d'un autre. Accordez à cet enfant tassé dans son box la chance de faire pénitence. Ne vous laissez pas impressionner par notre ribambelle de costumes, par ces dorures au plafond, par notre vocabulaire compliqué. Ne vous laissez pas dicter votre verdict par la Justice et son intimidante pompe. La République, c'est vous ; la France, c'est vous ; la décision vous incombe désormais ; il est seul face à vous, vaincu, à terre. Vous pouvez le frapper encore. Vous avez tout loisir de vous acharner. Peut-être même vous applaudira-t-on au nom de la liberté si vous vous décidez à le faire. Cependant, écoutez mon appel : la mort n'est pas pour ce garçon. La République n'assassine pas ses poètes. Que votre verdict apparaisse, aux yeux de la France douloureuse et divisée, comme le premier signe d'une réconciliation. »

Et, de nouveau, il désigna le mur où s'étalait la fresque historique.

« Oui, j'observais cette peinture tout à l'heure. Je me disais que nous sommes les jouets de l'Histoire. Que nous soyons roi ou simple ouvrier. Faut-il le rappeler pour conclure ? Jean-François Canonnier, lui aussi, est orphelin de père. Il n'avait que six ans lorsque son papa est mort au Chemin des Dames. Aujourd'hui la Patrie réclame la vie du fils après avoir pris celle du père. N'est-ce pas trop ? N'est-ce pas exagéré, messieurs les jurés ? Bien sûr que si. »

L'avocat fit silence. Le public restait très partagé, agité par des courants contraires. Là-haut, deux des quatre jurés gardaient les bras croisés et la mine renfrognée. Bianchi n'avait qu'en partie convaincu. Dans le box des accusés, Jean-François dansait sur un fil.

L'avocat fit mine de s'asseoir puis, au dernier moment, se ravisa, tirant de sa manche un calepin, exactement comme un prestidigitateur aurait fait d'une colombe blanche ou d'un lapin. Il s'avança vers la cour en brandissant le mystérieux carnet entre ses doigts.

« J'aimerais enfin vous lire un témoignage. Il nous vient d'un homme d'une haute valeur morale. Ses mots, j'en suis certain, passeront sur ce tribunal telle une lumière balayant les ténèbres du doute. Ce témoin, je le connais, je l'ai vu de mes propres yeux. Il a la carrure d'un bûcheron, la poignée de main ferme, le regard clair et honnête des gens du Nord. Il aime marcher dans les forêts de pins. Parfois il parle aux animaux. Et pendant cette guerre, il s'est comporté en héros. »

Les conversations cessèrent. En l'espace de quelques phrases, Bianchi avait reconquis l'attention. Personne ne s'attendait à cela : un témoignage de dernière minute en faveur de l'accusé. Décidément, cette robe noire savait ménager les coups de théâtre. Après tout, la condamnation à mort n'était peut-être pas acquise. Les cous se tendirent, les bustes se dressèrent. La salle entière semblait suspendue aux lèvres de la défense.

C'était au tour de Rasmussen de s'agiter sur ses fesses. Il ne se reconnaissait pas dans ce portrait de pacotille tout droit sorti de l'imagination de l'avocat. Le malaise le gagnait. Jusqu'où fallait-il travestir la réalité pour sauver la vie d'un homme ?

Jean-François, peut-être pour la première fois depuis le début du procès, était sorti de sa torpeur. Son regard balaya la salle à la recherche de celui dont on s'apprêtait à lire le texte. Rasmussen se tassa un peu plus sur son banc et se mit à couvert derrière la masse immense de la concierge. Et c'est derrière ce paravent de chair qu'il entendit ses mots résonner dans la pièce, distinctement égrenés par l'avocat dont la voix, désormais calme et posée, d'une douceur insoupçonnée, semblait vouloir raconter une fable à des enfants avides de morale et d'aventure.

Messieurs,

Je suis résistant. J'ai commencé à l'être en septembre quarante-trois, et je le suis encore, ou je pense l'être du moins. Pourtant, je n'en tire plus une grande fierté. Je m'aperçois tous les jours que de résister, ce n'est pas aussi simple que c'en avait l'air à première vue. Mais laissez-moi prendre les choses au commencement.

Qui entrait dans la Résistance se sentait aussitôt meilleur. Ça lui paraissait bien, ce qu'il faisait là. Il devenait une sorte de héros, qui valait bien un héros militaire (sans l'ennui du costume et du sac !). Il était, une fois pour toutes, du bon côté : du côté de la Justice et du Droit. C'est là ce que je pensais, en plus vague peut-être. Je me trompais. Chaque jour je courais le risque de devenir le contraire d'un héros. Loin d'être juste pour toute la vie, je risquais infiniment de devenir injuste, de me retrouver, du jour au lendemain, un salaud. Ce sont des choses qui font dire que la vie est mal faite.

D'abord il y avait le risque de trahir ses amis. Tout dépendait de sa résistance à la torture. Je ne dis même pas aux douleurs, la chose est possible. Mais à l'affreux sentiment que la torture, en vous laissant vivre, vous abîmera pour toujours, ne vous laissera qu'un corps disloqué, un esprit imbécile[1].

Mais il y avait aussi le risque de se laisser contaminer par la violence d'une guerre qui nous était tombée dessus à tous. Le piège était là, à chacun de nos pas ou presque : celui qui consistait à se croire résistant, pur et sauvé, puis à tomber plus bas que ceux-là mêmes que nous combattions. Pour ma part, j'ai sauté dans ce piège, et pas qu'un peu. Plutôt les deux pieds joints.

1. Ces trois premiers paragraphes s'inspirent du texte de Jean Paulhan *Lettre aux directeurs de la Résistance* (Éditions de Minuit, 1952).

On me demande aujourd'hui d'établir une sorte de certificat de bonne ou de mauvaise moralité pour Jean-François Canonnier. J'en suis incapable. J'ai bien connu Jean-François. Je crois avoir été son ami. Il a, assurément, été le mien. Je serais tenté de dire qu'il l'est encore malgré cette guerre qui nous sépare.

On l'accuse d'avoir trahi la France. D'avoir sali sa patrie. La France, avec tout le respect que je dois à son histoire, à sa culture, je ne sais pas ce que c'est. Je pense que Jean-François non plus. Sa seule patrie, c'est le théâtre, c'est la littérature. Il me l'a répété suffisamment de fois pour que je considère cela comme avéré : il n'est bon qu'à cela, écrire. Je lui crois du talent. Cela ne veut pas dire qu'il soit doué pour la vie. Au contraire, à bien des égards il est resté une sorte d'enfant. Ses personnages sont ses soldats de plomb. À trente ans passés, il continue encore d'y jouer. Et lorsque survient une véritable guerre, avec son lot d'horreurs et de violence, il s'y laisse noyer. Tous ses carnets remplis de mots ne lui servent à rien, sinon à l'entraîner un peu plus vers le fond. Cela n'excuse en rien ses erreurs ni ses choix pendant l'Occupation. Mais enfin il y a là, me semble-t-il, un début d'explication.

J'ai lu tous les torchons, tous les appels au meurtre imprimés pendant quatre ans par quelques hommes qui se proclamaient écrivains. Je vous l'accorde, c'est à vomir. Jean-François n'en a écrit aucun.

Je me garderai bien d'aller plus loin. Depuis deux jours que j'ai rejoint Paris, je n'ai strictement rien appris. Que l'on m'entende bien : j'ai beaucoup appris, sur le jour et la nuit, sur cette heure bleue du soir où l'on ne distingue plus le loup du chien ; mais sur Jean-François Canonnier : rien de rien. Peut-

être son procès dissipera-t-il le mystère. J'en doute. Parfois les faits ne suffisent pas. Les dossiers d'instruction ne servent à rien. En long, en large et en travers, ils détaillent le comment tout en manquant l'essentiel : le pourquoi.

Pour ma part, je me sens incapable de juger qui que ce soit. Encore moins de l'envoyer à la mort. Car qui suis-je pour juger ? On ne peut représenter tous les martyrs de l'Occupation ; ni vous ni moi ; nul n'est à la hauteur d'un tel mandat.

Mais, me direz-vous, il faut bien faire justice !

C'est vrai, il faut que justice passe. Les vivants et les morts le réclament. Mais il faut aussi que justice progresse. Se perfectionne. S'humanise. C'est la paix qui l'exige. Cette paix qu'il nous faut désormais chérir et protéger comme le plus cher des trésors.

Il y a, me semble-t-il, deux chemins de mort pour la France : la haine et le pardon. Je ne plaide ni pour l'une, ni pour l'autre. Je demande pour Jean-François Canonnier une forme de charité, ou plutôt une prise de conscience : on ne fait pas disparaître le crime avec le criminel. Si terribles, si odieux soient leurs actes, il n'est point d'hommes sur cette terre dont la culpabilité soit totale et dont il faille pour toujours désespérer. Quant à la Justice, si prudente soit-elle, elle n'en demeure pas moins humaine, c'est-à-dire faillible.

On ne peut revenir en arrière. On ne peut réveiller les morts. Je ne peux défaire ce que j'ai fait pendant la guerre. C'était une lutte pour la survie. Parfois il n'y avait guère le choix qu'entre le diable et son valet. Mais, en temps de paix, l'assassinat n'a plus sa place, ni dans nos cours de justice, ni dans nos cœurs. J'écris cela autant dans l'intérêt des vivants qu'à la mémoire des morts.

C'est tout ce que je voulais vous dire.

Salut et Fraternité.

Niels Rasmussen

Maître Bianchi regagna son siège et le président de la cour pria Jean-François de se lever.

– Canonnier, avez-vous quelque chose à ajouter ?

– Non, monsieur le président.

– Alors asseyez-vous. Les débats sont terminés.

Il mit du temps à se rasseoir, comme si l'injonction du magistrat s'était adressée à un autre, au gendarme derrière, à une jeune femme sur le banc réservé à la presse qui profitait de ce temps mort pour relacer ses bottines rouges, au greffier penché par-dessus sa table pour ramasser une feuille tombée par terre. Canonnier ratissait le public du regard. Rasmussen restait dissimulé dans l'ombre de la concierge. Une main ridée, mouchetée de petites taches brunes, vint se poser sur la sienne. Raymond Birault avait lâché le pommeau d'argent de sa canne.

– C'est vous qu'il cherche, Niels. Vous ne vous montrerez pas ?

Mais déjà le président lisait les questions aux jurés.

« Premièrement : Canonnier, Jean-François, accusé ici présent, étant français, est-il coupable d'avoir, sur le territoire national, au cours des années 1941, 1942, 1943 et 1944, c'est-à-dire en temps de guerre, entretenu des intelligences avec l'Allemagne ou avec ses agents, en vue de favoriser les entreprises de toute nature de cette puissance étrangère contre la France ou l'une quelconque des nations alliées en guerre contre les puissances de l'Axe ?

Deuxièmement : L'action ci-dessus spécifiée sous la question n° 1 a-t-elle été commise avec l'intention de favoriser les entreprises de toute nature de l'Allemagne, puissance ennemie de la France ou puissance ennemie de l'une quelconque des nations alliées en guerre contre les puissances de l'Axe ? »

Le président suspendit l'audience ; à sa droite, l'un des banlieusards se gratta le crâne avant de se lever, l'air perplexe. La cour se retira par la porte estampillée *Magistrats et Jurés*. Dans le box des accusés, le gendarme menotta Canonnier et le fit sortir à son tour, bientôt suivi par l'avocat Bianchi. Le procès n'avait pas duré deux heures ; le temps d'une pièce, en somme ; cinq actes à la va-vite, enquillés sans entracte.

Le temps d'une délibération, la salle d'audience se retrouvait orpheline de ses principaux acteurs. Soudain on ne savait plus trop quoi faire. Il fallait tuer le temps. Rejoindre le vestibule. Se dégourdir les jambes. Penser à casser la croûte, pour ceux qui comptaient assister aux procès de l'après-midi. Sur les bancs, on saucissonnait en toute décontraction. La concierge de la rue des Moines déballa un sandwich et une gourde en fer-blanc.

La journaliste aux bottines passa, accompagnée d'un rouquin qui n'avait pas vingt ans. Rasmussen entendit ce dernier l'appeler Madeleine, et ladite Madeleine répondre : « J'ai déjà mon chapô, écoute ça : *La dernière pièce de Canonnier aura été la pire de toutes, au mauvais goût habituel s'est mêlé l'ennui total.* J'hésite à écrire qu'on entendait des ronflements dans la salle. » Elle sortit, légèrement théâtrale, campée sur ses bottines carmin, sur ses talons le rouquin.

Raymond Birault avait toujours sa main posée sur celle de Rasmussen. Il plongea ses yeux fatigués dans ceux du Danois.

– Vous cherchez à comprendre pourquoi. Mais c'est toujours la même histoire. C'est la même chose, la même pitié, le même appel au secours, la même débilité de jugement, la même superstition disons, qui consiste à croire à la solution politique du problème personnel[1].

La sonnerie rappela les spectateurs disséminés dans le vestibule de Harlay. On regagna les bancs, on remballa les jambon-beurre. La délibération n'avait pas duré un quart d'heure.

Le président fit rentrer l'accusé et lut le verdict consigné sur un morceau de papier. « Oui, sur les deux questions. » Cependant les jurés accordaient à l'accusé des circonstances atténuantes. Vu la déclaration de la Cour portant qu'à la majorité Canonnier Jean-François s'était rendu coupable du crime d'intelligence avec l'ennemi ; vu les circonstances atténuantes qui lui étaient reconnues ; ouï le commissaire du gouvernement en ses réquisitions ; le conseil de l'accusé ; l'accusé lui-même qui avait eu la parole en dernier ; vu les articles 75, paragraphes 5, 36, 37, 38, 39 du Code pénal ; les articles 63, paragraphe 3, et 777 de l'ordonnance du 28 novembre 1944 ; en exécution de ces dispositions, la Cour, à la majorité, condamnait Canonnier Jean-François à vingt ans de travaux forcés et à la dégradation nationale ; prononçait la

1. Cette phrase est empruntée au roman de Marguerite Duras, *L'Amant* (éditions de Minuit, 1984, p. 85.)

confiscation, au profit de la nation, de tous les biens du condamné, suivant les modalités prévues aux articles 37, 38, 39 du Code pénal ; disait que le présent arrêt serait imprimé par extraits, publié et affiché conformément aux dispositions de l'article 36 du Code pénal ; condamnait Canonnier Jean-François aux frais envers l'État.

Tout défilait trop vite. Il n'y avait plus moyen de saisir les dialogues, de se raccrocher à une quelconque dramaturgie. Les gestes des acteurs paraissaient soudain saccadés, grotesques, sur-joués, comme dans ces mauvais films muets vieux de vingt ou trente ans. Cela finissait donc ainsi ? Sans applaudissements ni huées ? Juste des gens pressés de se rendre aux toilettes, de sortir boire un verre au café juste en face du Palais de justice.

Vingt ans de travaux forcés et la dégradation nationale.

Déjà ils se déversaient tous dans le vestibule de Harlay.

Jean-François, debout dans son box, fixait la salle en train de lui tourner le dos.

En contrebas, Bianchi serrait des mains.

Le gendarme s'approcha du condamné pour lui passer les menottes.

Le simple filet de voix qui sortit de ce corps, de ce costume trop grand, seul Rasmussen l'entendit. Et ce fut, à ses oreilles, comme un cri dans la nuit.

– Niels ? Niels ? Niels, c'est toi ?

La concierge se leva. Rasmussen l'imita. Ils franchirent ensemble le seuil des assises. Raymond Birault suivait, tapotant le sol de sa canne, replaçant à intervalles réguliers ses lunettes sur l'arête de son nez. Et derrière eux, la voix fluette, répétitive, l'appel lancé à leur poursuite, prenaient l'espace du tribunal à mesure qu'il se vidait de ses spectateurs.

La concierge descendait l'escalier en s'agrippant à la rampe ; à mi-parcours elle fit une pause et se tourna vers le Danois.

– Des amis comme ça, moi je m'en passerais bien. Pour tout vous dire, à la place des jurés, moi je l'aurais condamné à mort, votre Canonnier.

Et Rasmussen comprit qu'elle n'avait pas pu dénoncer le voisin polonais de la rue des Moines.

Arrivés en bas, ils formèrent un cercle silencieux au beau milieu du brouhaha. Balard, Mireille, Raymond Birault et Rasmussen. Ils se dévisageaient, muets, embarrassés, incapables de trouver les mots, de se réjouir ou de crier au scandale. Le théâtre de l'Olivier en plein Palais de justice. Ne manquait plus que Jean-François pour leur écrire quelque bon mot et le leur mettre en bouche, mais Jean-François marchait déjà vers son fourgon pénitentiaire. Dans moins d'une heure, il serait de retour à Fresnes. D'ici quelques jours, il serait transféré vers une autre prison, quelque part en province, où il purgerait sa peine en cassant des cailloux. D'une certaine manière, c'était la fin de leur histoire commune à tous. Leur vie se passerait désormais en coulisses. La paix renaissante serait sans cesse parasitée par le bouillonnement des souvenirs, les blessures mal cicatrisées et les querelles irrassasiées, à l'image du pays tout entier.

Vingt ans de travaux forcés et la dégradation nationale.

Ce n'était pas la mort. C'était l'oubli auquel on l'avait condamné. Et il vint tout à coup à l'esprit de Rasmussen que personne ne lui avait véritablement demandé son avis, à lui, l'accusé, avant de lui sauver la peau.

Anne-Charlotte Chenonceau traversa le vestibule. Passant à proximité du Danois, elle lui lança un regard glacial. La mort du pékinois lui restait en travers de la gorge. Santimaria vint la prendre par le bras et parla suffisamment fort pour se faire entendre du groupe de l'Olivier.

– Venez, très chère. Allons nous remettre de nos émotions devant quelques douces pâtisseries. En ce qui nous concerne, nous en avons fini avec ce garçon.

Bianchi parut quelques instants plus tard. Il avait déboutonné sa robe noire, en dessous sa chemise blanche était inondée de sueur. On distinguait la peau par transparence, juste au niveau du cœur. Il vint droit à Rasmussen et lui tendit une enveloppe.

– Comme convenu. De sa part.

Rasmussen hésita avant de saisir le banal, l'insignifiant rectangle de papier blanc ; il sentait le regard de ses compagnons peser sur lui, songeait aux conséquences de son geste – une fois l'enveloppe en main, il lui faudrait l'ouvrir –, et, lorsque enfin il remua le bras, il sentit une espèce d'engourdissement gagner son membre tout entier.

Il déchira l'enveloppe. D'abord il crut n'y rien trouver et s'en trouva presque soulagé. Puis il sentit sous son index, coincé dans l'angle de papier, le petit objet métallique et froid, crénelé par endroits. La clé lui échappa et s'en alla rebondir sur la dalle de marbre, à quelques centimètres du J de *Justitia*. Ils se précipitèrent tous pour la ramasser, tous sauf Rasmussen. Ce fut Mireille qui la lui tendit en silence. Elle avait retiré son fichu. Elle était si jolie avec ses cheveux courts.

Il tourna l'objet entre ses doigts. Bianchi eut un signe d'impuissance, un geste qui, combiné à sa chemise imbibée de transpiration, ne lui ressemblait pas.

– J'ignore ce qu'elle ouvre, Niels. Je n'en ai pas la moindre idée.

Rasmussen fourra la clé dans sa poche et fixa l'avocat.

– Ne vous inquiétez pas pour ça. Moi je sais.

2

Le vieil acteur avait insisté pour l'accompagner. Il avait fallu échanger le vélo de Balard contre sa motocyclette, Rasmussen au guidon et Raymond Birault derrière. Il avait dévalé l'avenue qu'il connaissait par cœur, viré à gauche en coupant au plus court, déplié la béquille au milieu du trottoir. Entre ses cuisses, le moteur surchauffé de la Royal Enfield cliquetait furieusement ; dans son dos, Birault peinait à descendre de la monture.

Le vieillard avait commencé à souffler dès le second palier, implorant une pause à chaque étage. La cage d'escalier semblait n'en plus finir. Rasmussen contenait mal son impatience. Pourtant rien ne pressait. La concierge devait encore attendre l'autobus sur l'île de la Cité. Entre le Palais de justice et la rue des Moines, le Danois avait roulé à tombeau ouvert.

La porte rouge portait la trace des coups de la veille. Cette fois il n'y aurait personne pour l'empêcher d'entrer. Il avait la clé.

L'interrupteur au mur refusa de fonctionner. Il dut attendre que Raymond aille ouvrir le volet. L'odeur de renfermé les submergeait. Les sons montaient depuis l'extérieur, étouffés, comme si Paris était enfoui sous une épaisse couche de neige.

Birault n'en finissait pas. Les interstices du volet étaient calfeutrés par des chutes de tissu et du papier journal. La lumière s'immisça enfin dans la pièce. Et ils découvrirent les murs recouverts de liège. Des panneaux par dizaines, du sol au plafond, isolaient la chambre de bonne des rumeurs au-dehors. Et sur ces dalles de liège, punaisées par centaines, flottant au gré du filet d'air qui s'infiltrait par la fenêtre, il y avait des feuilles de papier couvertes d'une écriture serrée.

Il lui fallut s'approcher pour parvenir à les déchiffrer. C'était bien l'écriture de Canonnier, mais plus tout à fait le trait de plume élégant des manuscrits d'avant-guerre. Les lettres, les mots s'étaient ratatinés; l'espace entre les lignes s'était réduit à pas grand-chose; les boucles des voyelles avaient perdu de leur allégresse; les queues des q et des p, que jadis il envoyait valser, avaient des airs de chiure de mouche. Jean-François s'était mis à économiser l'espace et le papier, chiche de sa calligraphie, de la forme donnée à son écriture.

Rasmussen se revit au pied du mur de carton-pâte de l'Olivier. Était-ce possible ? Cette muraille de la honte, il l'avait mise en pièces dans la fureur de l'ivresse. Il n'en restait rien. Pourtant les mêmes mots, les mêmes expressions haineuses dansaient devant ses yeux, écrits de la main même de celui à qui il venait de sauver la vie. *Le Juif est une gangrène qui a gagné la France. Nulle part ailleurs que dans le théâtre et le cinéma cette invasion n'a été plus tristement exemplaire.* Ce garçon à l'éternel regard adolescent, dont il avait monté les pièces et scandé les mots dans les théâtres de France et de Navarre, s'était reclus des heures durant dans cette triste pièce à l'air rare, aux murs vêtus d'un isolant sonore, pour y déverser sa folie et sa haine. *Assoiffés par l'argent facile, cette tribu de parasites s'est immiscée dans tous les rouages de la création artistique, contrôlant tout, tout en ne contrôlant rien. Car le Juif est incapable de la moindre sincérité artistique, de la moindre idée originale. Il ne fait que copier l'immense génie aryen en le dénaturant, en le vidant de sa substance.* Il y en avait partout; les tiroirs du bureau en vomissaient; il y en avait par terre, tous soigneusement datés, pour mieux tenir la comptabilité de sa vertigineuse dégringolade. *Juifs ! Ceux qui ont sali les planches françaises à coup de pièces insipides, boulevardières et commerciales...* Les premiers articles dataient de début 43 et témoignaient d'une forme de dégénérescence, tant sur le fond que dans le style. *Juifs ! Ceux qui ont contaminé le cinéma français d'avant-guerre à coups de stupides bluettes à l'eau de rose...* Cantonnée, les premiers mois, au monde du spectacle, l'éructation délirante s'était étendue à la France entière, à son économie, à son armée, à ses enfants, à ses femmes, à ses vieux, à tout, à rien, à ses juifs. Ça n'en finissait pas de stigmatiser, d'accuser à tort et à travers, de réclamer des têtes, d'insulter, de jurer. *Ces cancrelats ont-ils jamais eu le moindre souci de probité artistique ? Pensez donc !* D'abord adressés à la presse collaborationniste modérée, les pamphlets avaient pris le chemin des journaux les plus durs à partir de janvier 44. Et tous, jusqu'au moindre brouillon, jusqu'au fond de la corbeille à papier, emplis de cette petite écriture médiocre et ratatinée, portaient la même signature en bas de page. Alastor! *Ce qu'ils cherchent avant tout – et d'une certaine façon ils n'y peuvent rien puisque la maladie est dans leurs gènes –, c'est l'argent, c'est la richesse, jusqu'à l'obsession.* Alastor partout! Alastor encore! C'était le triste pseudonyme qu'il s'était attribué. Ç'avait été sa signature, son masque tragique pendant Dieu seul savait combien de temps. Nuit après nuit, dans ses délires grotesques, il s'était fait le cavalier de l'Apocalypse, le prêcheur du grand nettoyage ethnique, aux côtés des pires crapules que la France avait comptées, ceux-là mêmes que l'on avait jugés et envoyés au poteau tandis que lui le poète, lui l'homme de théâtre, avait été sorti in extremis du lot. *Et face à cette menace insidieuse, face à cette épidémie parasitaire, il n'y a nulle autre solution que de poursuivre le nettoyage en règle de la profession, à coup de bombe insecticide s'il le faut.*

Il s'appuya au mur pour ne pas s'effondrer. Ses doigts s'enfoncèrent dans l'épaisse couche de liège. Une camisole. Une chambre capitonnée dans un asile d'aliénés. Voilà où il se trouvait. Et c'était Jean-François lui-même qui se l'était aménagée puis lui en avait donné la clé.

Raymond Birault lisait en silence. Appuyé sur sa canne, le nez à dix centimètres du mur, il naviguait au fil de ce torrent de mots et d'invectives, baissant les yeux à intervalles réguliers, pour reprendre son souffle, déchaussant ses lunettes, en essuyant les verres à l'aide d'un carré de soie blanche.

Le vieil acteur décrocha l'une des pages et la tendit au Danois. Rasmussen hésita. Ce n'était pas une page manuscrite mais un courrier tapé à la machine, portant l'en-tête de l'État français, ministère de l'Intérieur, frappé du tampon de la Direction générale de la police nationale. Les secondes s'égrenaient sans qu'aucun des deux hommes ne se décide à remuer. Raymond Birault était une statue de cire. Sa peau parcheminée avait pris la couleur des corps momifiés. Seule sa main tremblait, sortie des catacombes de l'Histoire, et ce frisson passait dans la feuille suspendue dans les airs.

Il s'agissait d'un accusé de réception de la Police des questions juives, 8, de Greffulhe. Il dut s'y prendre à plusieurs fois pour déchiffrer les quelques lignes. Les mots noirâtres dansaient une sinistre gigue. *Au nom de l'autorité compétente, j'accuse réception de votre signalement du 24 courant, dans lequel vous attirez l'attention de mon service sur vos voisins Szlomowicz Benjamin, Szlomowicz Tauba et leur fils de cinq ans, domiciliés 36, rue des Moines, Paris XVII, faisant l'objet d'un mandat d'arrêt depuis le 16 juillet 1942, en fuite, puis revenus à leur domicile dans le courant du mois d'août et n'en sortant plus depuis, étant approvisionnés deux fois la semaine par la concierge de l'immeuble susmentionné. J'ai pris tous les préparatifs nécessaires pour localiser ces personnes dans les plus brefs délais, conformément à la loi du 4 octobre 1940 et au décret du 9 décembre 1941. Avec mes plus vifs remerciements.*

La lettre, datée du 28 août 1942, était bien adressée à Jean-François Canonnier.

Rasmussen chiffonna le papier. Il sentait le cri monter du fond de ses entrailles, pourtant le son refusait de sortir. La faute aux murs de liège, aux tapis sous ses pieds, aux centaines de lettres et d'articles qui s'agitaient au gré du courant d'air et qui auraient tout absorbé, tout annulé, ses hurlements, ses mots, jusqu'à ses larmes qui se refusaient à couler.

– Apparemment il leur a réécrit…

Il avait la bouche sèche, l'impression d'avoir marché des heures en plein cagnard.

– Qu'est-ce que vous dites, Raymond ?

Birault s'était replongé dans la lecture du mur. Son regard circulait d'une feuille à l'autre. Il se hissait sur la pointe des pieds pour mieux lire, revenait en arrière, repartait en avant, reconstituait l'insensé parcours épistolaire.

– Celle-ci date du 6 octobre. Elle vient du Commissariat général aux questions juives, Section d'enquête et de contrôle. *Cher Monsieur, j'ai l'honneur de vous signaler que, suite aux informations que vous avez bien voulu nous fournir, l'affaire Szlomowicz a pu être menée à bien par nos services. Ces Juifs ont désormais quitté le pays. Vous nous avez signalé par ailleurs, dans un second courrier daté du 26 septembre dernier, que des bruits suspects continuaient de se produire dans l'appartement du 36, rue des Moines, Paris XVII, précédemment occupé par Szlomowicz Benjamin et sa famille. Après vérification par des agents de la Police nationale, j'ai le plaisir de vous annoncer que ledit appartement est bien inoccupé. Je vous prie de croire, cher Monsieur, en mes sentiments respectueux. Le directeur.*

Rasmussen n'avait pas bougé. Birault fit un pas de côté.

– Une autre encore. Commissariat général aux questions juives. Section d'enquête et de contrôle. 27 octobre 1942. Tout juste trois semaines plus tard. *Monsieur, faisant suite à votre courrier du 22 courant nous signalant « des bruits de pas suspects, des murmures et des grincements bizarres » dans l'appartement voisin du vôtre, précédemment occupé par une famille juive, j'ai l'honneur de vous confirmer, après nouvelle vérification par un agent de police, que ledit appartement est parfaitement vide. Veuillez croire à nos sentiments les meilleurs. Le sous-chef de section.*

Birault détacha une dernière lettre. Le courant d'air avait cessé. Les papiers pendaient comme autant de feuilles mortes prêtes à tomber.

– CGQJ, SEC, 9 novembre 1942. *Canonnier Jean-François, vous persistez à nous adresser des courriers signalant la présence d'une famille juive à votre étage. Après nouvelles vérifications, nous vous confirmons que ladite famille juive (Szlomowicz Benjamin, Szlomowicz Tauba, leur enfant, âge cinq ans) n'est plus sur le territoire français depuis le 7 septembre dernier. Par conséquent nous vous demandons de cesser votre correspondance sur-le-champ, nos services ayant déjà fort à faire avec des signalements réels et ne pouvant perdre son temps à des cas de fiction.* Celle-ci n'est même plus signée. Il y a juste un tampon.

Depuis la rue des Moines, on entendit le tintement d'une clochette, bientôt suivi du cri familier du rémouleur :

– Repasse couteaux ! Repasse ciseaux !

Raymond Birault s'était rapproché du Danois. Il tenta sans succès de lui desserrer le poing.

– Allons, Niels, lâche ce papier. Ça n'aurait rien changé. Même si tu avais su, tu serais venu. Et tu aurais écrit la même lettre au tribunal, à la virgule près. Tu n'as pas fait ce voyage pour le sauver. Tu n'es pas allé le voir à Fresnes à ton arrivée. Si tu es venu, c'est parce que tu avais besoin de savoir où te situer. Tu voulais mettre tes actes sur une échelle. Maintenant tu sais. J'ai quatre-vingt-cinq ans, Niels. J'ai vu des choses pendant la guerre… Jamais je n'aurais cru l'homme capable de cela. Maintenant rentre chez toi. Va rejoindre ta famille, tes amis. Et puis remonte sur scène. Reprends ton œuvre en cours. Travaille avec des acteurs. Bâtis des décors. Allume des lumières. Raconte des histoires. Crois-moi, mon garçon, après ce qui s'est passé, c'est la seule chose à faire. Il est temps, pour toi aussi, de déposer les armes.

En bas, le rémouleur avait stationné sa charrette au coin de la rue Lemercier. Le crissement des couteaux sur la meule à eau s'élevait entre les façades.

Le vieillard fit une nouvelle tentative pour ouvrir sa main, mais Rasmussen s'était déjà tourné vers la porte écarlate. Il disparut par l'embrasure. Raymond Birault sortit sur le palier. Il plongea son regard dans la cage d'escalier. Niels s'y enfonçait suivant la spirale des marches jusqu'en leur centre, jusqu'à ne plus être qu'une silhouette, puis le dessus d'une tête, puis une absence.

Le silence s'installa. Le son strident des lames qu'on affûtait ne lui parvenait plus depuis la rue. Alors, à travers la porte voisine, le vieillard entendit un homme pleurer.

⁂

La foule le bloqua place de l'Opéra ; elle se déversait devant le palais Garnier par toutes les rues et les boulevards ; la Royal Enfield se trouva prise dans les courants contraires ; plus moyen de se frayer un chemin. Rasmussen dut couper le moteur. Une femme accrocha sa robe au guidon. L'étoffe eut un craquement et cela la fit rire. Le Danois l'attrapa par le poignet. Il lut dans son regard qu'elle se jetterait bien à son cou mais elle s'abstint au dernier moment.

– Qu'est-ce qui se passe, ici ?

Elle lui demanda de la lâcher. Il répéta sa question.

– C'est la fin. Voilà. Cette fois c'est bien fini.

Elle libéra son bras, et aussitôt fut aspirée dans la farandole.

Un camion militaire roulait au pas, fendant la cohue, sa plateforme lourde de soldats américains, de Parisiens, de Parisiennes qui riaient, chantaient, pleuraient. Assis sur la cabine, ses jambes en travers du pare-brise, un des soldats, aux joues grêlées de rouge à lèvres, brandissait une édition du *Stars and Stripes* barrée du mot *VICTORY*. Le chauffeur du camion fit signe à Rasmussen de dégager son engin. Ils se firent face, le Klaxon du poids lourd s'ajoutant à l'hystérie ambiante, puis deux marins descendirent pour l'aider à se ranger sur le côté. Le Danois en profita pour les interroger.

L'Allemagne nazie avait capitulé dans la nuit. L'acte de reddition avait été signé à Reims vers deux heures du matin. La rumeur s'était répandue comme une traînée de poudre, confirmée en tout début d'après-midi par le journal des troupes américaines. C'était le 7 mai. Tout Paris se répandait sur ses places et ses avenues pour fêter la victoire des Alliés. Des pancartes avec les portraits de De Gaulle, Churchill, Roosevelt, Staline avaient été improvisées. On avait ressorti les drapeaux tricolores remisés depuis la Libération, on les agitait frénétiquement dans les airs, les femmes s'en drapaient la poitrine.

Un haut-parleur au coin du boulevard des Italiens diffusa *La Marseillaise;* la foule se figea. Et tandis que des milliers de voix entonnaient l'hymne à l'unisson, soudant les corps, les âmes, les émotions, la Royal Enfield en profita pour s'échapper, montant sur le terre-plein central, contournant la bouche de métro, en direction de la Madeleine.

La liesse défilait sous ses yeux. Les trottoirs de la capitale déroulaient le spectacle de la paix retrouvée, identique à celui de Copenhague trois jours plus tôt. Ce n'étaient qu'embrassades, sourires et chants vainqueurs. Au coin des rues, certains jouaient au petit soldat ; maintenant que tout était fini, on se battait entre roquets pour une parole maladroite, un regard de travers. On ciblait une femme aux cheveux trop courts pour ne pas être suspecte. On la bloquait contre le mur, histoire de lui faire un peu peur, qu'elle ne soit pas tentée de recommencer ses coucheries avec l'ennemi ; on ne manquait pas de prendre son dû au passage, tâter les seins, forcer la main sous le corsage. La victoire ranimait les virils héros d'un jour.

Il fit une pointe de vitesse en passant le pont de la Concorde. Les boulevards Saint-Germain et Raspail se paraient de bleu-blanc-rouge. Il était à contre-courant de tout, l'allégresse, la fête, le désir d'exorciser les années de souffrance. Il serrait les dents, slalomait entre les passants, écumait les allées sombres du passé quand la ville entière célébrait son avenir radieux et, le temps d'un armistice, remisait sa mémoire au placard.

À Denfert, il faillit percuter un vieillard paré d'un drapeau à croix de Lorraine. Dans le rétroviseur, il le vit déplier le carré tricolore sur le socle du *Lion de Belfort* puis se mettre à genoux.

Porte d'Orléans, on scandait les noms de De Gaulle et Leclerc. Un groupe d'enfants jouait à la guerre au coin d'un square. Ils pointèrent leurs fusils miniatures vers la motocyclette. Rasmussen s'engageait déjà sur la nationale 20 en faisant rugir son moteur, en sens contraire de la 2e DB, qui, à la Libération, était remontée de la banlieue sud en direction de Montparnasse, pour la fierté retrouvée de toute la France.

La liesse s'était calmée. Les trottoirs étaient maintenant déserts. Paris derrière lui, il ne croisait plus que des fantômes, ceux de sa propre guerre, soldats glorieux, collabos honteux, qui le rappelaient à la mission qu'il s'était assignée et entretenaient sa colère. Il remettait les gaz, s'enivrait de bruit et de vitesse, ne faisait qu'un avec le moteur chauffé à blanc de l'anglaise. Montrouge. Arcueil. Cachan. Bagneux. La banlieue n'avait pas eu vent de la victoire. Pas encore.

Fresnes. Sa prison. Derrière les murs d'enceinte, ses trois barres immenses, les barreaux aux fenêtres, les promenoirs, la chapelle cellulaire. Combien de résistants enfermés, torturés, exécutés par l'Allemand pendant la guerre ? Combien de graffitis sur les parois des cellules ? Combien d'adieux à une mère, combien de messages d'espoir ou de désespoir à un frère, à une sœur ? Et depuis que la roue avait tourné, combien de collabos condamnés ? Combien en attente d'un procès ?

La porte centrale aux allures d'arc de triomphe. La cour pavée où attendent des hommes, des femmes, des vieillards, l'air sinistre, la mine défaite, portant sur leurs épaules la faute de celui qui, à l'intérieur, purge sa peine pour outrage à la France. Pas d'enfants. Le triste spectacle d'un père ayant failli n'est pas pour eux. Il sera toujours temps, plus tard, de leur aménager l'Histoire, de leur bâtir une mémoire.

Il faut rejoindre la file des pénitents. Attendre le bon vouloir d'un gardien. L'entrée de la détention. Les grilles du grand quartier dont la peinture blanche, écaillée, est à refaire. Le long couloir éclairé par des puits de lumière.

Une fois à l'intérieur, l'odeur prend aux narines, une odeur de fauve qui s'insinue dans les habits et vous poursuit longtemps après être sorti. Le couloir sans fin du grand quartier, où résonnent les pas et le claquement des grilles. Le service de la fouille enfin, où il faut se mettre de nouveau en rang. Décliner son identité. Communiquer le nom de celui que l'on vient visiter. Se tenir prêt, ou plutôt prête, à subir les attouchements de l'administration pénitentiaire.

Rasmussen connaît le mode d'emploi. Mireille le lui a expliqué. Il faut cibler le fonctionnaire à l'œil manquant, celui qui tripote les femmes avec zèle. Il faut se placer devant une épouse ou une sœur, une cousine ou une fiancée, qu'importe pourvu qu'elle soit un peu fraîche. Il faut que le borgne vous bâcle, qu'il ait hâte de la suivante.

Rasmussen fait passer son sac à dos dans ses mains moites. Il en a extrait l'objet qu'il refuse de se faire confisquer, il l'a caché entre ses cuisses, tout contre ses parties génitales. Ce n'est pas Mireille qui lui a soufflé, mais le major Turnbull, pendant sa formation aux explosifs en Suède. Ainsi passe-t-on un revolver au nez et à la barbe de la police danoise lors d'une fouille ou d'un contrôle d'identité, la crosse entre les couilles et le canon dans la raie du cul, bien coincé. Avec la Gestapo, bien sûr, c'est une tout autre affaire. Mais ici, à Fresnes, les Boches ont déserté la place. Ne reste qu'un gardien borgne et franchouillard.

L'uniforme demande à Rasmussen d'ouvrir son sac, fronce les sourcils, en ressort le couteau suisse, met le sac de côté d'un air autoritaire.

– C'est interdit, ça. Le sac reste ici, vous le récupérerez en sortant. Au suivant.

Il n'y a pas eu de fouille au corps. Déjà les doigts du maton s'agitent en prévision du prochain visiteur, qui est une visiteuse. Mireille n'avait pas tort.

C'est une prison sans fin, intemporelle et sans frontières, un supplice bien éprouvé pour celles et ceux qui viennent mendier un mot, toucher une main à travers la grille d'un parloir.

Il y débouche enfin, sur la cellule au plafond grillagé où se déroulera la conversation. Une chaise et des murs nus. Côté détenu, une cage de deux mètres carrés au-dessus de laquelle passe un chemin de ronde et, à intervalles réguliers, le gardien en noir.

La cage est vide. Il faut attendre. A-t-on eu le temps de le ramener du Palais au terme du procès ? Un accident, une panne ? Un pneu crevé, c'est si vite arrivé. La route est en mauvais état entre Paris et Fresnes. Les chars de la division Leclerc en ont esquinté le bitume l'année dernière. Peut-être faudra-t-il revenir le lendemain ; impossible. Demain la France ne sera plus en guerre. Demain, ce sera le début de la reconstruction, de la paix, de la prospérité retrouvée. Le gros de la colère sera passé. Un vieux sage de quatre-vingt-cinq ans aura su faire entendre raison. Il y est presque parvenu tout à l'heure.

Le maton s'agite au-dessus de Rasmussen. Cliquetis des clés dans la serrure. S'ouvre la porte de la cage. Entre Jean-François. S'assied Jean-François. Baisse les yeux Jean-François. Son regard impossible à saisir. Et cette façon qu'il a de se tenir, avachi et offert, tel un veau à l'abattoir.

Canonnier reste enfermé dans son silence.

Au-dessus d'eux le maton passe.

Rasmussen se lève.

Canonnier fixe ses chaussures dont les lacets, par précaution, ont été retirés.

Rasmussen plonge la main dans son pantalon.

Canonnier n'esquisse pas le moindre geste.

Rasmussen sort le Luger de sous sa ceinture. Claquement sec de la culasse.

Canonnier lève enfin la tête, observe la gueule béante du canon, reconnaît son bourreau.

Jean-François lui sourit.
Noir.

*
**

Le sang a moucheté le drap blanc. Elles s'affairent autour d'elle, la mère et la sœur, tandis que de sa matrice luisante dépasse la boule duveteuse qui lui déchire les chairs. Ahanante et pâle, elle trouve le moyen de lui adresser un regard, à lui, l'homme, le père de cet enfant à naître, qui attend dans un coin, observe les trois femmes de sa vie – l'aimée, la mère, la sœur – travailler conjointement sur ce lit, presser ce ventre énorme qui contient à lui seul l'espace et le temps, la nuit et le jour, le passé et l'avenir.

La mère, son beau visage ridé surmonté d'un fichu à fleurs, s'est agenouillée entre les cuisses laiteuses de sa belle-fille. De sa main droite elle soutient la nuque du petit qui lutte pour accéder à la lumière. Cela paraît si difficile. Il n'arrivera jamais à sortir. Pourtant, l'instant d'après, le voici tout entier expulsé, marionnette sanguinolente et fripée, petit morceau de caoutchouc luisant, suffoquant, hurlant, vagissant, pendu par le nombril à son filin de chair. Les femmes, sereines et complices, célèbrent entre elles l'immémoriale victoire, le temps d'un bref sourire, avant de se tourner vers le père, le fils, le frère ; il les observe, la gorge serrée, comme l'on fait d'un paysage à tout jamais gravé dans sa mémoire.

L'enfant repose à présent sur ce ventre encore rond et chaud dont il vient de sortir. Ses premières sensations : la fraîcheur de l'air, l'immense douleur dans ses poumons, enfin la douceur de cette peau sur laquelle, lentement, il récupère. C'est la peau de sa mère. Leurs deux souffles s'accordent à l'unisson, tout d'abord saccadés, puis, à chaque seconde qui passe, un peu plus apaisés. Le petit corps monte et descend au rythme des inspirations qui gonflent aussi les seins aux larges lunules violettes. C'est là, bientôt, qu'il viendra se nourrir, gagner en force et en vigueur. Grandir.

L'aimée a prononcé des paroles d'une bienveillance inouïe, sa voix est une caresse, son visage un havre de paix, sa chevelure rousse une vaste forêt où s'abriter quand passera l'hiver. L'amazone est devenue mère. Son fusil est à la cave, il y prend désormais la poussière. Dehors, le vent de mai s'agite à la fenêtre. L'enfant ne le sait pas encore, mais ce vent-là voyage chargé du sel de la Baltique et du sable d'Amager. Au passage, il s'est enrichi des pollens printaniers. Il lui faudra du temps pour apprendre les parfums du monde. En jouir. Savoir les reconnaître. Pour le moment il n'en connaît qu'un seul, celui de cette peau à la taille de l'Univers, grêlée de taches de rousseur, et cela lui convient bien ainsi puisqu'il commence à s'endormir.

Sarah, allongée sur le drap, tend son bras, invite Niels à s'avancer, découvrir son fils de plus près, faire connaissance avec cet étranger.

Rasmussen répond à l'invitation. Chaque pas est une mer à franchir, une traversée aux antipodes. Cette pièce, c'est celle où il est né. Ce lit aux montants de bois blond, il y a vu le jour et sa sœur après lui. Sa mère, d'ailleurs, sous son fichu à fleurs, le couve du regard. Elle sait que ce voyage à travers la chambre de son enfance est le plus important de tous. Le voyage d'une vie.

La paume de Sarah flotte toujours dans les airs. Ne reste plus qu'à la saisir. Son contact est rassurant. Il la laisse décider de ses gestes, faire de lui un pantin pacifique. Cette main d'homme, qui tant de fois a semé la destruction et la mort, repose maintenant sur l'être minuscule qui vient de paraître. Il est vierge et pourtant déjà couvert de sang. Il porte l'héritage de mille milliers de générations. Et savez-vous ? Le petit s'en moque éperdument. Il fait pénétrer l'air dans sa poitrine à petits coups saccadés. C'est son travail de la journée. Survivre au premier jour. Apprendre à se nourrir au sein de sa mère. Se réchauffer sous les doigts de son père.

Une larme tombe sur la tête de l'enfant, l'éclabousse, dégringole jusqu'au bas de ses reins. Rasmussen l'a laissé échapper sans crier gare. D'autres suivent, une brève averse d'été aux gouttes tièdes. Le baptême est maintenant consommé. Entre le fils et le père, c'est à la vie à la mort.

Il rejoint le lit dont le drap porte encore les traces de l'accouchement. Le monde est ainsi fait, blanc moucheté d'incarnat. Il faut apprendre à s'y allonger quand bien même il est souillé de sang. Il se blottit contre le corps de Sarah, ferme les yeux, vaincu par l'épuisement de cinq années. Sa main est restée aimantée à la peau de son fils. Il enfouit son visage dans la chevelure rousse. Ulysse achève enfin son odyssée. Le sommeil prend le guerrier, le ramène en son foyer.

Il faut rendre les armes, disait le vieil acteur.

ACTE V

Le train n'allait pas plus loin. Le wagon se vidait tranquillement.

Il finit par se lever et suivit le flot des voyageurs s'écoulant par le passage sous voie. Il déboucha dans le hall et y demeura, indécis, son journal sous le bras. Il n'avait pas le courage de le jeter. La distance qui le séparait de la corbeille à papier lui paraissait infranchissable.

Il demanda où se trouvait le buffet. On lui répondit qu'il y avait deux entrées possibles, côté voies ou côté place de la Gare.

Il opta pour les voies. Il n'était pas curieux de voir la ville. Il avait toujours *La Tribune de Genève* sous l'aisselle. Cela lui donnerait une contenance. Il n'avait pas de bagage. Il avait laissé sa serviette en cuir à l'hôtel. Il était en avance.

Il ne balaya pas la salle du regard. Il était sûr d'arriver le premier. Tout juste accorda-t-il un coup d'œil au décor Art nouveau, aux toiles sur le mur : un sommet enneigé dans le soleil couchant, diverses représentations du lac, en automne, en hiver, au printemps. Un serveur en nœud papillon noir et veston blanc marcha dans sa direction. Ils échangèrent quelques mots. Puis il lui désigna une table dans le fond. Un homme s'y trouvait, mâchant, des couverts en argent dans les mains.

C'était sûrement une erreur. Il faillit retenir le serveur par la manche, puis il comprit.

Cent vingt kilos, engoncé dans un costume trois pièces en lin blanc dont chaque couture allait craquer. Rougeaud, la peau luisante de transpiration. Une barbiche sous la bouche qui ne masquait pas le triple menton. Le cheveu long et gras, noir de jais, sans une mèche blanche, peut-être bien teint. Derrière lui, un panama crème et une canne à pommeau précieux, accrochés aux patères, complétaient la panoplie de l'obèse dandy.

Il déposa *La Tribune* sur la table avant de s'asseoir. L'autre consentit à lever les yeux de son assiette.

– J'ai pris une petite salade de cervelas en attendant. Quand j'ai trop faim, moi je mange tout le pain avec le beurre, tu comprends. Je me suis permis de commander le menu gastronomique pour deux, ça ne t'ennuie pas ?

Rasmussen ne dit rien. Par-delà la baie vitrée, côté voies, un train de marchandises passa à basse vitesse, toutes portes verrouillées.

Il avait les phalanges boudinées et luisantes ; malgré les couverts en argent, n'avait-il pas pu résister à l'envie de manger avec les doigts ? De sa fourchette, il désigna le journal échoué sur la nappe blanche.

– Tu as vu ? Le maire d'Évian s'est fait assassiner hier.

– Je n'ai pas fait attention.

– Juste de l'autre côté du lac, mon vieux. Paf ! Une bombe de l'OAS. Pour le punir de vouloir accueillir les négociations de paix avec les Algériens. Tu ne trouves pas ça curieux ?

– Curieux ?

– Ce sont les mêmes qui continuent de s'entre-tuer. C'est une histoire sans fin. Nous sommes en guerre civile depuis plus de vingt ans. Tu dois être affamé, non ?

Il fit signe au serveur, qui disparut par la porte des cuisines avant de réapparaître presque aussitôt, une assiette dans la main gauche et l'autre calée au creux du bras.

Feuilleté aux foies de lapin.

– Ne te fais pas de souci pour l'addition. Nous sommes invités.

– Par qui ?

– Par le patron. Je lui ai fait une belle critique la semaine dernière.

– Une critique ?

– J'ai loué le croustillant de ses taillés aux greubons. C'est mon métier maintenant, je suis journaliste gastronomique.

– Depuis quand ?

– Depuis que je vis à Lausanne.

– Et depuis quand vis-tu à Lausanne ?

– Depuis ma sortie de prison.

– Je n'étais pas au courant.

– Que j'étais dans le culinaire ?

– Que tu étais sorti de prison.

– Cela fait près de huit ans, Niels.

– C'est ton mot à l'hôtel qui me l'a appris.

– J'ai lu ton nom dans je ne sais quel journal, que tu étais à Genève avec ta délégation. J'ai sauté sur l'occasion. Je me suis dit qu'on pourrait déjeuner ensemble. Ce n'est pas une bonne idée ?

– Tu as recommencé à écrire dans les journaux, alors ?

– Écrire, c'est beaucoup dire. Les critiques gastronomiques n'ont pas besoin de carte de presse. C'est d'ailleurs pour ça que j'ai choisi ce métier. Pour tout dire, je passe mon temps à bâfrer.

– Je vois.

– Et puis j'écris sous pseudonyme.

– Lequel ?

– Peu importe. Ce n'est pas comme si je me cachais. Ici je n'en ai pas besoin. Les Suisses ont un goût inné pour la discrétion et le respect de la vie privée. Notre serveur, par exemple… Il était milicien à Lyon pendant la guerre. Ça ne l'empêche pas d'être un très bon serveur. En fin de compte, c'est tout ce qu'on lui demande, non ?

– Comment as-tu su dans quel hôtel j'étais descendu ?

– J'ai appelé l'ambassade danoise en expliquant que nous étions de vieux amis. Une dame m'a renseigné très gentiment. Je dois t'avouer que je n'ai pas très bien compris tous les tenants et aboutissants de ta présence en Suisse.

– C'est pour le travail.

– Tu ne veux pas m'expliquer un peu plus ? Nous ne nous sommes pas revus depuis… Dieu sait combien de temps. Nous avons tellement de choses à rattraper, pas vrai ?

– Quel genre de choses ?

– Eh bien, pour commencer, parle-moi un peu de ce travail. Que fais-tu exactement ?

– Je fais partie de la délégation danoise qui négocie l'Accord général sur les tarifs douaniers.

– Formidable ! Et ça consiste en quoi ?

– En ce moment, nous parlons de l'ouverture du marché danois aux produits agricoles uruguayens. Ils veulent nous faire lever certaines restrictions à l'importation.

– Vraiment ? Sur quoi, par exemple ?

– L'huile de lin. La laine. La farine.

– C'est passionnant.

– Tu trouves ?

– En somme, tu es une espèce de diplomate ? Ah, la Carrière !

– Je suis simple fonctionnaire.

– Du vin ? Tu n'as pas soif ?

– Je ne bois pas.

– Tu ne manges pas non plus ? Tu as maigri.

– Je n'ai pas faim.

– Si tu permets, je vais finir ton feuilleté, alors. C'est que la suite arrive. Ici, les serveurs sont d'une efficacité rare.

Beignet de Vinzell et sa salade de dents-de-lion.

– Tu ne fais plus de théâtre, alors ?

– Non.

– Plus du tout ? Même en amateur ?

– Non.

– Tu habites Copenhague ?

– Oui.

– Tu es marié ?

– Oui.

– Tu as des enfants ?

– Un.

– Garçon ? Fille ?

– Garçon.

– Quel âge ?

– Quinze ans. Bientôt seize.

– Je parie qu'il te ressemble, non ? Un grand gaillard blond.

– C'est un petit rouquin.

– Ah bon ? Du côté de sa mère, alors ?

– Sa mère est juive. Ce qui fait de lui, selon la loi juive, un enfant juif.

– Je vois.

– Ça te pose un problème, Jean-François ?

– Moi ?

– Acceptes-tu toujours de partager ce déjeuner avec moi ?

– Mais qu'est-ce que tu vas chercher là ? Allons, mange, ne gâche pas la nourriture. Ce n'est pas parce que c'est offert qu'il ne faut pas manger. Je vais commander du vin. Un dézaley, ça te va ? Le plat d'après, c'est le poisson du lac.

– Je t'ai dit que je ne buvais pas.

Il y eut un long silence. Rasmussen, pour la première fois du repas, toucha à son assiette. Il avala un morceau de beignet, faillit vomir.

Canonnier engouffrait chaque bouchée comme si elle avait été la dernière, broyant, mâchant, suçant, déglutissant pour mieux enfourner la suivante. C'était une machine à bâfrer, efficace, consciencieuse, équipée de puissants pistons pour mieux tasser la nourriture.

Il pensa à ces camions-bennes que l'on voyait dans les rues, au petit matin, ramasser les ordures. Il repoussa son assiette d'un geste définitif.

Le serveur apporta le dézaley ; il déboucha la bouteille et, sur un geste de Canonnier, voulut la faire goûter au Danois. Un regard noir et l'ancien milicien abandonna le vin dans un seau à glace.

– Et toi, tu es marié ?

– Moi ? Quelle idée ! Je te l'ai dit, je passe tout mon temps à manger.

– Dans le temps, tu disais que ta seule maîtresse, c'était l'écriture.

– C'est toi qui disais cela en parlant de moi. Tu le racontais à qui voulait l'entendre, parce que j'étais incapable de garder qui que ce soit près de moi. Cette maîtresse-là, vois-tu, m'a joué de drôles de tours.

– Pendant la guerre, tu veux dire ?

– C'est exactement ce que je veux dire.

– De drôles de tours… C'est comme ça que tu définirais ton attitude sous l'Occupation ?

– Ne parlons pas de ce que j'ai pu écrire, tu veux. Je pense qu'il y a prescription.

– Comment dis-tu ? Prescription ?

Perche du Léman, sauce vin blanc.

– Parfaitement. Prescription.

– Pourtant c'est toi qui le disais tout à l'heure, c'est une histoire sans fin.

– J'ai fait huit années de centrale à Clairvaux, dans une cellule de deux mètres sur deux. Nous n'avions pas droit aux effets personnels, ou si peu. Il fallait les garder sur soi en permanence, dans une petite musette qu'on nous passait autour du cou. Tu vois le tableau ? Dans les couloirs de la prison, pour la promenade, nous avions l'air de coureurs cyclistes au départ du Tour de France. Il ne nous manquait plus que les vélos et les maillots tricolores. Grotesque.

– En effet.

– J'ai été jugé et condamné, Niels. J'ai payé ma dette envers la société. D'autres sont sortis bien avant moi, tu sais. J'ai dû attendre la troisième loi d'amnistie, celle de 53, pour être libéré. Qu'est-ce que tu veux de plus ?

– La vérité.

– La vérité ?

– Arrête de manger un instant, tu veux.

– C'est plus fort que moi, je ne peux pas m'en empêcher.

Rasmussen s'empara de l'assiette d'en face et l'empila sur la sienne. Il y eut un bruit de vaisselle entrechoquée. La sauce au vin blanc coula sur la nappe. Des pommes de terre valsèrent au sol. Le verre de dézaley se renversa, imbiba *La Tribune de Genève*.

Le buffet entier s'était tu. Ils étaient au centre des attentions et des conversations, qui voletaient, murmures, chuchotis, regards échangés.

Le serveur nettoya, efficace, discret. Ces messieurs en avaient-ils terminé avec les filets de perche, pouvait-il emporter le journal souillé ? Il changea la nappe, les couverts et les verres. Pour finir, l'ancien milicien demanda sur un ton égal s'il pouvait envoyer la suite ou bien si ces messieurs préféraient digérer un moment.

Ragoût d'agneau de la Bénichon à la crème double.

– Ici, en Suisse on évite de se faire remarquer, tu sais.

– Et c'est toi qui dis ça ?... Pourquoi m'avoir fait venir ici ?

– Je voulais prendre de tes nouvelles, Niels.

– Je t'en ai donné. Ensuite ?

– Je pensais... Je ne sais pas... Que nous aurions pu reprendre...

– Reprendre quoi ?

– Je ne sais pas... Nos discussions d'antan ?

– Ça veut dire quoi, ça ?

– Eh bien, tu sais… Le théâtre, l'écriture, la mise en scène… Après tout, là-bas en France, ils sortent les auteurs maudits du purgatoire. Montherlant, Aymé… Gallimard a même republié Rebatet dès 51, et puis Céline en 53. Tu vois, les dates correspondent aux lois d'amnistie. Sûrement pas un hasard. Alors voilà, je me dis, pourquoi pas moi ?

– Je ne comprends pas.

– Allons, Niels… Nous sommes presque en retard. Tant de promesses laissées en plan avant la guerre. Ça ne te manque pas ? Les planches, les répétitions, l'odeur des costumes, la chaleur des lumières… Pourquoi ne recommencerait-on pas, toi et moi ?

Il en avait délaissé son assiette largement entamée, le dévisageait comme un possédé, les yeux écarquillés, le front couvert de sueur. Le goitre, sous son menton, s'agitait comme de la gelée. Il se pencha sous la table et sa veste faillit exploser aux entournures.

Lorsqu'il reparut, les gouttelettes sur son front étaient devenues de véritables ruisseaux, dévalant les tempes et ses joues bombées, investissant sa barbiche, glissant le long du cou pour imbiber le faux col d'un autre âge. Il tenta un sourire. Sur son revers il y avait une tache de sauce. Ses mains implorantes tenaient une liasse.

– J'ai mis bien des années à l'écrire. J'ai beaucoup changé, beaucoup remanié. J'ai tant appris pendant la guerre. Voudrais-tu bien le lire ?

Il écarquilla les yeux, et Rasmussen put y voir l'étendue de sa solitude ; un continent entier, inhabité, glacé, battu par les vents, où rien ne poussait que des personnages de papier et des décors de pacotille. Sa graisse était une imprenable forteresse. Pris à son propre piège, au fil du temps, au fil des pages, il s'était enfermé entre les murs de son imaginaire pour ne plus en sortir.

– Qu'est-ce que tu en dis, Niels ? Toi et moi de retour sur une scène parisienne. Nous irons voir Raymond Birault à l'Olivier. Il nous rouvrira ses portes, comme en 36. Nous trouverons une production. Nous embaucherons des acteurs, nous rallumerons les lumières. Nous imprimerons des affiches. Nous ferons revenir le public. Et puis, bien sûr, nous inviterons Jouvet.

La sueur pleuvait sur le manuscrit. Le sourire forcé muait en une monstrueuse grimace. Un air de morphinomane ; le spectacle d'un manque abyssal, qui se creusait, se creusait, jusqu'à tout engloutir, le temps et l'espace, les joies et les détresses, les petits plaisirs du quotidien et les grandes émotions de la vie, le marché du mercredi et les croissants du dimanche, les crises de larmes et les fous rires de fin de soirée, les regards et les mots de l'amour, un corps nu reposant sur un autre corps nu, deux mains qui s'enlacent, le goût des pêches mûres, les jours qui passent, l'hiver, l'automne, l'été, les projets d'avenir et les souvenirs de jeunesse, la perspective de la vieillesse.

Pétrifié, Rasmussen était incapable de saisir le manuscrit qu'il lui tendait, dans lequel il y avait tant, dans lequel il n'y avait rien. Il força son regard à faire le tour de la salle. Le buffet ronronnait à nouveau. Il était tôt, entre l'heure de l'apéritif et celle du repas. On terminait son carafon de blanc. On louait le croustillant des taillés aux greubons faits maison.

Ses yeux revinrent à la table.

– Ils sont morts depuis longtemps, tu sais. Raymond Birault et Louis Jouvet.

Il crut s'être exprimé en danois, tant Jean-François lui renvoya un regard d'incompréhension. Puis, avec une lenteur exaspérante, Canonnier retira son manuscrit de sur la nappe, incapable de le poser plus bas que ses cuisses.

– Puis-je débarrasser ? Ces messieurs prendront-ils du fromage ou passeront-ils directement au dessert ?

Tourte au kirsch de Zoug. Café et ses bricelets au beurre.

Ils se dévisageaient sans mot dire. Sous leur nez, le sucre glace du gâteau. Sur le côté, les deux tasses fumantes ; dans chaque soucoupe, une gaufrette crénelée.

Canonnier attaqua sa part. Il dévora le bricelet, engloutit l'expresso d'une gorgée puis revint au gâteau. Le claquement de ses mâchoires surpassait le brouhaha ambiant. Quelques miettes, logées dans sa barbe, dansaient au gré du menton. Enfin, il s'essuya la bouche avec un soin maniaque, abandonna sa serviette souillée dans l'assiette en lorgnant la part inentamée en face de lui.

Derrière la baie vitrée, un train de marchandises passa. Les portes des wagons étaient ouvertes, laissant entrevoir le vide, l'obscurité, l'absence.

– Alors ? Nous n'avons plus rien à nous dire ? Nous avons fait le tour ?

– Tu ne m'as rien dit de ce que j'attendais de toi, Jean-François.

– Et qu'est-ce que tu attendais, exactement ?

– Je te l'ai déjà dit. La vérité. Le pourquoi.

– Je ne vois pas de quoi tu parles.

– Tu sais très bien. Cette haine qui t'habitait, et qui t'habite peut-être encore. Ils sont devenus ton obsession. Tu les as dénoncés. Tu les as envoyés dans les camps. La mère et l'enfant n'en sont pas revenus. Le père, lui, est rentré mais il suffit de croiser son regard pour comprendre qu'il restera là-bas à tout jamais. (L'autre jouait avec les miettes de bricelet sur la nappe.) Dans le temps, j'avais de l'admiration pour toi, Jean-François, parce que tu avais une facilité déconcertante à trouver les bons mots. Un personnage entrait sur scène. Il était costumé, maquillé, terriblement théâtral, invariablement faux. Et puis il se mettait à parler. Et alors tout devenait clair, évident. Parce qu'il disait tes mots. Et voilà qu'aujourd'hui tu as perdu ta langue.

Il repoussa sa chaise. Canonnier leva les yeux vers cet homme immense qui se tenait au-dessus de lui.

– Ce que j'admire, moi, vois-tu, ce que j'admire chez toi, c'est que tu es dans la vie. Moi je reste à la périphérie. Je n'arrive jamais à franchir le dernier cercle. Celui qui sépare les vivants et les morts. C'étaient des réfugiés polonais, tu sais. Le père, la mère et le petit garçon. Ils n'étaient jamais beaucoup sortis de chez eux. Après les premières lois antijuives, ils ne sont plus sortis du tout. Je les ai dénoncés parce que l'enfant faisait du bruit. Parce qu'il tournait en rond, à ne jamais voir la lumière du jour. C'est qu'il devenait fou, ce gosse. J'ai cru le devenir moi aussi. À longueur de journée, à ma table de travail, sans pouvoir pondre une ligne, boum, boum, boum, dans ma tête. Je les ai dénoncés parce que l'enfant sautait sur le parquet et m'empêchait d'écrire. Voilà l'histoire. Une histoire de fantômes. Chacun en charrie quelques-uns, accrochés à sa mémoire. Je t'ai déjà donné les clés, tu sais. C'était il y a quinze ans. J'ai dû penser que tu saurais quoi faire de moi au cas où ils m'épargneraient. Mais au dernier moment tu as fait marche arrière. À Fresnes, au parloir. Au tout dernier moment tu n'as plus su quoi faire.

Il écarta les verres et tira à lui l'assiette de Rasmussen. Puis il entama la seconde part de tourte avec ses doigts, seul au monde, s'emplissant méthodiquement de beurre, de sucre, de crème, à en crever.

La salle, ses lustres, ses paysages lacustres, ses tables, ses clients, ses serveurs dont un ancien milicien, tout s'était remis à danser. Rasmussen dut faire un effort pour se mettre en mouvement.

– Tu ne veux pas lire mon manuscrit, alors ?

La liasse avait resurgi de sous la table. Elle flottait dans l'espace, suspendue à cette main luisante de graisse. Dehors, côté ville, le ciel était d'un blanc laiteux. Un autocar bleu azur attendait ses passagers, moteur coupé. Des points noirs par centaines flottaient dans l'air. Le buffet tout entier s'était arrêté de manger et de boire. Et où était passé le serveur ?

Il sortit côté voies, de la démarche d'un somnambule.

Le dossier de Jean-François avait remplacé *La Tribune* sous son bras. Même épaisseur, même poids.

Il longea le quai jusqu'au guichet.

– Aller-retour, le Lausanne-Genève ?

– Aller simple.

– Votre monnaie, monsieur.

– À quelle heure, le prochain train ?

– Dans six minutes. Voie 4, par le passage souterrain.

Il fourra les francs suisses dans sa poche. S'engagea dans le tunnel. Dut faire un arrêt à mi-chemin et s'appuyer au mur. Une dame qui tenait un enfant par la main demanda si tout allait bien. Il défit sa cravate, s'essuya le front avec sa manche, fit oui de la tête. Elle repartit avec l'enfant qui se retournait sans cesse vers cet homme si grand, si fort, à l'air si fatigué, chargé d'un si grand fardeau, des paperasses plein les mains.

Il s'accrocha à la rampe qui menait au quai. Une fois sous la verrière, il chercha une place au soleil. Il ne trouva qu'un banc à l'ombre. L'acier des rails renforçait sa sensation de froid.

La couverture était maculée de graisse. Pas de titre, une simple feuille vierge et cartonnée.

Il ouvrit le manuscrit à la première page. Écriture lilliputienne, illisible à force de se rabougrir. Graphisme de pattes de mouche, de cafard ou de cancrelat. Blocs noirâtres en guise de paragraphes, taches d'encre, agrégats séparés par des couloirs labyrinthiques, alinéas abyssaux, dont on ne distinguait par-ci par-là qu'une lettre, un tiret, un guillemet, un point d'interrogation. Pleins et déliés hirsutes. Parfois une phrase en avait recouvert une autre. Chaque page était le palimpseste d'elle-même. Cent six feuillets en tout, qui lui prendraient des mois ou des années à déchiffrer. L'incipit à lui seul occuperait facilement trois jours. Tout ce qu'il pouvait en dire, assis sur ce quai 4, c'est que ce n'était probablement pas du théâtre. Un roman peut-être, écrit dans une encre si noire qu'il ne pouvait débuter autrement qu'en pleine nuit.

L'express en provenance de Milan via Montreux entra en gare. C'était une de ces rames automotrices flambant neuves, estampillées *Trans-Europ-Express*, aux lignes fuselées, faites pour effacer les frontières et battre des records de vitesse. Les voyageurs montèrent à bord. Les portes automatiques se refermèrent après le signal sonore. Le chef de gare siffla le départ. Le train s'ébranla vers la lumière.

Pour découvrir l'intégralité de notre catalogue :
www.viviane-hamy.fr

Suivez-nous :
www.facebook.com/editions.evh

@ÉditionsVivianeHamy

Puisque la lecture d'un grand livre est un dialogue
– comme l'a si bien dit Léon Werth –,
nous vous invitons à le poursuivre
avec un autre titre de notre catalogue :

CET OUVRAGE
A ÉTÉ ACHEVÉ D'IMPRIMER
PAR L'IMPRIMERIE FLOCH
À MAYENNE EN MAI 2017

N° d'éd. 299. N° d'impr. 91098
D.L. septembre 2017
(Imprimé en France)